迷惑的安魂曲

MiHuo De AnHunQu

上善姊 著

弗洛伊德《梦的解析》推理演绎小说
一部解开梦境的心理惊悚犯罪小说

一场荒诞诡异的梦，真实和虚构交错；一支冷漠迷惑的安魂曲，天堂和人间荡漾一切是美好的，却又是诡异的，种种矛盾对冲着人们的心灵和肉体。

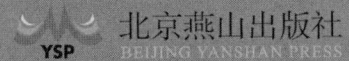

北京燕山出版社
BEIJING YANSHAN PRESS

图书在版编目（CIP）数据

迷惑的安魂曲 / 上善姊著 . —北京：北京燕山出版社，2013.9
　ISBN 978-7-5402-3326-6

　Ⅰ.①迷… Ⅱ.①上… Ⅲ.①长篇小说—中国—当代 Ⅳ.① I247.5

中国版本图书馆 CIP 数据核字（2013）第 196061 号

迷惑的安魂曲

作　　者：上善姊
责任编辑：王月佳　常思薇
封面设计：点击成金
出版发行：北京燕山出版社
社　　址：北京市宣武区陶然亭路 53 号
邮　　编：100054
电话传真：010-65240430（总编室）
印　　刷：廊坊市海涛印刷有限公司
开　　本：720×1020　1 / 16
字　　数：175 千字
印　　张：10.5
版　　次：2013 年 9 月　第 1 版
印　　次：2013 年 9 月　第 1 次印刷
定　　价：32.00 元

版权所有　侵权必究

前 言

梦并不是梦想，梦想的价值在于人的灵魂，而梦只是泡影露电。

——上善姊

  我开始读弗洛伊德的《梦的解析》是在上大学时，这本书一直被西方推举为改变人类思想历史的三大书籍之一，在这本书的基础上开创了现代心理学。通过催眠术唤起"潜意识"也成为人类修复心灵创伤的治疗手段，并在临床医学上得到推广。

  使我最感兴趣的是：人为什么会做梦？在梦里为什么感觉不到现实？我们的梦境是建立在什么基础上的？是具有现实意义还是虚无缥缈的影子，抑或来自另一个世界的自己？我相信回答这些问题的关键在于人的内心，一种截然不同于物质生活的精神世界。精神世界就像是一台机器的操作人员，当我们的肠胃在自主运行时，它用精密又不被人知的方式沟通着世界。是它将受业所感放进了我们的心灵并释放出来，使生命与众不同。

  《迷惑的安魂曲》不是为了纯粹的写作乐趣而创作，也不是故弄玄虚的推理小说。无论多么盘根错节的推理案件最后的答案只有一个简单的事实，将这些事实联系起来并使其复杂化的不是行为，而是精神与人性。也许你还没有觉察到在窥探一个梦，但你一定会被各种各样的人物的真实性格吸引。当你开始思考他们的影子时，就释放了自己。释迦牟尼曾这样告诉过我们，生命的终极法则是在无边中填充而虚形，即苦即灭谛真实如来意，一切都在于人的善恶欲念。而欲念释放后的轨迹能量，在夜间转化为了梦。尽管这本书的主人公原型是虚构出来的，但他所经历的事情与行为活动都是建立在事实基础上的。这是我从收集来的新闻、亲身经历以及与人言谈交往中的所感。而其中的某些场景

迷惑的安魂曲

也并非虚幻，也许正是你我所处。

弗氏认为梦有两种：一种是浅显的愿望达成，比如一个单纯的孩子因为午睡前想吃草莓而梦到了正在吃草莓。另一种是经过伪装的梦，伪装的梦是出于本人对愿望的顾忌。所以弗氏提出了一个假说：梦的审核机制。这种机制创造出了来自强烈压抑的"伪装反愿望之梦"。我将自己对弗氏《梦的解析》的部分理解作为创作手法完成了这部作品。我知道尽管一切都是非专业的，但基于生命个体的非共性与大自然观察者的角度，个人探究事物的本质与理解都是珍贵而独一无二的。

求职期间，我花了一年的时间完成这部作品。如今生活状况之艰辛非人之所堪。我非常感谢去世的父亲留下的微薄收入提供了部分出版费。在记忆里，他那在病床上萎缩的指头颤抖地伸向我，不放心地咽下一口气的样子总让我泪流满面。我和母亲节衣缩食，辛苦劳动凑足了剩下的出版费。这一切的经历，更加激励我即便是在困境中也绝不放弃梦想，坚信正见。我从来就没有忘记过第一次遇见就鼓励我写完这本书的你，也没忘记送君一本的承诺，所以把你的名字刻进了书里。

无论大家如何看待这部作品，我知道这是我有限生命里的生存成本，包括时间、汗水、精力以及平素的写作技巧与知识的积累。对于我来说它很特别也很宝贵，就像一个生命体。我亲爱的读者们，当你读这本书时，我相信我们已经发生了某种意识上的联系，我正在用生命能量沟通世界。

目　录

1. 凶途迷鸽	001
2. 梦的解析（上）	005
2. 梦的解析（下）	010
3. 病房探视（上）	014
3. 病房探视（中）	018
3. 病房探视（下）	023
4. 噩梦之旅（上）	028
4. 噩梦之旅（中）	031
4. 噩梦之旅（下）	035
5. 酒吧挑战	040
6. 疯癫舞台	047
7. 哭泣的游戏	053
8. 仇恨的种子	060
9. 愤怒玫瑰	065

迷惑的安魂曲

10. 小北遇难	070
11. 灰尘世界	076
12. 巫师之舞	082
13. 记忆空间	086
14. 温柔陷阱	093
15. 逃离虎口	100
16. 混乱爆破	104
17. 寻找证据	109
18. 噩梦觉醒	115
19. 替换的车	119
20. 鸽影追捕	124
21. 犯罪行为与心理手记（1）	130
22. 犯罪行为与心理手记（2）	135
23. 犯罪行为与心理手记（3）	141
24. 犯罪行为与心理手记（4）	147
25. 弗洛伊德	151
26. 尾声	158

1. 凶途迷鸽

  2010年10月的某一天清晨,香贵兰静谧的山路上像往常一样弥漫着稀薄的雾气。三五只寒鸦在掉了叶儿的树杈上盘旋,发出凄厉的叫声,更添了几分冷秋的凄凉。不一会儿,刺透雾气的深蓝色警灯伴随着高亢长鸣湮没了四周动物们的躁动。警车排成一字停在警戒线外,领头的警官拉起黄色的长条,神色匆忙地朝两个交警打了个照面。他们如释重负,露出惺忪的睡眼,拉开警车门。两人接到命令就连夜守候在此,所以现场被最大限度地完整保护起来。警官们可以清楚地看到那辆蓝色保时捷车头被还未彻底断掉的粗壮樟树压盖着,它的一个前轮已经撒了气,而车尾的合金架与车灯被撞击时的反作用力甩到几米开外,四周散落着茶色玻璃碎片和一些零部件。乍看之下是一起普通的交通事故,然而地位显赫的车主父亲一直坚称这是谋杀,并指出几个有犯罪动机的人,其中一个就是他的胞弟。所以局长亲自指示,参与调查的高级刑警必须争分夺秒找寻证据。所有人都清楚,只要随着时间的流逝,任何细节都有可能被移动或者消失,也许只是大自然的一阵风抹去了什么蛛丝马迹就会让案情变得扑朔迷离。一个警官小心地用刷子将地上的油漆刷进盒里密封起来,还有一个在拾取一些微小的部件,其他人正在拍照。连续数小时里全无收获,以至于领头的警官不得不考虑将搜索的范围扩大一倍。但这个提议很快遭到吴警官的反对,他直言不讳地对着上司抱怨:"那只不过是在浪费时间。"当然,他们并没有理会他,他十分不情愿地尾随,忽而又被甩下,得到一个定点盯人的闲差。除了像特务一样眯起小眼睛四处打量附近村民的行走路线外,别无他事。他并不介意这个闲差,掏出火机,点燃一支烟。

  一个壮硕的小伙子拍了一下吴警官的后肩,他立刻反抓过他的手扣到背上,

迷惑的安魂曲

那小伙子沮丧地大叫"我投降"。他的师兄——吴警官警觉太高,偷袭的失败纪录又增加了。小伙子起身戴好滑下的警帽,恶毒地嘲笑道:"又刷单边做了人墙。"他名叫阿海,有一双清澈深邃的眼睛,身材细瘦,长相甜美,很有女人缘。但是,左手指上始终戴着一枚纯洁的银戒指,那是他对心上人至死不渝的承诺。阿海只属于他的爱人,为他的家庭拼命工作,而且成绩显著。吴警官有时候真的很羡慕他,人生有所寄托,不像自己漂泊无定,孤单无依。

"可不?被我抓到个杀人越货的。"吴警官说。

"这下好,你立大功了,连升三级也不成问题。"阿海说。

"哦?我可不知道自己何时有个当警督的老头。"吴警官吸了口烟,把锐利的目光转向远处。一个提着包的女人走到半路,注意到他的制服又折了回去。

"这次机会可来了!师兄。"阿海有些兴奋地喊道,也从口袋里掏出烟,跟他借了个火,往四散的黑色制服打量了一番,低声道,"那些家伙也真是不厌其烦,这是我见过的最棘手的案子之一。颇有点难度吧?目前并没有任何证据显示这是一场谋杀。"

"说到证据,有些人绝对不会介意把地皮也挖起来,那倒是可以用来抵挡无孔不入的记者。"吴警官漫不经心地整了整衣角,马上惯性站直身子,朝一个人伸出白手套喝道,"大叔,这里在办案,禁止通行。"那人并不理会他,还是挑着个扁担横冲直撞。他的行为倒是很令吴警官惊讶,虽然这里是市郊,但还没几个人敢公然不理会警察。那家伙究竟在干什么?吴警官冲上去想阻止他,可那人健步如飞,他和阿海在身后紧追不舍。

"这大叔脑袋有问题吗?"阿海十分气愤。

"嘘!"林子里安静极了,最伤脑筋的是两个身强体壮的小伙子居然跟丢了那个大叔。他和阿海退了回去,离撞烂的车不过五十米远。他们提高警惕,地面的树叶在脚底发出嘎吱嘎吱的声响,刺鼻的农药味随着一阵风消失了。日头渐渐从雾气里露出脸,山下的麦浪在大风吹拂下一波一波地翻起浪花。一束光射入吴警官的眼角,他朝那光跳过去,发现是地上的一块镜片射出的。

"上面有根羽毛?"他诧异地说,并没有用手指触碰任何物体。

"是呀,而且羽毛上还有血迹。这像是那辆蓝色保时捷左侧的反光镜。"阿海仔细看了一遍,举起脖子上的照相机按动快门,继续道,"有必要拿到实验室去化验下是否与车主的血液样本吻合。"

"你认为这是什么鸟的羽毛?"吴警官问。

阿海凝视了片刻道:"看起来既长又硬,说不定是附近哪只野鸟的。你知道我没什么接触鸟类的经历。"

"倒像是只鸽子羽。"吴警官说。

"鸽子?"

吴警官沉默了片刻道:"走,我们到附近找找那只鸟。"他沿着山道,像猎人一样不时伸长脖子或者拿树枝在厚重的叶子里翻找,阿海起初以为他只是在说笑,勉强尾随其后,见他满头大汗地摘下帽子,露出一张严肃的脸。犹豫了片刻终于道:"也许该先去找那个老伯,如果他受人指使故意毁掉一些证据呢?"

"那倒是简单了,你就上去给他戴上手铐,等着开记者会戴勋章吧。只不过他不是一般的农民,我可以用从业十年的经验担保。"

"他居然能跑过我们,我可是警校的长跑冠军。"阿海有些不满。

"老马识途。现在几点了?"

"早上七点二十八分三十二秒。"阿海看了下手上的电子表,他喜欢准确地读出时间。

"三十三秒、三十四秒、三十五秒……"阿海继续不厌其烦地报着表上的数字,这正暴露出他心中的烦躁。吴警官抬头望向日头,虽然抱着很大的希望,但还是不能断定自己的推测能否得到印证。要知道定性某项犯罪就如同看待大自然,什么样的结论都可能存在,哪怕是在尘埃落定数年后,这绝不是在混淆视听。他们在附近转了一圈并没有看到什么鸟的影子,倒是裤子上粘满了红泥,阿海因为多吸了些红果花粉而喷嚏连连,有时候他还真可爱呢。

"我肯定它已经飞走了。"阿海说着扒开头顶的细葡萄藤。有很多村民都在林子里有自家果园,收获后挑到很远的市集去卖。

"如果它伤了翅膀就飞不了。"吴警官边说边扯了个葡萄丢进嘴里。他知道阿海也会动手去摘,他常说,"吃不到葡萄,无权说葡萄酸"。阿海有野心,想做到最好。当阿海伸过手,吴警官会拉过他,来个过肩摔,回敬阿海的偷袭,他们的切磋从来都是乘人不备。他按住阿海的手,阿海却把头抬了起来。直觉告诉他阿海的反应是真实的,而不是转移注意力,所以他也抬起了头。一只灰鸽子半眯着红红的眼睛,蜷缩在葡萄叶中,它的一只翅膀卡在藤架上的方形空隙里。

吴警官把鸽子小心翼翼地捧在手中，阿海忧伤地摇摇头，心情变得无比沉重："它快要死了！"阿海是个温柔的人，有时候总会因为某事露出一副多情又哀伤的样子。但是吴警官很理性，立刻检查鸽子的伤口。根据判断，灰鸽子的伤比想象的严重得多，不仅是右边的翅膀骨折了，还可以摸到鸽子胸骨的裂开，一只带血的爪子不停地颤抖。

"我们必须马上把它送到兽医那儿去。"

"师兄，你简直是……"阿海犹如仰视神灵那般看着他，他的话还未说完就又花粉过敏揉起鼻子，马上又要发作了。

"阿嚏！你简直是太胡闹了！"身后的刘大队长却率先打了一个喷嚏，他本想拿出宝刀未老的底气斥责一番，但这一个喷嚏却足足消去了九层功力。他和阿海不约而同地闻到一股刺鼻的农药味，朝刘大队长狐疑地望去。刘大队长尴尬地捏了捏白手套，沉下脸。

"小吴同志，因为你的失职，一位聋哑的乡农闯了进来，到处喷洒农药。索性被我们制伏了，看来你还是比较适合回局子里办自己的案子。"

"是！"他绷紧身子严肃地向队长高傲的背影敬了个礼，稳稳地转过藏在身后的鸽子。也许它是有价值的。阿海沮丧地走上车，鼻子里哼哼，惋惜地替他直捶方向盘。

"你被他们踢出局了，师兄！真是太不谨慎了，大好的机会，锦绣前程就摆在眼前。你简直是个傻瓜。"他明白阿海的抱负，他将这种抱负也寄托在他的师兄身上，他想师兄在庆功宴上分得一杯美酒，同时得到最大限度的升迁。上次为破获七命案，阿海在三层楼的仓库足足盯了一个星期。还有那次跨省打拐，他一个人一天之中就辗转了五个城市。他和他的师兄一样总是没日没夜拼命地工作，侦查、搜索，然后出击。为了防止鸽子在车上再受到颠簸，吴警官把鸽子放到药盒里，给它的翅膀简单止血，像对待脊椎受损的病人一样，尽量固定住鸽子的头部。阿海瞥了灰鸽子一眼，忽然用力踩下刹车。因为没有执行任务，他们还是必须遵守交通规则，在红灯下停住。

"好好开车。"吴警官敲了下椅子，阿海无可奈何地从方向盘上移下手。"队长命令我们撤出雷人刘的CASE，你小子去哪里了？"

阿海拿起车上的对讲机，赶紧答道："在路上呢。"

迷惑的安魂曲

"什么？哪条路上，见鬼，别磨磨蹭蹭了。东湖田区有农民因牛打架而对殴，你马上赶到现场。"那对讲机里嘈杂地说道。

"好的。"阿海放下对讲机，尴尬地笑了笑，"抱歉，请原谅我们这样称呼你的领队。你知道，今天我们本来和你们一起到的，你们队长却下了逐客令，王头儿这回着实领教了他的雷人。气得信誓旦旦地说'一定要办成几起惊天动地的大案子'。"

"他手头上每件都是惊天动地的大案子。"他看了眼前面的站牌，现在他们正停在十字路头，往东是延新路，往西是北望角。

"可惜件件都顽石不破。"阿海满脸无奈地说道。他按了下喇叭，前面的车堵成了长龙。

"要加速了。"他反手从后面的盒子里拿出警灯安在车顶，车子马力十足地跳出红灯区，驶过画着女模特的广告牌、珠宝店、一家银行以及万宝路专卖店。疏落的梧桐树缝隙里渐渐高耸出几排插着风标的古旧洋房。

"等会儿到前面把我踢下去。"

"求之不得。师兄，有什么需要就来找我帮忙。"

"谢谢你，阿海。"

2. 梦的解析（上）

一条宽阔壕沟的另一头，四层楼高的土砾色民居在阳光照射中，仿佛又被粉刷了一次，闪闪发光。右侧苍蓝的幕宇下可以看到一座老四合院，门前有两只石狮，狮子旁的石马柱上坐着一只石猴。他摇晃着铁门，里面的狗叫了几声。穿白大褂的年轻学生拉开门，看到他制服上的徽章，愣了下："你是吴警官？"

"嗯，王博士在吗？"

"在，请跟我来。"他跨过门槛，踏着园子中间的青花石阶，石阶的两旁挂

迷惑的安魂曲

满了用黑布蒙着的鸟笼。鸟儿们感觉到脚步声，朝他叽叽地叫唤，它们并不怕人。一只雪白的萨摩耶站在紫薇花旁，优雅地撑起白白的小腿，扑到他身上。年轻学生吓了一跳，但看到狗友好地舔了舔吴警官抬起的手，又感到很惊讶。

"你可别挤坏了我盒子里的小家伙。"他有些盛情难却。

"无事不登三宝殿，你这捕头儿，今日来找我为何？"眼前人穿一袭长衫，模样儿显得超凡出众，一脸正儿八经，神气活现，可说起话来却俨然在另一个世界。吴警官心想：那香港人找他拍了一出蹩脚的古装戏，竟使他如此着迷。他提着盒子随他穿过两扇门，里面是一个很现代化的世界，摆放着各种医学仪器，福尔马林溶液里泡着许多鸟类标本。王博士全神贯注地一手按住丹顶鹤的长喙，另一手给它注射。然后，让青年学生给动物园挂了个电话。

"并不太乐观，这只鸽子的肺部受了严重的伤，翅膀有骨折现象，再让我看看气囊。怎么这里有个小黑点？"他一阵奇怪，手在X光片上划了划，忽然严肃地说道，"必须马上进行手术，把麻醉剂送到里面来。"

青年学生将盘子端了进去。吴警官取下帽子，疲惫地靠在椅子上。身后的镜子映照出笔直的脊背和绿色瓶子里鸟的尸体。他揉了揉鼻梁，眼角却一直盯着围绕着自己的奇奇怪怪失去灵性的东西，鼻子里呼吸着化学剂的味道，这股味道他十分熟悉，并且几乎隔几天就打一次交道。在对尸体的处理上，尊贵的人并没有显出物种的独特。他翻了下桌上的几本科普杂志，思绪又回到蓝月湾小区的入室杀人案上。

"怎么不去外面鸟语花香的世界走走？"大概一小时后，王博士脱下沾着血迹的手套，在盆子里洗着手。

"那鸽子能活过来吗？"吴警官问。

"要等醒后才知道。我对它的肺部进行了修补手术，翅膀也上了支架，在能力范围内已经没有其他事可以做了。"

"谢谢你。"

"我们去园子里喝杯茶吧。"王博士说着拐到凉亭处，只见一张木桌上摆着茶具，亭子下的池塘里有个龙形小喷泉，周围点缀的花花草草使空气变得十分舒爽。

"这几天我都琢磨着在天上铺一道网，然后把我那些宝贝鸟儿放到园子里，后来也只有放弃了。"

迷惑的安魂曲

"为什么?"

"那有什么区别呢?只不过是笼子大了点。"

吴警官并没有作声。

"你知道,一个真正爱鸟的人是不会养鸟的。"王博士抱怨地喝了一口茶,露出忧郁的神色。他总是这么说,但一次也没成真过。

王博士继续道:"上个周末,我和几个N大的植物研究生去生态保护区找标本时,看到了一些野生鹦哥在坚果树上觅食,我就想有一天把绿珠带去那里。"

"你花了一年时间才教会它读你的名字,其中有半个月还是我教导的。"吴警官是一边吹哨子一边教导那只鸟的,他觉得鸟更喜欢听哨子声,而不是学舌。王博士沉默了会儿,"这倒是个不错的主意,我可不想让它学会念我的名字,况且吴警官那里老鹰不用标榜就是自由主义。"他并不是舍不得绿珠,而是认为它已经失去了野外生存能力。绿珠衰老了而且变得很懒,有气无力地张开一对翅膀,正如他伸了个懒腰那样。

"你好像感到很无聊的样子。但是我下面告诉你的事情,一定会使你感兴趣。你上次不是说所有的梦都是愿望的达成?"

"不是我说的,这是弗洛伊德宣称的。有人表示怀疑,也有人坚信,我只是站在相信的一面。"他可不想成为没有根据的胡言乱语者。

"那我就站在质疑那一面,因为我昨晚做的梦,会将你上次所说的结论彻底推翻。这个梦让我相当痛苦,根本就是希望彻底破灭。"

"那我可要仔细帮你分析下,但是你要保证不能对我隐瞒任何事情,也不能主观臆断去评价,还必须向我透露最近的生活细节。当然,我会一如既往地守口如瓶。"他点点头。

王博士的梦是这个样子的:他梦到自己去森林或者公园一类的地方游玩,在一片模糊的绿牌子下,捡到一只鸟。那只鸟有半人高,披着蓝羽毛,像母鸡那样抖动身子。他欢喜地把鸟带回了家。几天后,他打算把鸟放生,就带着它爬进了一个可以窥探到天的石窟窿,峭壁的缝隙里长着一棵大树。鸟从笼子里飞出跳到树上,振动着黑泡沫状的东西从树上掉落。

"不是这里!"鸟居然开口说话。于是,王博士带着鸟跳进一条臭水沟往前游。钻出水面时,那水沟竟变成了一望无际的海洋。王博士顿时感到一股快意,在海里拍打嬉戏。这时,一群人沿着岸边走来,队伍里有一个军人和一群幼儿,

迷惑的安魂曲

孩子的小脸蛋上惊慌无比。他看到自己的妻子也在人群里，她径直走向那群幼儿，把他们牵走了，看也没有看他一眼。不过，那位军人却向他逼近，将他锁进了一个长笼子里。同时，另一个军人正站在对面折磨着一个囚犯。他感到饥饿难耐，便向那军人索要食物。军人居然把那只鸟剥了皮端到他面前，大口吞食。这时王博士满头大汗地惊醒了。

他真的看不出这个梦是什么愿望的达成，简直乱七八糟，而且是那么不如意。他只是做善事，结果鸟死了，自己成了囚犯。

"最近到底是什么事情使你做了这样的梦？"吴警官问。事实上这跟王博士上星期去生态植物园找标本密不可分。他又仔细想了想，记起在梦里捡到鸟的地方的那块牌子，大概是块淡黄色的铁皮，一角已经掉了下来，上面写着"禁止贩卖"。实际上生态植物园的牌子上写的是"禁止捕捉"。相反，禁止贩卖让他联想到做这个梦的前天，被一个小青年请到一家馆子的事，一同去的还有一些同事。那家店子开在一个公园里，周围被假山和树木遮蔽着，乍看之下还找不到这个地方，但是吃出门路的人都是知道的。他如果知道是这种地方，绝对不会去的。他去了趟洗手间，大家就把菜点好了，服务员先在旁边摆上一些青青绿绿的农家菜，都是他平时不爱吃的。只有最后放到中间的汤挑起了肚子里的馋虫，觉得特别香，简直无法忍受那样的味道。他们都把筷子伸进罐子，夹出肉放到碗里。那肉白得像水晶，又嫩得像蜜桃，用牙齿轻轻一碰就断开了。每个人都吃得满嘴香溢，他也按捺不住，正想伸出筷子夹出里面的肉，只听其中一位嗔怪那小青年。她是位女性，且和自己在同一所学校教书，有些事耽搁了，刚进来坐下不久。小青年是她的一个堂弟，因为他对这个弟弟进入本校就职帮过一把，最后把他安排在图书室工作。姐姐比较尊重和感激王博士，而这个弟弟刚二十岁出头，对他的嗜好一无所知。姐姐言外之意就是说弟弟不懂事，可是当着这么多人的面又不能直接批评弟弟，怕掉了他的面子。只是往王博士碗里拼命夹菜，不让他去动那碗汤。他一边微笑，一边看着罐子里的汤被瓜分殆尽，连骨头也不剩，异常苦恼。最后姐姐小声地告诉他，汤是用孔雀肉做的，并对此表示抱歉。他才发现墙壁上的匾额写着"野味馆"。那老板正向对面桌上的客人道："请问你要点杀哪只？"

"要个杨桃炖鹧鸪，一定要野的，别拿家养的山鸡糊弄我。"客人懒洋洋地问老板。

那老板一脸堆笑："怎么可能？除了蓝孔雀是家养的，其他保证都是在野外抓的。那个不好抓，又大又凶，你可以去里面看。"那人跟着老板进了厨房，他也跟了进去，发现地上有一大堆鸟毛，许多珍贵的鸟儿在笼子里叫个不停。他就拨打了林业局的电话，要求保护鸟类，禁止贩卖。回来时，他心情很不好，就钻进书房备课，默诵那段关于恐鸟的记载，这是他在大学里教的史前鸟类的一种。它的独特就在于，这种巨鸟曾经和人类共处过，这便成了它最大的不幸。当首批波利尼亚人乘独木舟从夏威夷来到新西兰岛时，就开始捕杀恐鸟，当时它们数量庞大，几个世纪后，它们遭到灭绝，从此恐鸟就象征了人类的贪婪。

"就我看来，这只蓝色的鸟是孔雀与恐鸟的结合体，你在梦里缩小了，或者是只幼鸟。"吴警官沉思了片刻道。

"我想是只幼鸟，幼鸟的体重增加给我印象深刻。"

"你还忘了那只鹧鸪，它看起来就像山鸡，山鸡和母鸡又同源，而你实际上把它当成了绿珠。绿珠就是你去玩的时候从一棵树下捡到的，你没有把它交出去。"

王博士点了点头，露出不解的表情："这只鸟结合了太多形象。"

"我告诉过你，在梦里，当意念转化为幻象时，会是各种形体的加载，你会发现熟悉的脸发生了变化，由几张糅合在一起，或者一个人一身兼具多人特征，此人或此物总有潜在的含义。在幻象外无怪乎是一大堆心理元素的堆砌，总取材于最近印象较深的事件。"

"但是，我并没有跳进臭水沟的愿望。"王博士说。

"你当然没有那个愿望，所以你才游了出来，或者说你让它产生了形变。"

"我怎么可能有这个能力。"

"人生来就有创造天赋，只是这种才干为了生存的需要隐而不见，或者受到世俗的约束，或者自认为毫无作用，但在梦里创作力会发挥得淋漓尽致，甚至创造的梦境，逼真超出了想象。这就是为什么有些作者总在梦中寻找灵感的原因。可是如果要继续对你的梦进行分析，你必须再提供更多的关于自己的私事。"他起初并没说过什么接近心灵、有价值的细节，不过，在吴警官的追问下，他还是说了出来。吴警官接到了一个报案电话必须去现场处理，离开时他告诉王博士下次拜访时一定会全数解答。

迷惑的安魂曲

2. 梦的解析（下）

过了一个星期，吴警官又去拜访王博士，王博士带着他去看了那只鸽子，由于被精心照顾，鸽子恢复得非常好，翅膀搭上了支架。他问王博士还有再飞的可能性吗？王博士说希望很大，起初以为受损无法恢复的肺奇迹般恢复了，王博士半开玩笑地说："瞧它，急着回家见老婆。"

"我也想去它的小窝看看。"他往嘴里扔了一颗花生。

"说实话，我对鸽子并不十分了解，也不知道它们有几根肋骨。"

"不过，你救了它的命。"

"是的，我把它当作一只山鸡来接骨了，我第一次实习救治的动物是家鸡。"王博士哈哈笑了笑，又开始询问他的那个梦的最终答案。吴警官知道他忘不了，因为梦里有些东西令他印象深刻。实际上，王博士对婚姻生活并不感到自由，妻子总责怪他出去旅游和养鸟花了太多钱，而没有放到孩子身上。不是这个原因，王博士也不会去演什么电影赚外快。他想，幸好只养了一个孩子，要是再多几个，她早带着孩子跑了。他感到人一旦结婚了，就要消减一半私趣的快乐。之所以会产生出妻子有一天带着孩子跑掉的想法，有很大程度上是梦里的那个军人造成的，那个军人正是妻子的初恋情人。他不是军人，相反是个文人，而且生在知识分子之家，爸爸是院士，妈妈是搞科研的，家境富裕。而本人常在报纸和期刊上发表研究文章，也在电视上演讲过。不过，他认为这一切都是在哗众取宠，糊弄听众。实际上，他在文章方面并无建树，连本像样的小说都写不出。王博士对这个优越的家伙充满了个人敌视，而这个家伙衣兜里总有一方手绢，有时帮女人擦擦凳子，有时擦自己的嘴巴。在女人面前表现得温文儒雅，不紧不慢，很有绅士风范。就算分手了妻子也还在暗自拿他们作比较。他对结果表示沮丧，他绝不会像他那么"娘"。至于梦里人的那身军装，据他回忆是穿的迷彩服，反倒不像个正规军人，王博士想到了学校里军训的教官。全国每所大学都有开学军训的规定，并严格执行。他并非对教官这样的人总抱有成见，只是有些年轻的教官文化程度不高，与女同学接触难免干出点伤风败俗的事而使学校背黑锅。而另一些，自卑自己的农村出身，对凌驾于别人之上有很强的愿望。那次，他站在办公室向操场望去，看到一个穿迷彩服的教官，对着学员粗口大骂，还踢一个学生的腿。幸好那学生是个老实本分的，闷气受着，还连声承认错误，可这样反倒使小教官变本加厉，口里念叨得更厉害了，一句话足足训了半小时，可见语言能力的低下。他实在是无法忍受，冲了下去。那教官见他到了操场，反倒是很识相地闭了嘴，带着大家跑步。毫无疑问他对教官的为人持有否定意见。所以在梦里，他老婆的初恋情人就穿着那身迷彩服，变成了举止粗鲁、欺软怕硬、没有一点品性的军人。而他的脸，简直就是一张教官和文人的复合照片，在实际中他们的面容可真有些酷似。那天还发生了一个细节，正巧那文人也从国外回来了，约老婆和他一起去酒店坐坐。他已经是外国公民，还有三个孩子，时常在他们面前炫耀外国的舒适和自由，也不忘讨好老婆，送了个名贵的包包。这家伙的婆婆嘴是利器，一桌子菜都凉了，两个人还讲个不停，使他有种被冷落的感觉。

　　分析到这里，吴警官知道王博士希望像那个富有的情敌一样，拥有更多的孩子，可是他的学校对计划生育抓得很紧，他怕丢了工作，又怕没钱抚养孩子。这个梦恰好是愿望达成了，那群幼儿就是他生养的众多孩子。可妻子把孩子们带走了并非他的愿望，但正是由于妻子把孩子们带走了，才避免了被那军人带走。这就意味着，妻子不会和他的初恋情人在一起。但是，为什么军人会把他关进笼子里呢？怎么说他也应该在梦里把他揍一顿泄愤呀。这是他最不满意的地方。

　　他说被关起来后，一直感到很难过，而这种难过的感情不能用委屈和愤怒形容，反倒难以解释。

　　"在记忆里曾经有什么让你也有过这种感觉？或者发生在幼年，你仔细想想。"吴警官问。

　　他想了想说，小时候曾折磨过一只老鼠，它是晚上跳到笼子里吃钩子上面的香蕉被抓住的，家里是不准养小动物的，他就对老鼠发生了兴趣，可又讨厌老鼠脏，是病菌的携带者，不想养。老鼠白天是不会动的，他就拿火剪戳它，

迷惑的安魂曲

一到晚上就在笼子里闹，常咬笼子。他没给老鼠吃的，过了三天，老鼠也没有什么变化，还活蹦乱跳的。他感到很奇怪，想看下它不吃东西能活多久，不但一直饿着它，而且还把老鼠放到桌子底下，故意在它面前大吃大喝，家人的眼里露出了惊恐的神色。过了三天老鼠还活着，这样又坚持了四五天，直到老鼠站不稳。可是那天，他放学回来，把笼子踢进一个塑料袋子，提到楼下，脚压住弹簧打开笼门，老鼠钻进了垃圾堆里。他说本来不打算放走它的，因为那天交到了好运，一高兴就想做点好事。他从小就相信，做好事可以让运气持久点。

这还是无法解释他心中的那种情感，如果他真这么想，心情应该是愉快而欢乐的。吴警官表示怀疑，又问了些其他的事，可是感觉上这种情感就发生在那只老鼠身上。他瞧了眼他脖子上的千手观音。

"你是个信佛的人？"吴警官问。

"我不信，只是母亲是个居士，我说了不信这一套，可她不看我挂上就是不放心。"

"我想答案就在这个上面，为什么要放掉老鼠，真因为你交上了好运，希望运气持久点吗？"王博士点点头，吴警官把那敏锐的视线转向假山上的木质佛塔，继续道，"尽管宗教是精神活动的产物，在现代社会科学与物质面前显得式微，但在文化氛围的延续下，中国人思想是深受影响的。比如我们相信因果有偿，一报还一报，好人会转世好人家，坏人终要去到地狱。你所做出的行动，多半是出于对这只老鼠死了会报复你的恐惧。"

"太可笑了，简直是无稽之谈！"王博士立刻反驳。

"无稽之谈也非空穴来风，所有宗教都是建立在道德的范畴上的，有时会被误解，或者在特殊年代被恶意扭曲了。宗教是把双刃剑，一面，光明自信，善存诞生了天国世界；另一面，黑暗恐惧，恶业便有地狱。这其实正是人心的两面，但人们没有注意，他们大多数积极的行为都来自恐惧。有钱的人希望更有钱，是害怕有一天失去财富；尽力把工作都做好的人，大多数是出于对失业的恐惧。渴望出人头地的人是对一无所有的恐惧，爱美的人是对丑陋的恐惧。一个心高气傲的人最怕被人瞧不起，所以努力修饰自己；同样，一个五六十岁的人还坚持锻炼体魄不得不归功于对衰老和失去健康的恐惧。众所周知，人最大的恐惧莫过于生命的消逝，天国的幻想不仅是对恐惧的安抚，更是由黑暗的地狱一面诞生出来的。大多数宗教都是先创造了地狱，才有了天堂。"

"我承认这很有哲学意义，也许那个折磨犯人的军官代表我折磨老鼠，可是你还是不能证实我是害怕而非愤怒，或者无感情。"王博士仍然坚持自己的。

"你的害怕在梦里表现得一目了然，它来自罪恶感，却被你巧妙地避开了，还邪恶地强加在别人的头上。"

"什么？"王博士瞪大了眼睛，表示难以置信。

"你在笼子里是代替那只老鼠赎罪。也许你意识里认为只要忏悔就可以免罪，可是忏悔又要每天持之以恒，太久了，就用这种方式取代了。你不吃鸟的原因也是建立在这样信仰的基础上，但我认为，那是白天的活动和认识问题，梦里可管不了那么多。弗洛伊德说假设人心内有两个心理步骤：第一个是在梦中表现出愿望的内容，第二个却扮演着检查者的角色。也就是说，凡是梦创造出来的都要进行第二个步骤的认可，它时常加以裁剪、破坏，使得潜意识不得不以隐藏的形式表达出来。你现在应该明白，并不是那个折磨犯人的军人代表你，他只是你小时候心灵的影子，真正代表你实现愿望的就是最后那个剥了鸟皮大吃大喝的军人。"

"我怎么会变成他的样子？我正在笼子里呢。"王博士根本无法理解。

"是的，囚犯有双重含义，你囚禁了那些鸟和老鼠，心里受到了谴责，同时也感到婚姻囚禁了你，可不要忘了，梦里的人并没有样子，是你幻化出来的心理元素，梦里所有影像都是元素。让人取代自己的原因多半是嫁祸疼痛和苦难以及成就未遂之愿，比如牙疼病人梦到朋友也在牙疼，是在让朋友代替自己牙疼。"

"怎么说我也不会吃了绿珠的，我压根都没想过。"

"不是绿珠，是勾起你食欲的孔雀肉。你以那不讨好的文人样子品尝了孔雀肉，而又巧妙地把所深信的因果报应甩给了他，因为你心里认为：他这样作恶，残害生灵，必定会下地狱的。"

王博士沉默了片刻，到笼子旁逗弄鸟："真是，看起来整个梦是放生的，做梦的人压根没想到去放生。"又朝画眉吹了下哨子，笑道，"也许就是这样，可是大海代表什么？"

"水属于阴性，游戏大海和窥视有窟窿的石头的快意一样。我想你该感谢你的妻子。"

"那么像泡沫一样的东西和臭水沟又象征什么?"王博士又问,吴警官的手机在裤兜里发出振动,电话是搭档打来的,说已经在提审蓝月湾案件的嫌疑人。

"对不起,我要回局子里去了。"他放下手中的茶饼,离开桌子时精神百倍。他喜欢挑战与忙碌。大门外,一个背皮包的漂亮女人迎面走来。

"唉,虚于客套之下的人心总是不知足的。"吴警官叹了口气,一辆出租车停在身旁,他坐上去。

3. 病房探视(上)

年轻的女护士长配好药,端起盘子平静地穿过宽敞的走廊。风从灰色铝合金窗口刮进来,不时抖动起窗帘,周遭阴云密布。如果不是非来不可,没有人希望在这里,哪怕只有那么一天。盘子里的注射器因为身子的抖动发出碰撞声,护士长冰冷地扫了眼左手旁的血球蛋白和葡萄糖注射液,再次确定所有东西没有弄乱后,站在那间豪华病房的阴暗拐角,深深地吸了一口气。吹起的额发恰好暴露出一张阴郁的脸与带着厌恶的眼睛。她不想再被里面的老太太苛责了。

"小姐,你不应该这样。小姐,你应该这样。喂,对了,你叫什么名字?"

"我叫……"她不得不笑容可掬地再一次重复自己的名字,她已经清楚地告诉那位老太太好几次了。

"这真是个难念的怪名字。"老太太歪歪嘴角。

如果不是训练有素的工作涵养,她早发怒地反问:"那你又叫什么呢?"老太太的底细她当然知道得一清二楚,平素她就具备对病人及其家属的观察眼力。尽管这个女人已经华发两鬓,但她所拥有的财富与家世背景令人望尘莫及。门在女护士的脚指头上缓缓支开,里面的人并没有走出来,只是发出脆弱又沙哑的责备。

"你在外面磨蹭什么？"她收拢住慌乱，带着难过的神色与几分悲伤，尽全力流露出对老太太最大的理解。

"今天好点没？"她关切地询问。

"并没什么变化。"坐在沙发上的老太太没有围盖住头顶的围巾，以至于女护士长可以居高临下地看到她顶心的白发。几个星期来身心俱疲到精神近乎崩溃，老太太已不再介意往昔这个暴露在人前时最介意的问题。要知道她才五十岁，五十岁对一向养尊处优的女人来说并不会显出老态。她的衰老是在这段满是痛楚的时间里开始的，并恶性爆发了。

待护士长转过身，她好像想到了什么，把床架上贴的体温记录表拿给她。铁栏杆的缝隙里露出一条壮硕的小腿，修长的肌肉犹如运动健将，只是苍白僵硬，偶尔神经性地动一下。

"您可真仔细。"女护士长讨好地说。

老太太根本不在乎她说什么，自顾自问道："院长和教授们会诊的结果还与先前一样吗？"

"是的，一切必须等他清醒了才能决定。"

"那京里来的脑颅外科专家刘教授怎么说？"

"这个我不太清楚。"护士长知道刘教授自知能力有限，又怕聚焦度太高反而让自己泥足深陷，显得百倍谨慎，在仔细看过病人的报告后只好回京。如果老太太能从其他人口中得到些消息，也不会为难这个小姑娘。她一直怀疑这些主治医生都在对她隐瞒儿子的病情，包括去美国求助的丈夫。所有人都对她说三天后儿子能醒来，然后又说一个星期，结果过了两个星期又加一个星期。这是谎言，可她哪有勇气承认，这对一位怀抱希望的母亲打击是多么的大。

"你什么都不知道吗？"她又问了一遍。护士长避开咄咄逼人的生硬面孔，看上去十分委屈。

"需要帮您给院长拨个电话吗？"

"算了，出去时把门带好。"她已经厌倦了那些人说来说去都是相同的话。

"如果有什么事，请您按墙上的电铃。我随时都在隔壁。"见老太太的精神状态焦虑又糟糕，护士长谨慎地提醒了遍。

"哦，谢谢你。对了，小姐，你叫什么来的？"老妇人嘟囔着用眼角慈爱地瞥了女护士长一眼。

迷惑的安魂曲

"我叫……"女护士长怯弱颤抖，竟不知如何回答。老妇人眯眼望向护士长胸前的淡黄色牌子。

"7，好吧，我就记你的编号。"她打断她的回答，幸好牌子上只有一个数字，她倚着墙感到自己日渐昏沉的脑袋越来越不好使。女护士长微笑着，轻轻走出病房。迎着她的面走来一个穿风衣的高个子男人，一个手提花篮的圆脸平头男人紧跟在身后。两人都不过三十岁出头，穿风衣的男子高束着衣领昂首挺胸，身子笔直，就像是一个服役军人那样走路。

"别装死，快起来回答问题！"也在这栋医院大楼，豪华病房的楼下，塑料袋里装的消炎注射液在吴警官头顶摇摇欲坠。吴警官抬手掀看瓶子上龙飞凤舞的价单暗叫"真贵"，以对付那些乡下人非法贩卖野鸡的力道，踢开阿斌娃跷在病床上的脚。阿斌娃用福建话唤起来就像是块漂亮到吊胃口而不能吃的点心。他实际的名字叫张鸿斌，是警校的应届毕业生。他不知道那些冠冕堂皇招生的家伙，为什么不选几个像样又心理成熟的青年。高大威猛的形象不代表有个优异的头脑，才高八斗的学历也不一定就是侦查天才，可惜很少有人能持认可意见。这个刚被招来的毕业生简直就是验证愚昧者所犯下的错误的，倒霉事又让他碰上了。

床上的犯罪嫌疑人左脚打着石膏，张开两个鼻孔，鼾声响如擂鼓，脸上的瘀青在眼皮下不时抽搐。

"不要再弄伤他了。"他无可奈何地发出警告，并不理会这位搭档抱腿哀号。他万万没有想到仅仅在去看那只灰鸽子晚到的五分钟里，犯罪嫌疑人就故意成功激怒了这个白痴并使他出了手。阿斌娃满脑子正盘算着怎么对付床上的嫌疑人，为此又回顾了一遍在大学里学到的审讯技巧与犯罪心理学，当然里面有一大半是与女友浓情蜜意的画面。然后摆出一副无所谓的表情，愣愣地瞪着吴警官戴起桌上的帽子。这半年来他们相处得十分糟糕，全无半分默契。

"你要去哪里？"他是在惦记吴警官会不会先回去向领导汇报。吴警官没有理会他，先拨了个电话。

"留神点，看紧床上狡猾的家伙。"他拍拍这位新搭档的肩膀。

"可是你究竟要去哪里？"他好像意识到已经犯了一个严重的错误，总算有点害怕了。

"帮你去讨黑锅钱，难道你要自己付账？不用感谢我，算我倒霉。"吴警官

迷惑的安魂曲

当然更关心这些医药费的落实问题，他可不希望连自己的工资单也一起交上去。很庆幸不用多跑一趟，结账的人就在楼顶。他决定要他的搭档对这件事情印象深刻，所以故意气急败坏地甩开门，又俯身在他耳根：

"记住，如果下次还在审讯室里展示你的拳脚，就别指望我去你的牢房送饭。"直到看到他惊惧地抖动双肩，他才离开。

刷成彩色的墙壁上挂着一些五颜六色的风铃，被风吹动时静悄悄的。因为怕影响到屋子里的人，有人故意处理过。即使在阴霾的天气里，上面也比下面亮多了。他脚下踩的地毯也比普通会议室里的更加柔软。一些房门前摆放着四季青和观赏松，走道的墙壁里镶嵌着鱼缸，里面的热带鱼游来游去。他突然走到它们面前，它们从飘起的衣角旁一起游走了。一切被布置得很有情趣，走廊足足比下面宽了三倍。不时有医师在房子里进出，他们并不拿什么东西，药瓶都由面容清秀的护士端着。这些人胸前无一例外地都挂着正教授工作证，房子里的每个病人至少拥有两个专科教授，而将敲开的那间特殊病房的主人已经有了三十九位专家的阵容，并且来自全国各地。

"讨债的来了。"开门的圆脸男子，把一双皮鞋卡在门缝里，满脸堆笑地站在门口，那笑声好像故意让站在身后的人听到似的。这位叫田文志的同志本来与吴警官同是刑警大队的科员，是个具有高学历却毫无破案能力的家伙，混了两年出不了成绩，被调到了财务科。没想到因此崭露头角，干了几年就升了两级。

"哦，还没介绍过呢，这位是李文俊，李警官很快就会调到我们局子里。"他笑嘻嘻地搓着手，别扭地转过肥胖的身子。

"他叫吴平，目前是刑事侦查科的科员。"

"你好！"吴警官打了声招呼。

"你好！"两人紧握着手，彼此打量。以那种职业的眼神，从头到脚考察着对方并在心中判断出优劣。在抽回手时李警官就敏锐地捕捉到他像豹子般迅捷，他注意到对方有一双犀利的眼睛，冰冷且有神。

"你是从特警大队那边过来的吧？"李警官问。

"对，我七年前在那里。"

"七年前呀，你还记得那个魔鬼老头吗？"

"谁？"他的头脑里迅速闪现出一张张人脸。过了七年，记忆里的面孔还是十分清晰。这本来就是他学到的一种本领,像电子计算机一样熟记人的面部特征,并且可以随时调出,"你不会是指大队长吧?"

"对呀!总爱吹哨子,让新来的半夜起来拉车轮,说来挺残酷的。你肯定天天睡眠不足。"那是组里平时对他们的训练。

他笑了笑:"我懒得很,总找个绳子一头挂到树上,一头绑着轮子,顺着别人的痕迹一拉就睡觉去了。"

"太不可思议了,简直和我一个样,怪不得我们一见如故。想起来那老头也很刁的。"李警官笑道。

"是呀,训话训到可以让你耳根长茧,可是张婆婆嘴。"眼前的人很有感召力,莫名吸引着别人主动迎合。吴警官说着沉默了片刻问道:"我好像并没有见过你,你是几班的?"

"我?我可不想到他优秀领导下的特警大队去,就连在家也一分钟都不能忍受,所以干脆去了部队。"李警官轻松地说道。

"你是说那老头是你……"

"就是老头哈!他训完你们就回来虐待我了。"李警官忍住笑,大力拍他的肩膀让他差点呛死。他真是个有趣的人,但开玩笑多少有点阴。

3. 病房探视(中)

吴警官很尴尬,一时间不知再如何开口。田文志马上来救场,用眼睛勾了勾他,吴警官才想到自己是来送账单的。田文志接过账单,皱起眉头弹了弹。

"兄弟,这虽然是小事一桩,但我们还是要到外面谈谈。我必须知道更多的详细情况,要不报告也不好写。"田文志道。

"当然。"他可不想把问题复杂严重化,否则又不知道要跑多少个部门。

"文俊,怎么一直站在门口?"老太太走到三人中间,昂头挺胸,只是轻轻一瞥门口的吴警官，依然保持着那种上流社会体面女人的傲慢姿态。

"您好！"他微微抬起头，发现李警官的面庞与那妇人有几分相似之处，都长着一个宽额头，而鼻梁较细。老太太有礼貌地点了点头，他顺着她指的沙发坐下，她去厨房泡了壶上好的毛尖。这房子相当大，可以同时住进十来个人，配有厨房、卫生间、阳台，墙壁上挂着液晶电视，窗子边的自动摇椅上垫着一张白老虎皮，暖气低低地开着。坐在沙发上像怀抱着柔软的被子慢慢往下陷，相当舒适。有钱真是好，连病房都被改成了豪华旅馆。他望了望躺在病床上的人，他的眼皮一直闭合着，不时颤动，似乎马上就要张开眼睛。动手术时，他的头发都被剃光了，突出的棱角依旧很漂亮。他的笑容是那本名人时尚杂志上的招牌照片。如果那天晚上他不是把那台改装过的保时捷开到正常时速的两倍的话，现在仍然是闪光灯竞相追逐的新星。这是他第二次见到王致宇，第一次是在赛马场，被一个酷爱马术的朋友叫去的。

老太太转过身，他机警地收回视线。他知道此时的母亲很不喜欢他这种身份的人盯着儿子瞧，就连上次几个同事小心地来取血液样本都令她几乎震怒。

"谢谢您。"吴警官接过茶杯。

"你是上次跟在刘大队长身后的年轻警官？"稍稍沉默后老太太问道。

"姨，小吴是刑事侦查科的科员。"不等他开口，李文俊先为他作了一番介绍。

"哦。"老太太讷讷地哼了声。

"能告诉我儿子案子的调查结果吗？"

"对不起，伯母。实际上因为工作中的一次疏忽，我已经离开了临时成立的特案组，正在处理自己手上的凶杀案。"吴警官说。

"哦！是凶杀案啊，那不是要和死人打交道？"老太太既惊讶又好奇地问。

"我们要在犯罪现场对尸体进行分析，找到凶手留下的证据，有时还需要法医的帮助，对尸体进行解剖。有的凶手作案手法极其残忍。"

"恕我冒昧问下，你和凶手、死尸打交道从无畏惧吗？"

吴警官搓了搓手，凝视了下老太太，思索了几秒钟，微微开口道："比起对凶手、死者的畏惧，我更不忍心的是敲开一扇又一扇的门，告诉毫不知情的人们至亲遭遇飞来横祸惨死。特别是做父母的，当他们得知孩子丧命凶途时，痛苦的哀号与愤怒是无法用言语表达的。我所看到的父母无论有无文化，贫贱还是富有，都是哭得眼泪干了。继而目光呆滞，精神恍惚。父母们在尽力配合

迷惑的安魂曲

我的工作，仅仅是躯体上的支撑，而心灵早已无法承受。这种创伤还要持续很长一段时间，感情至深的是无法以时间计算的，他们的生活简直全完了，一切的一切都毁掉了。至于那些呼天抢地向法庭诉讼、登报上网、呼吁媒体严惩凶手的人，我看到他们的表情隐忍着悲痛，使之化为力量。即便如愿以偿，付出的代价也是惨烈的，谁愿意把自己悲惨破碎的生活放在草坪上供人们观赏呢？谁又愿意把儿女死去的照片贴在报纸上供人们茶余饭后评头论足呢？"

他发现茶杯的水已经空了，老太太又给他倒了一杯。他接过杯子，诚惶诚恐。他瞧见她面带微笑，眼角挂着泪水。

"最近，是有什么案子让你印象如此深刻才神伤的吧？"老太太问。

吴警官点了点头道："那也是一位母亲，就在三个月前，我还记得敲开她家门的情景。因为过节，她正围着围裙端出鱼汤等女儿回来吃晚饭。她的女儿刚大学毕业，好不容易找到了一份工作。这位母亲看到我的帽徽，和所有见到警察的人一样露出诧异而惊恐的神色。她那时可能把我当作牛鬼蛇神了吧？其实，对她来说我就是恶魔。我告诉她，她的女儿在香贵兰国字10路被一辆车撞死了，肇事者当场驾车逃逸，时间是晚上10点22分。听到噩耗，她一下就晕倒了过去。接下来的数日里，她拒绝食物，把自己封闭在女儿的房间。我们劝她，她也不听，她说看到房屋里女儿使用过的东西，就会心如刀割。但如果离开这些东西，除了哭之外还能做什么呢？她想留住她的影子，哪怕是在自欺欺人，想象她在这里活着，呼吸着。最后，她也彻底病倒了，过了两天就离开了人间。"

"真可怜，将心比心。天下哪个做父母的心不是一个样？捧在手里怕飞了，含在口里怕化了，情愿自己有事，也不愿孩子受苦。我的阿致，从小一点苦也没受过，今日却遭了如此大的罪，也在那条公路出了事……"说到这里，老太太用手捂住嘴巴，泣不成声。李文俊只好百般安慰，没想到他也真是能说会道，不费吹灰之力就止住了老太太的眼泪。田文志不免露出愠怒的表情，甚至觉得吴警官伤害了他的颜面。此时此刻，在有权有势的人面前表达这种不合时宜的见解是轻浮和不知所以的。

"吴警官，我要罚你，你惹我姨伤心了。"李文俊故意沉着声音。胖子田文志马上吓得脸色发青，但是又幸灾乐祸地等着看笑话。

"你这孩子，怎么能这样对人家，不关他的事。"老太太倒是深明大义。

"不行，要罚。罚你透露个犯罪案件，让大家一起开动脑筋。"李文俊拍拍他的肩膀，继续道，"这对你说没什么难度吧？"

"哦！"他知道李文俊只是想转移注意力，让悲伤的气氛得到缓解。他犹豫地看看周围，脑袋里灵光一闪，开口前先向老太太请示了一番，"我不知道说话的声音会不会打扰到您的儿子休息，请原谅我并不具备医学方面的知识。"

老太太哭皱的脸变得和蔼亲切，也压低声音喃喃道："其实医生建议我们要多和他交流，除了每天呼唤他的名字外，或者打开电视，或者在房间里讲讲话，做些可以唤起他思维的事情，他必定会醒来。别担心，你讲讲吧，这孩子以前就爱看侦探片，可惜不喜欢学武，只喜欢他的音乐，和文俊一点也不同。"

"好吧，也许大家能给我一点好的建议，整件案子是这样的：这个月16日上午，我们接到报案，一名叫胡亮的26岁汉族男子在蓝月湾华阜东区老教工楼里被杀。第一个发现他的是从大宛坐长途客车来找他的女朋友，她用钥匙打开门，却发现门是开的。眼前的一幕把她吓得不知所措，是楼上的人听到尖叫声，用手机报的案。我们发现死者面朝下躺在地上，伸出一只胳膊，胳膊旁有一个鸟笼。死者露出极其痛苦的表情，血从脖子上流到地面。根据血液凝固速度，我们推断出死亡时间是晚上10点左右。死者由于颈部的动脉和静脉都被割断使得身体瘫痪，但没有立即死亡，挣扎持续了大概10分钟。"

"杀他的凶器是什么？"李警官问。

"推断是一根钢丝，东西已被凶手带走。他撬开门钻了进去，试图窃取财物。"

"看起来是一场谋财害命案。"李警官说。

"是，我原以为也是这样，而且快速锁定了他的中学同学赵岑。从邻居口里得知，他和赵岑合租了这个屋子。3天前，有人听到他们在屋里打架，然后赵岑就搬走了。赵岑被逮捕后告诉我们，因为胡亮的女朋友要来住，胡亮让他马上滚蛋。他说房子难找要多住几天，胡亮就火了动起手来。被赶出来的几个星期后他就没饭吃了，想混进正在办丧宴的餐厅大吃一顿。忽然看到胡亮右手戴着只足金瑞士手表，一路大吃大喝，心生嫉妒，便决定晚上去偷他个精光，哪知胡亮早把所有的钱拿去五马金饰买了黑市的黄金。"

"买黄金？"李警官有些诧异。

"嗯。他跟着别人炒这个，是个行家。"

"那他花了多少钱？"

迷惑的安魂曲

"300万全花光了。"吴警官说。

"300万？胡亮是干什么的？"李警官惊奇地问。

"是个没有名气的摄影师，我们查过他的账单和信用卡，完全入不敷出，还欠着社保。"

"这真是奇怪，他这人有300万却不去缴纳欠款。"田文志无关紧要地插嘴道。

"欠债的是少爷嘛，国际上不也通用？除非他中了彩票或者是某个亲戚的馈赠，否则这笔钱没有什么合理的解释。我查过这笔款是划账付清的，开户人使用的是假名，这些都很蹊跷，但要先放下。根据先前所说赵岑是具有犯罪动机的，可他一直坚称自己没有杀人，是房子里的另一个人干的。"吴警官继续道。

"谁？"李警官问。

"不知道，他察觉到动静，以为是被发现了，便匆忙跳窗。他好像听到另一头的阳台上也有人跳了下来，可只顾着逃命没有去看。"

"杀人犯在为自己开脱时，总编造出现场有别人的假象，还有人干脆直接说是鬼魂干的。"田文志说着双手撑着头，晃动了下僵硬的脖子。

"但这种说法与调查的实情是吻合的。邻居们都听到在赵岑逃逸后不久，胡亮家里的钟就发神经似的狂响。我们发现钟盘被一个网球砸破了，在被砸破之前那口钟已经停了，时间是六点过五分。"

"你把我都搞糊涂了，到底有几个人在作案？"老太太露出惊奇的表情。

"这也是我想知道的，凶手什么也没有留下，连赵岑都是戴着手套进来的，如果不是在窗户上发现了他的鞋印，我们是没有理由逮捕他的。我们注意到屋子里除了保险箱被动过外，桌上还少了副台历。赵岑说胡亮有个习惯，根据自己的感觉闭上眼睛在台历上勾出数字，然后去买彩票。他每星期都买，绝对不会扔掉台历，所以这也为房子里还有其他人提供了证据。"吴警官说。

"谁会把这个台历拿走，难道真被胡亮瞎猫碰上死耗子，蒙到500万？"田文志笑道，三人陷入了沉思。

迷惑的安魂曲

3. 病房探视（下）

过了一会儿，吴警官开口道："这几天，那个家伙的态度变化很大，开始还配合我们工作，到后来变得越来越凶神恶煞。不知是不是失去了信心，经常与我们发生口角。就在今天早上他摇动手铐站起来向那小毕业生挑衅，小毕业生上去推了推他，正巧碰掉了柜子上的一块合金板，砸到他的脚上。他说不去最好的医院接受治疗就要去告我们，所以我们把他送到这里来了。"

"哦，原来是这样，可是小毕业生出手了吧？"田文志狐疑地问，因为没有看到笑话，他有些失望。

"如果犯人没有得到允许便站起来，对警察构成威胁，警察是有权强制让他回到自己位置上的。局子里的闭路监视器应该拍下了当时的情况，是不是吴警官？"李文俊道。

"不太清楚。"他知道圆滑世故的田文志这一关已经被李文俊解了围，所以又变得漫不经心。

田文志不再多问，拿出一支圆珠笔，铺上支票，玻璃球一样溜转的小眼珠望着李警官道："唉，有时候警察也很难做，压力太大了！"然后一副高级长官的样子体贴地拍了拍吴警官，"别在意，年轻人需要多多磨炼，多给他几次机会。"

吴警官心不在焉地晃动手上的杯子，心想：去你的，怎么处置他，你自己随便，反正不关我的事，可我的工资不是用来救死扶伤的。

"谢谢你！"接过支票，他简单地说。

"瞧，你跟我客气啥？大家都是老同事了，有空上来喝杯茶。"田文志一脸讨好地说。

"好的。"吴警官没有把话当真，以自己不合群的性格，多半不会上那个地方。况且领导的办公室就在财务科对面，他不想与他们打交道。他伸手拿衣架

迷惑的安魂曲

上的帽子，一股淡淡的香气从身旁飘过，不同于化学物品，带着天然的味道，就像是沐浴着阳光的玫瑰花经飞舞的蝴蝶翅膀诱发出的。烫着卷发的年轻女人与吴警官擦肩而过，她始终面带笑容，穿着一件柔软的高领白毛衫，脖子上挂着镶有花纹的白金吊坠，坠子正好垂在起伏的胸脯上。她亲切而激动地抱了抱老太太，然后转过头看着李警官。

"文俊哥哥，好些日子没见了。"她的声音洪亮，充满活力。

"是呀，我正在办理一叠的转职手续，所以每次来去匆匆，没和你打上照面。"她把带来的鸡汤亲手喂给老太太喝。老太太一直紧紧握着她的手，她就是王致宇的未婚妻杨丽娜，杨明省长的女儿。吴警官俯下身子拍了拍裤脚的泥土，起身时正撞上一个背着手站在墙角的男子。在那种大学生青涩模样的背后，是无所畏惧的大胆与火热，只是被老成的金丝边眼镜有意滤去。他走过去，那男子挪开脚步擦了擦塑料椅坐下，拿出 iPad 翻了翻，就跑进了洗手间。

"致宇，致宇！"娜娜每天都呼唤他的名字，有时候几分钟，有时候半个钟头。在这个年轻男人因为意外倒下前，她从来就不知道其实生活中也有着伤痛与莫大的不幸，使人形神俱毁。她是个名副其实的公主，远离贫穷与疾病，她难以将一个不死不活的男人投入那五彩斑斓、享之不尽的华丽世界，甚至想不通一个人怎么会突然变成这个样子。哪怕只有半刻，她都因为病人口中的气味想逃离，带着那种被吓傻吓哭的难看模样。但如果将这一切与被严厉的父亲冻结信用卡和账户联系起来，她只有用最大的忍耐去忍受最不能忍受的。她每天都来，每天都对着床头流下厌恶与恐惧的泪水。

"这孩子又哭了。"老太太摸着她的头发，自己也泪水涟涟。

"他没事的，会好起来的。"她紧紧抓住准儿媳的手，安慰别人也安慰自己。

"来吧，我给你一串佛珠，昨天庙里的师父做法事给我的，它会保佑你的。"老太太边说边给她白白的胳膊戴上。那珠子凉气刺骨，她打了个哆嗦，尽量克制住自己的言行举止。从小到大她最讨厌被伙伴冰，在夏天用冰块，或是用冰手贴她的脸，拿冰东西靠近她。无论是谁犯了禁忌，她马上翻脸大发雷霆。

"最近酒店的生意还好吗？"老太太问。别人认为这家酒店是开着玩的，可她是很认真下决心摆脱父亲经济上的绝对控制。但搞得很糟糕，光看进账就头晕目眩，平时相交的玩乐朋友常去当个走客，出于她本人请客的优待。

"那里简直烦死了。"她抱怨地揉揉眼睛，并没有拿高级化妆品出来涂抹，这已是跳上车的头等大事。她的手机铃声一直响个不停，她也不去接。

"还是关门算了，小小的酒店承载不起大小姐的华贵。"李警官恶毒地讥讽道。

"我最讨厌警察了！"她反击道。

"哈，那你肯定偷税漏税了。"

"对呀，贿赂给了你，难道要给我戴上手铐吗？文俊哥哥！"她大眼睛一闪一闪，天真地瞪着他，介于那种女孩与女人之间的半熟模样。她心里也承认未婚夫的这个表哥，不仅一表人才而且玩世不恭，惯性地认为这种人肯定是靠关系进的警察局。女人的直觉又相反地告诉她，这不是一个简单的人物，甚至有一种不安分的因子，应该与他保持距离。

"好吧，伸出手来。"李文俊可不怜香惜玉。

"嗯，疼……"她大叫道。

"瞧你，别再欺负她了。娜娜，你有事就先回吧。"老太太心里很是不快。

"对不起。"她在老太太的注视下打开墙壁上的电视，每天她都在走之前帮未婚夫打开电视。医生说病人可以接收到外面的信号，微弱意识状态下可以听到附近人的交谈，而电视的声音更能刺激病人的神经细胞。她认为这全是些糊弄老太太的鬼话，这家医院差劲透顶。她把遥控器放到桌上，斜眼看到王致宇的右手腕也戴着与自己一模一样的佛珠，老太太手上则是一条翡翠色的，一根根神经被刺激得跳动竖起。

"在对壶口现场进行了一次严格而缜密的测量实验后，凤凰台和柯受良对完成这次挑战充满信心……"李警官也走了，老太太独自一人望着病床上的孩子，除了电视里凤凰台纪念柯受良飞黄河的节目外，周围像死一样的寂静。

"嘿，把反光镜调下一点，我粉盒的镜子破了。"戴金边眼镜的男人抬起手。只有往脸上涂抹时，女人才是最安静的。娜娜说完便一声不吭地拿起刷子，精准到每一道纹理，绝不漏掉任何一个细节。结尾的一个动作通常是翘起小拇指抹匀嘴角，然后微微一抿嘟起双唇吐出一口气，仿佛从暗无天日的劳累中歇息下来，漫无边际的抱怨就爆发了。

"受不了，真受不了，为什么我爸不在大会上提出把迷信的老太婆全关进监狱的建议？你知道那老太婆有多烦吗？看她都干了什么？看看我的手。"她拉起袖子，把手举到男人面前摇晃不停。

迷惑的安魂曲

"这佛珠挺富贵的。"男人心想,她这大小姐的脾气还真发得幼稚,但仍然忍不住心猿意马地瞟了两眼白嫩的手臂。

娜娜怒目圆睁地在他耳根咬牙切齿:"不是佛珠,是死人的珠子,和那植物人戴的一模一样,你最好先弄清楚。"她憎恨地一把拽下佛珠,扔到后座。

"你没注意吗?最近酒店生意好起来了,怪人也多。"男人说。

"咦?"

"上次有个乐天派的老板来店里喝酒,他事业有成而且身边美女如云,口袋里票子一大把,可每次就点一个菜还要讨价还价。他说上天对自己太好了,一辈子都没吃过苦,甚至不知道什么是心疼的感觉,自己很想体味这种感觉。我告诉他我可以帮他实现这个愿望。"男人说。

"不会是让他深深爱上你,然后再抛弃他?真是够恶劣的。"她故意伸舌头说道。

"我可没那兴趣,我只让服务员给他送上了一杯白开水,这几乎让他哭了。"

"胡扯。"

"这可是我的新菜单,一杯两百元,就叫'心疼的感觉'。"男人道。她正要笑,恰巧看到李警官的车并排而行。他朝她挥了挥手,她礼貌地点点头。那张要死不活的脸又麻木地浮现在她的头脑里,忽然双目无光。

"真无聊,一点也不好笑,不好笑。"娜娜娇嗔道。

"好吧,我承认并没这方面的才能,这个笑话也只是我从书上读来的。"

娜娜沉默了会儿道:"阿星,谢谢你。"

"这是我应该做的,我不想看到你愁眉苦脸的样子。"

"我是说感谢你每次都在我不能忍受那病房时,就在厕所里毫不间断地给我打手机。"

"哦。这没什么。"她的话令阿星无奈且沮丧。两人好久都没有交谈,车上安静极了。娜娜点燃一支烟。

"爸爸还没有松口的意思,我怕再这样下去真要嫁过去,他都那个样子了。"娜娜说。

"杨省长只是觉得现在并不是谈这件事的时候。"

娜娜苦笑道:"你是不了解我爸,他关心的只有自己的地位。"阿星漫不经心地听着,不想发表任何意见。他知道这只不过是一阵很快刮去的旋风,人怎么会自虐地把自己长期困在烦恼中？解脱的方式其实有很多，她总会找到乐子的。

"怎么停车了？"娜娜问。

"红灯。"天气渐寒，街上的路灯也亮得特别早。橘红色的光一圈一圈，就像《寂静岭》中因在笼里的耶稣裹尸布上烧着的火，摇头晃脑地变成一堆灰烬，没有疼痛，没有语言。灰烬飘到生人面上，游戏就开始了。

"换我开开。"娜娜说。

"嗯。"阿星笨拙地钻到她身下，为了保持帅气的形象，还大费了一番心机，但一只手还是被卡在了椅子上。他狡猾地马上伸到后座把包递给娜娜，掩盖住了颇为滑稽的姿势，又恰当地献了殷勤。

她把包搁在大腿一侧，继续道："从我记事起爸爸总不回家，要不一回家就是醉醺醺的。"窗外深红的枫树映在眼睛上，使她的眼珠看上去就像被刺穿的碎片。她用力吸了吸鼻子，猛然抬起头满怀委屈地凝望着他。

"你知道那男人第一次见面时对我说了些什么吗？"

"什么？"阿星漫不经心地问。

"他说'只是结婚而已，我的事你管不着，以后各玩各的'。好啰，现在他没得玩啰。"她嘲弄地大笑。车后传来的警笛刺激着她提高嗓门。她情绪激动，越来越语无伦次。

星星泯灭在朦胧的苍穹犹如海底深渊，暗黄的十字路口，红、黄、绿三色信号灯好像失去了控制不断闪烁。阿星并拢膝盖顶起眼镜，脸色一阵惨白。

"警车一直在跟着我们。"阿星叫道。

"别说鬼话，为什么？"她忽然扭过脖子，看到黑盒子里不停跳动的罗盘。

"见鬼。"两人不约而同地尖叫。

"小心！小心！喂……"阿星顾不上风度，食指朝着玻璃指指点点，恨不得一下掰过她愚蠢的脑袋。

"我的天哪！"娜娜从头到脚都颤抖起来，挺直身子，蹬住两腿，嘴里含含糊糊。

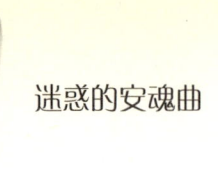

迷惑的安魂曲

4. 噩梦之旅（上）

一轮满月升起。

亮得过分灼眼，紧密地注视黑幕下的动静。好像要把置身其中的人照得清清楚楚，哪怕是盖着被子呼呼在睡梦中的。

"啊！"车里的人痛苦地轻哼一声，声音被风刮得稀稀疏疏。她斜着头，一张憔悴的脸看起来正在午睡，吊在胸前的项链飘摇着模糊的光。忽然，睡梦中的躯体像是古老盒子里跳出的玩具，从座椅上弹起来，下意识推开方向盘。在很长一段时间里，她都处于精神恍惚之中，间歇性抽扯嘴唇、缩紧脖子、颤动双肩，似乎还不清楚究竟发生了什么。车厢里死一样的静寂压得她一刻也不能动弹。她擦了擦臃肿的眼睛，关掉短路的收录机。旋转起钢球手臂的雪娃娃车饰歪斜着身子向她讨好微笑，被厌烦地推倒了。

她狠狠地拔出陷进淤泥的脚，跳到对面的石头上，像青蛙一样盘腿坐在上面。只觉树尖状的石头顶得脚发麻，她平时很喜欢穿高跟鞋，却不知高跟鞋的鞋底都很薄。

四周长满了野草，它们在夏季发芽，渐渐猛长。到了秋季就像其他的植物一样，顶端变得尖硬无比，犹如一柄柄惩罚季节里肃杀的镰刀。在未变脆弱之前，这些乌合之众本不能对她形成任何屏障，可现在她一副无精打采的样子，一点跨越过去的气力也没有。她慢慢沿着石头蹲下来，让自己觉得舒坦点。

野草卷进激荡的旋涡又重新展露出头，漂漂荡荡地渐离渐远。湍急的河流不停地削去淤泥汇聚起的边边角角，使一些边缘地带土崩瓦解。她感到正跟着身下摇晃的石头缓缓下坠，头晕目眩，慌忙掏出手机，心想：应该如实告诉一个人发生的一切，哪怕这是在生命的最后一天。可情况并不是那回事，她转过头，发出一声惊呼。

迷惑的安魂曲

远处，灰色桥身的一半高高耸立着，就像是从地里冒出的尖牙。她仿佛看到在桥身深寒呼啸出巨大的钢筋劈裂开来时，腐败导致的多米诺骨牌效应正以人肉为垫子崩塌了。桥头收费站上的蘑菇灯还亮着，平时里面开小票的人都凶得很，这下没了行踪。外面的电子栏杆被劈扯成了两个半边，一件女士长衣正挂在凸起的钢筋上象征着最终屹立不倒的旗帜。

阑珊的夜里，深陷地狱的人们或在苦痛挣扎，或已魂归西天。她不由感到命运太过于戏剧化以至于冷酷无情，庆幸的是自己飞车逃脱，终究还活着。手机那头母亲的声音像一束曙光毫无头绪地阻隔在冰冷铁门之外，变成了冷漠的语音留言。

"你去哪里了？你爸正被双规。上面来人调查我们的税务，记住不要乱说话，这几天也不要回家。"

手机显示时间已近十一点，没有什么比窝进柔软华贵的沙发里，喝上小口朗姆酒感觉更好。贝壳状的吧台上悬挂着五光十色的玻璃杯，将墙壁映照得光辉灿烂。而现在她瘫坐在一片随时会沉溺的废墟之上，用一种哀怨的眼神凝视着水流里亮晶晶的星斗。到处都散发出的恶心臭味并未随降下的气温有丝毫消减，她不记得这是第几次弯身呕吐，直到胃部痉挛，面色比那苍白的月亮还要惨淡。她眯着红肿的眼睛，高昂着头，如那荒郊野岭的小猫爬出麻布袋四处寻找，毛茸茸的小动物始终幼稚地怀抱一丝期盼。不过，此种境遇不正是自己所选的？她不想再看那车，也不会再回到里面去。河里稍有一丝动静都会使她注目良久，她将那缓缓钻出浮萍的黑影想象成穿着橘红色救生衣的救援人员。他们行驶到面前，伸出粗壮结实的手臂，露出洁白的牙齿，迷人地微笑道："不用怕，我们来救你了。"现实中的时间总比想象中的时间慢得多，也全无扣人心弦的精彩剧情可言。一分钟竟然像一小时，不知过了多少这样的小时，河面笼上了一层薄薄的雾气，越来越大，直到透不出一丝光，她才终于深刻体会到了何为目光浅短，一片阴云掠过眉角。

难道真要在这鬼地方待上一晚吗？如果走运，明天早上应该就会被发现。"不，我不要明天，现在就要离开。这里就像一片坟墓，我一分钟也待不下去。"她从树上扯下树枝向水面挑动，坚信自己能找寻到一条出路，哪怕是被污水沾湿了干净的裤脚，指甲缝里塞满泥土。

她像野战兵那样翻山越岭，扒开草丛。一条弓形水径从两座土堆深处露了出来，颤动着月亮的光辉，充满活力地流动着。她立刻被其深深打动。水从指间缝隙漏出，留下湿漉漉的白沙。她能肯定这不是片被淤泥禁锢的死水，它的另一端连接着岸滩，那里有着像龟壳一样给人攀爬晨练的坡子、鹅卵石铺的地面与一座古色古香的亭子。她仿佛看到对岸深红的花岗界石像峻峰一样挺拔在河口，上面刻着这条河的名字和历史，召唤着寒风中的迷途者奔去拜读。她满腹心潮澎湃，冲到岸边又倒退回来，如此草率地试探了三次，便鼓足气摆出学校里跳高的姿势。她感到小腹如同汽缸马达，火热燃烧着飘飘荡荡的美妙。

"一、二、三！"傻子气的调子愉悦地脱口而出。

"喂！谁在那里？"那声音听起来混沌不清而且很显老。手电筒先在地面晃动了两下，然后照到她的脸颊上。刺眼的白光后慢慢驶出一条小型船只，分不清是货船还是渡轮。船上覆盖着黑橡胶篷，发动机的嘈杂声响震动着红绿灯闪烁的船头。察觉到陌生人脚步的躁动，娜娜刚想逃走，一个男人已跳到了她的面前。浓臭的血腥味自男人胸前的牛皮盒散发到空气里，引得河面上秋虫飞舞。

"喂，刚跟你说话呢。"男人气汹汹地朝她通红的双耳大声嚷叫，便呵呵傻笑，在两张脸的中间举起手电筒。森寒闪烁的铁牙露出嘴巴，烟味一片一片地冲到鼻子里。她打了个喷嚏，额头正撞上男人像玻璃珠一样凸出的右眼，只觉得那是一团恶心的肉虫扭曲着转过头，猛然叮得自己心口狂跳。

"吸血鬼？"男人先被苍白的脸吓住，猛跳后数尺。

"哎呀，又眼花了，对不住，对不住。"他喃喃地甩起脑袋，再次逼近娜娜。

"那是你的车？你不会是从断桥上飞来的吧？"说话时男人的手电筒一直在车上晃动。他高高的个子，浑身长满结实的肌肉，粗壮的脖子上吊着滑稽的蝴蝶领带。牛皮背心外露出文着黑龙的胳膊，系成蜗牛触角的白毛巾顶在男人的脑袋上。

"说话呀，是不是你的车？"男人毛茸茸的右手大力按住娜娜的肩头，朝她吐出硫黄一样的热气。

"滚开！"她一把打翻男人手里的纸盒，转身便跑。跳到脚上的黑影，把她绊倒了。眼见男人那摇晃出的愤怒眼珠离自己越来越近，她大汗淋漓，用力蹬脚。可那东西有十几斤重，就像万圣节上一个酷爱恶作剧的小孩缠着忙碌的大人要糖果，口里叫嚷"不给糖就捣乱"。她感到裤子的半截黏糊糊的，尾椎骨隐隐作痛。

"你被它看上了。"男人揶揄笑着,停下来,往她脚上照去。一具牛头似乎有生命力地跳出来,裂开腐蚀掉的漆黑牙齿,割去一半的舌头堆在地上,用那爬出蛆虫的眼睛,愤恨地诅咒着世人。

"啊!"她恐惧地大叫,"拿走,快拿走。"

"好吧,让我挖个洞,顺便连你的脚也一块放进去,它挺喜欢的。"男人装好掉在地上的活动铁锹,死死抓住她的半截裤子。她想这疯子一定会用铁锹砍掉她的腿,便猛踹男人的手臂。男人的身体就像僵硬的石块丝毫不动,娜娜却汗流如雨。

"你……你究竟想要什么?"

"如果你把车钥匙给我,我就带你离开这里。"

"就这么简单?"

"对呀,你不会觉得这种举手之劳太便宜了吧?"

"成交,我给。"娜娜只怕男人反悔再起杀心,把包里的钥匙扔到地上,悄悄掏出防身匕首。男人捡起钥匙,继续在她脚边挖土。待那坑挖好后,铲子钩过牛角埋上,绿布鞋一踩。他似乎还并不太满意这个杰作,抓起娜娜脚底的树杈竖了个牌,像块木头直立起身子犹豫地望着她。

"我们需要一个仪式。"

4. 噩梦之旅(中)

娜娜一边提防着他靠近,一边拿手绢擦裤子。至今还没听说有人这么干过,倒是不少人把怀孕的母猪放到火上烤到乌黑发焦再取出小猪刷上香油,喷上花椒。或者直接从驴上割肉,边听着驴惨叫边吃,当然嘴刁的只吃驴舌头。至于把鸡、鸭、牛、羊等牲畜乱刀分尸,更是再普通不过。肉类交易嘛,谁没买过?

"它没铁扇公主给它守头七,也不必像死人那样举行葬礼,可是总该给它唱一首歌。"没有足够的光看清楚男人的神情举止，她能感到那别扭的眼珠正望着自己打主意。

"好吧，你唱吧，我不反对。"她说。

"不是我唱，你唱。"男人用阴柔的声音说。

"我？别开玩笑了，我没伴奏唱不好歌的。"她为自己的坦言感到傻气。男人往空中打响手指。

"Music！"冷风里飘出了伤感的旋律，那声音好像是从脚底的草丛发出的，又像是隐蔽在高楼大厦后的鸟儿振翅带来的。

"别担心，这首歌大家都会唱。"男人误将她的慌张四顾以为是对故意刁难的担忧，安慰地拍了拍她的肩头。她身不由己往前滑了一步，好像一下被这只手推出红丝绒幕帘，迎着台下零零星星的好奇与居心不良的叫场声，微微颤抖地和着曲子。

"长亭外，古道边，芳草碧连天。晚风拂柳笛声残，夕阳山外山。天之涯，地之角……"声音到此处，她脑袋里蓦地想到了什么，心头一酸打起结巴。

"知……知己半零落。一斛浊酒尽余欢，今宵别梦寒……"她结巴的样子把男人逗乐了，噼里啪啦地鼓起掌。掌声犹如被一个易拉罐惊起的鸽子，聒噪着掠过天空。然后明媚的阳光消失不见，一切失去了色彩。她心中悲凉无比，推开男人，怒不可遏地向他咆哮。

"你神经病，为什么要我唱！"娜娜喊道。男人漠不关心地耸了耸肩膀，食指指着她的鼻尖。

"本来就该你唱，不是吗？你想浪费大家的时间吗？你知道这样做很不明智，况且是在经济危机时，我还有条船在不停地耗油，你付得起吗？"他说着粗鲁地去抢走娜娜的皮包。

"离我远点！"娜娜怒吼道。

"拿来吧，小妞！"

"你听不懂吗？我说别再过来……要是你再过来……"她紧紧握住匕首。

天外泛白，岔路口刮来一阵冷飕飕的风，把那草儿、灰儿往脸上乱喷。她听到风刮得自己的骨头咯吱地响，手腕的疼痛几乎让她哭了出来。

"嘿！如果你自找死路，绝对有很多人会成全你，当然也包括我一个。"男人轻而易举夺过刀。意识到他的凶残和冷酷，她不禁毛骨悚然，放声哀号。

"嘘，听！"男人肮脏的大手捂住她的嘴巴。

"还有一段呢，别怪我没提醒你，不集中注意力，唱错了，牛魔王可要来娶你了。哈哈哈……"她被男人推了出去，脑袋离那坟头只有一步之遥，眼皮下是支出地面的牛角尖。

"快唱！"男人抢走了她的皮包，就像是命令着一只狗。她红着湿漉漉的眼睛，不知所措地环抱手臂跟着音乐嚅动嘴角。

"长亭外，古道边，芳草碧连天。问君此去几时回，来时莫徘徊。天之涯，地之角，知己半零落。人生难得是欢聚，唯有别离多。"调子中飘出的惨淡旋律令她痛彻心扉，她再也没有站起来的勇气。男人一副事不关己的样子，自顾自扯开皮包拉链，一阵乱翻。她从未感到像今天这般难堪与孤独，甚至连哀号也发不出了。她并不想承认这个猥琐的家伙与自己相比是个强者，尽管他的无厘头狠狠地践踏了她的自尊心。失去了那把废铁她又能怎么做？为了拿回属于自己的东西而一头撞上去和他拼了，还是像那些被逼得走投无路的劳工以自杀来宣誓自己尊严？不，车都给他了，他还想怎么样？我可以向他保证回到城里就支付这艘船的油钱，哪怕他要三倍的价格，也许这样他会放过我。一个人时她比大多数人还要脆弱，她简直是掉到了地狱底层，除了欺骗自己是在天堂里，一点办法也没有。男人从侧面取出一个信封，倒出里面的银行卡和一张字条，字条上用钢笔写着：密码是我的生日。

娜娜斜了眼那信封道："对，这些都给你，你可以拿去付油钱。"信封被攥到拳头里捏得粉碎，然后拳头在娜娜眼前不断晃动。

"你太自大了。"男人奚落道。她反射性地护住脸。过了好一会儿，男人才停下拳头，拉住她的头发。

"小姐，别太欺负人。你信不信报应？人的怨气可是根深蒂固的，要是你欺负了谁，那人做鬼都会来找你的。你有没有欺负过谁呀？"男人阴沉地问。

"我……我……没有……"她强忍着眼泪，可眼泪还是掉了出来。

"真的？"男人又狠狠地往后拉她的头发。

"求求你，放过我吧。求求你……"

"我们方才谈了笔买卖不是吗？既然你还有个合作伙伴的身份，我也要履行自己的承诺。麻烦你等我一会儿。"男人把娜娜拖上船，把她双手系在一块铁板上，一把掀开黑篷子，篷子里全是血肉淋淋的牛骨头。船上不仅充满着血

迷惑的安魂曲

腥味，而且飘荡着某种赤裸的恐怖。那是从像野兽一样的男人粗壮的胳膊上散发出的原始野性，仿佛已把娜娜肢解成一块一块等待抛弃的血肉。苍蝇也贪婪地爬进耳朵。她听到男人狂踩油门的声响，车灯亮了一会儿便熄灭了。男人开始大声怒骂，她不知道怎么才能平息男人的怒火，对着一个神经病或者变态，语言总是乏力的。即便自保意识让你竭力献媚以至于为求生而抛弃尊严荣辱，可被玩弄的小鹿能逃脱得了狮子的爪子吗？世界上哪来那么多幸运的小红帽呢？贪婪是无止境的，这张被掩盖在遮羞布后的血盆大口，会先吐出毒药腐蚀掉你的脑髓，然后连毛发也一并吞去。她听到男人的脚步慢慢逼近，处于一种深深的恐惧之中，猜想那把刀是否会割断脖子或者在身上戳个洞。这种折磨她定是受不了，不如死了算了。

"我……我不知道车坏了……"她哆嗦着抢先解释，居然有种殷勤哭诉的念头。可这种乖巧一点也没用，男人狠狠地给了她一拳。

"那就是有意掩盖住车印的。"

"不！"话音刚落，男人又一拳打来。

"然后你擦掉了车上的污点，让它看起来就像新的。"

"不！"同样的回答，同样的惩罚。

"有个轮胎卡在了泥巴里，你心里明白不是吗？"她知道再怎么解释男人也不相信自己，他是故意在找碴儿。男人不仅精力充沛地殴打她而且嘴巴从未停过。

"也许你认为这车根本不算什么，都是卡住它的白痴石头惹的祸。把它交易给我就像给废品收购站一样，你是很想把它处理掉的对吗？说话呀！"男人的唠叨又来了。

"不是。天哪！明明是你威胁我把车给你的，还抢走了我的包，为什么你还要这么说？你到底想要多少钱？"娜娜气愤地说。

"钱？你以为有钱什么问题都能解决吗？哼！"男人粗暴地绑住她的四肢，面朝甲板的钩挂在吊钩上。控制室连个灯也没亮。遥控器稍微的失误都很可能让她碰到某个凸起的钢筋，也许只是个燃气管，或者是船舱的某个等待修补的部分，后果绝对是严重的。随着离地面越来越远，绳子全陷进了皮肤里。那种感觉起初就像有人在招着肉，使敏感的神经都跳起来激烈反抗。可无数次反抗终归徒劳，直到肉体对疼痛彻底麻木，把尖锐的指甲变成血肉的一部分。她看到铁板上挂着个摩托车帽和几条擦布，喉咙里一阵冰凉。男人取下摩托车帽套到她的脑袋上，风从帽子上大大小小的窟窿洞灌进她发麻的头皮。男人走下黑乎乎的螺旋楼梯，拿了根钻子。她听到钻子通上电的沙沙声，脑袋摇摇晃晃，渐渐昏厥过去。忽然，她看到穿着白大褂的医生在面前来回穿梭。

"因为她身份很特殊，我们必须非常小心。"一个声音道。

"教授，但是要先从哪里开始？你做的标记太多。"另一个声音道。

"你这糊涂蛋，一个怎么够放血减压？"这个声音气愤地训斥。

"是，那就让她脑袋开花，美丽鲜红的花！"他们阴阳怪气地笑着。

"她可没有必要上麻药。"

"啊，不！"她猛然张开眼睛，男人面目狰狞地站在头顶。

"既然被你狡猾的脑袋逃脱了上一个洞，我不介意再钻上一个。"男人恶毒地说。钻头与帽子间发出沙沙声，不到一厘米就能透过表皮进入脑袋。如果进入得不深自己可能不会死，而要活着承受那一切，那简直太可怕了。

4. 噩梦之旅（下）

"Stop! Dad!"（住手，爸爸！）一个甜美的声音道。

"为什么？我认为某些人应该得到点教训。"

"I don't like that. I hate blood. Where is my present?"（我不喜欢那样，我讨厌血，我的礼物在哪里？）

"对不起，她把你的车弄坏了。"男人说。

"A car? I hate the car. Dad, you know that."（是车吗？你知道的爸爸，我最讨厌车了。）她愤怒地尖叫。

"You are intended. I hate you, I hate them, I hate this world, you gave me the worst gift."（你是故意的，我讨厌你，讨厌他们，也讨厌这个世界，你给了我

最糟糕的礼物。）欢乐从她脸上退去，随之而来的是痛苦和悲哀。

"爸爸只是想让你不要忘记某些事情。爸爸犯了个错误，原谅爸爸吧。你想要什么？再给爸爸一个补偿的机会。"男人擦干她垂着泪的脸蛋。

"I want her."（我要她。）她从男人的影子里挣脱出来，像一只小白兔跳向娜娜。

"Are you OK?"（你还好吗？）抚摸着脸颊的手冰冷而布满疤痕，娜娜感到一种强烈的痛楚重负在心上。

"求你，不要杀我。"

"Oh dad! Help me to take this stool. You need to do something too."（帮我把凳子搬走，你也应该做点什么。）女孩把身子放到娜娜的肩膀下，把她移进了船舱。娜娜坐在一张垫着砖块的桌子旁边，桌上放着一盏汽油灯。男人闷声不吭地喝着钢化杯里的冷水，女孩开始弹吉他。

"你喜欢音乐吗？"女孩默不作声，嘴角泛出浅浅的笑。

"你叫什么名字？"

"George."

"乔治？别开玩笑了，那是个男孩的名字，你是个女孩。"娜娜难以置信地瞥了眼那顶英国绅士礼帽下露出的乌黑辫子。女孩抬起头，恰好露出被帽檐遮住的眼睛。

"Oh！乔治，你的眼睛真漂亮。"一潭清澈满映着光芒的碧水，动荡在娜娜心灵深处。

"But I can't see anything."（但是，我什么也看不见。）娜娜不知道说什么好，靠近乔治坐着，搓揉着她冰冷满是伤疤的手，希望给她温暖。娜娜想这可怜的人是多么不幸，毫无反抗地默默忍受着生命里的沉疴。

"我可以做什么事情帮助你吗？乔治。"

"I need a job, I tried to get one but they all refused me."（我需要一份工作，我试着去寻找，但他们都拒绝了我。）这时，娜娜发现在那双清澈、纯净的眼珠里的自己正被抽搐的灯光扭曲变形，不由吓了一跳，把杯子里的水溅到乔治的手上。

"Pain!"（疼！）乔治把裂开的手放到嘴巴边，像只受伤的动物慢慢地吹着。

"对不起……对不起……"

迷惑的安魂曲

乔治忽然给了娜娜一个拥抱:"没关系,我原谅你了。"娜娜一时错愕,感动得说不出话来,手背上传来被指甲抠住的感觉,真实而强烈。灯火照得通红的虫子好像一下钻出了男人的眼睛。

"我已经道歉了,她原谅了我,请你放开我。"娜娜又恢复那种欲哭无泪的沙哑声音,痛苦而屈辱。男人皱起眉心加重手上的力度。

"是吗?你要明白,疼痛对于每个人都是一样的,如果你感到痛苦与委屈,会想到别人正在承受的吗?"男人说。她无言以对,向下翻动的眼皮异常沉重,就连脑袋也成了僵硬掉的铁块。当意识还在侧耳倾听时,躯体早已疲惫不堪。

"看你的穿着是个既体面又有身份的人,带乔治去城里,给她一份工作。"男人甩开她的手。

"好的,我的酒店正需要一位歌手。"娜娜转过头对乔治道,"那么你来唱歌吧。"

船舱里又闷又热,娜娜把头靠在窗户上,聚精会神地玩着上面的碎木头。她害怕在船上熟睡,便以此来抵抗。江上的雾气已经散去,远处一排东西依稀可以在黑暗里辨认,它们的形状都与平缓的江面格格不入,好像是撕裂天地的利爪,不断地用无情铁掌压向满怀希冀的愚昧之徒。如果她方才真的跳了过去,那摇摇欲坠的铁皮、竖起的钢管、长满锈的门窗一定会挤压过来,使她无处可逃地死在金属垃圾中。河流的中央,沉船残骸和黑暗连成一片,就像是一座阴森的大铁围,毫无一点光辉可言,任谁看了都心生恐怖而不舒服。

"那是哪里?怎么会有那么多沉船残骸?"娜娜问。

"起初只有一条运送罪犯的轮船在一个雷雨交加的夜晚于此地沉没了,后来翻的船越来越多,没有人能打捞上一个活人,管你是富有还是贫穷,身居高位或一文不值都一视同仁。久而久之就空余下高高堆砌的钢铁废物,我们称此地为无息之地。"

"为什么要这么称呼?"娜娜问。

男人道:"其一,没有人能移动走这些船的残骸,即便是今天移走了隔天又有新的残骸,因为沉船无息;其二,堆积起的残骸无时无刻不在向下倾轧变化样子,所谓压力无息,变化无常;其三,路过的人总会听到有什么东西惊嚷鬼叫,有时一只,有时一群,挣扎无息。"

"我什么也没有听见。"

迷惑的安魂曲

"真的吗?那你很幸运,他们只会呼唤同伴。还有最后一点,被他们抓住的人都会饱受折磨,毫无休息。"男人故意望着她凝重的面色,放声大笑。曾经她还以为那里是一种自由和逃脱,意味着不会像犯人一样在荒芜的小渚上度过漆黑的夜晚。她实在没有勇气孤零零地面对黑暗,好像那一刻她已经被逼疯了,所以才要跳到那比黑暗更加冷血的利爪上。为什么她先前没有看出来,而把它们想得那么接近于梦想,即便是那只钢爪已经深深地刺进了心里,无间撕扯着。

男人帮熟睡的乔治盖上毛毯,报警灯忽然闪烁。红光晃动在乔治的身上,使她仿佛无辜地置身于一场血光之灾中。他们赶紧跑到驾驶舱里,打开控制台的箱子。男人说是老线路断掉了,于是在柜子里拿了榔头。他脱掉衣服钻到台子下面,狠命敲击。娜娜听到有什么正在短路而且冒出烤焦了的味道,她认为现在应该马上用钳子扭开发动机的门。把断掉的线用布条连接上去后,她不安地告诉男人。

"嘿,你觉得我不能把它修好?"男人的声音从金属管子里传来。

"我绝对没有这么认为。"娜娜瞧着颤抖的表盘,怀疑男人这样的猛力敲击已经使其无法使用。

"那么我告诉你吧,我在这条船上足足干了三十年。"模糊的光里,男人的脸好像瞬间布满皱纹。娜娜厌恶他的样子,把目光溜到了外面,寻找救生筏所在的位置,她只在甲板上看到了橡皮轮胎和一张旧篷子。绿色的垃圾桶上塞着男人放杂物的报纸盒,侧面靠着那只钻子。

"我每天早上六点起床,去屠宰场拖骨头,从未迟到过。"男人道。

"那确实很可贵,现在的年轻雇员都做不到这种程度。"娜娜漫不经心地说。男人开始描述自己所看到的一切,他用得最多的词是"麻木"。比如屠宰场里麻木的鸡、麻木的鸭、麻木的牛羊,麻木的宰割者、包装工、送货车以及买家。他们那里不收现金只划账,老板的工作就是打电话。他麻木地听着动物被生吞活剥的惨叫声,直到身上不剩一根毛发。工人们也麻木了沾着尿臭味和药水的指甲。

"好像是首麻木歌,真有意思。"他笑道,"你知道他们怎么对待老牛的吗?那些在散户手上收到的,只有十分之一价格的老东西。"

"我不知道。"

迷惑的安魂曲

"为老骨头们开机器是不划算的，但不剥光又誓不罢休。这时那辆搬运集装箱的货车缓缓行来，把站都站不起来的老家伙推到墙角，然后按下开关，你会看到它们成了一堆烂泥。不过，我想说的是，我在运它们的骨头的时候，连自己的老骨头也装上了，所以这条船是我的一切，没人可以让我离开它。"娜娜的脸涨得通红。忽然，她一头栽倒在门栏上。倾斜的船身正被卷起的莫名力量拖向旋涡里。这一整夜她过得乱七八糟，而这个恶魔还没有结束恶作剧，一下接着一下地敲打着，像疯了一样打到了马达上又敲碎了罗盘。室内红绿灯狂闪，报警器一起鸣响，所有的一切都失去了控制。

"快住手，我们要完蛋了！"她惊慌失措地叫道。

"你最好闭嘴！"如果能拿到外面的钻子，她一定要钻破男人的脑袋。可她根本就无法控制住身体，跟着船陷入旋涡。就在这时，男人一只脚跨到门上，拉动倾斜的开关，把马力调到最大。她还来不及反应，巨大的弹力就把身体挤压到驾驶室的窗户上。娜娜滑稽地把脸从上面拉下来，男人一手掌着舵，另一手拿起桌上的矿泉水瓶淋到头上，脸就像个幽灵。

"我说可以解决得很好吧？即便是你找的麻烦。"她不愿再和这个恶魔对话，想回到休息室或者在外面走走，最好找点东西防身。她不知道晚上会怎么过去，又会面对怎样一个早晨。有种感觉，好像这些不顺利的事情只是一个开始。

"喂！你知道那件事吗？"男人甩着脑袋在背后叫唤，水飞溅到了娜娜的脖子上。

"你已经犯了错误。"他幸灾乐祸地说。

"什么？"娜娜转过头，眼里并不友善。

男人不以为然，还是以那讽刺的调子道："哎哟，你可真伟大，总是显得那么无辜。当然，你从不缺乏观众，即便是撒谎了，警察也都会帮着。不过，现在你麻烦了，那家伙可不吃这一套。"

"谁？"娜娜问。男人丑陋的脸上浮现了诡异的笑，娜娜又读到了要绝望毁掉她的想法。

"我怎么敢隐瞒你的知情权，那首歌是怎么唱的？长亭外，古道边……"他装腔作势地放开喉咙，唱到"天之涯，海之角"时陡然停住，劈头厉斥道，"是知交还是知己？"她身子剧烈颤抖，头脑里一阵空白。男人最后的语气变成愤怒和嘲笑，又用那股蛮力把她反扣到窗前。

迷惑的安魂曲

"看吧,你逃不掉了。它要来娶你了,刚才只是打了个招呼。"黑水星光里竖起两道寒芒,接着大铁围里传来的鬼哭狼嚎,划出一道迂回的水痕尾随而来。

5. 酒吧挑战

指间的缝隙里慢慢飘浮出一双动若秋水的明眸,她迷迷糊糊地从甲板上坐起来。

"Did you sleep well last night?"(你昨晚睡得好吗?)乔治问,她穿着一条发白的棉布裙,神情淡然地坐在身边。风吹起她的刘海和裙边。背对的茫茫江面,好像是一片淡淡的阴影。

"Dad let me call you. He said we should leave now."(爸爸让我来叫你,他说我们该离开了。)乔治提起脚下放的行李箱,把包还给她。娜娜看到自己的车就停在岸边。

"感谢你的父亲帮我修好了车。"娜娜说。

"He did nothing. I did."(他什么也没做。是我做的。)

"我没想到你还会修理活儿,真不错。但是,你是怎么做的呢?"

"If I want it well, it would not bad."(如果我想让它好,它就不会坏。)这话听起来很幽默,但乔治的脸上没有一丝笑容,而是带着那种捉摸不定的表情。

她打开车厢,把行李放了进去。

"我希望你去了我的酒店也这么想。"

"Maybe."(也许。)乔治把雪娃娃捧在手心,就像个娃娃一样乖巧而温顺。娜娜温柔地抚摸着她的头发。

"不用担心,我会照顾你的。"乔治闻到了一股花香从她身上传来,刺鼻而腻味。乔治点点头,准确地把雪娃娃插进半圆的底座上。

"你的眼睛能看见了。"

迷惑的安魂曲

"As usual, may be I know it's position."（和以前一样，也许我知道它的位置。）她微笑着，把矿泉水递给乔治。汽车发出一阵低沉的启动声。她们沿着一条半尺高的土坡往前行驶，路的下面都是塑料棚和良田。开到路口，她把车停了下来。

"We lost?"（我们迷路了吗？）乔治问。

"不，我想起我的堂叔就住在这附近。"娜娜靠在车上点了一支烟。

"Do you want to visit him?"（你想去拜访他吗？）

"我想去看看小北，他是我表弟，但是爸爸会不高兴的。"

"Why?"（为什么？）乔治问。

"怎么说呢？也许他不喜欢再和那些住在乡下的亲戚有任何瓜葛，人总要往高处走。算了，我不想说这些。系好安全带。"娜娜说着灭了烟，乔治把手轻轻放到娜娜按在杆子上的手上。

"To see him. Don't be afraid."（去看他，别害怕。）娜娜沉默了片刻，朝着那条小道开去。淤泥堆积的小路向着高处延展，车已经无法行驶下去。娜娜只好下车徒步而行，稀泥化成了水，浸泡到膝盖处。她绕到堆起的土围后，一个穿着蓝运动服的小孩正拿着簸箕在水里捞鱼。

"小北。"娜娜过去拍他的肩膀。他转过头扑到她的怀抱里。

"小可怜！"娜娜把嘴凑到他左脸的月亮形胎记上亲了亲，把他带到车上，系好安全带。小北往窗户上伸出圆圆的眼睛，他在看什么东西，忽然瞪得大大的，好像是被逼近的骇人危险惊吓住了。它们起初以一种接近蟒蛇吞噬猎物的速度，凝重而冷漠地带着被摧毁的砖块垃圾，扫过两边的田地，便像疯了一样怒涛翻滚地爆发在小北的眼睛上。娜娜把乔治推上车，紧紧锁好门，换到最大挡。滂沱的大雨夹杂着碎屑打在车窗上，尖锐而刺耳。

"放心，会没事的，我能跑过它。"她瞥了眼手上的佛珠，踩下油门，在狂风扫荡、乱石翻滚的地面上狂飙。雨水和洪泥灌进坑洼不平的小沟，转成一个又一个危险的旋涡。闪电打断了电线，熄灭了红绿灯的路口一片漆黑。江里的水位猛涨，几乎要从堤上溢过来。她双手紧紧地握住方向盘，拼命地逃命，水淹没了坡子，与前面旋转的涡流汇集在一起，沿着陡峭的斜壁追赶，发出阴沉沉的空洞声。她只能沿着山道行驶，又担心随时暴发的泥石流，转过了一堆石头，又是一堆，尖尖的，冰冷而苍白无力。她感到头昏脑涨，控制的车变得毫

迷惑的安魂曲

无方向感,就像醉酒一样,直到上了高速公路,把那可怕的水灾甩到脑后才觉得好受点。

"你能教我弹吉他吗?"小北蜷缩的小手轻轻抚摸琴弦,音箱嗡嗡作响。拇指、食指、中指、无名指、小指被牵动着压在杆子的弦上,可是幼小得只能覆盖住其中三根。

"1。"小北辨认出这个声音,依次是"2、3、4……"

"哦,原来是这个样子的,按住上面的,就可以弹出音节。"

大手牵着小手把曲子连成乐谱:"1155 665 4433 221……"

"Star!"乔治静静地微笑着,似乎在简单的曲子里忘却了一切烦恼。小北很快就学会了这首曲子,像得到了一件新玩具后失去了满足感,想要弹其他的,但又吵着手疼。

"等到了酒店我帮你去定做个小吉他。但是,你必须明白学习乐器都会弄疼手的。那样,你还要弹吗?"

"当然,我要。"小北稚气地说。她一点也不喜欢这孩子稚气又坚定的样子,他应该开心地玩,生龙活虎地去外面跑跳。

"超市里有很多玩具,你喜欢什么呢?"娜娜问。

"鱼。"

"海洋公园有一只会唱歌的白鲸,带你去看好吗?"小北摇摇头,从身后拿出一只八宝粥的罐子,上面挖了两个洞眼,用铁丝穿着。

"我有它了。"他把耳朵贴在罐子口说。

"你在干什么呢?"娜娜奇怪地问。

"我在听小黑说话,它说饿了。"

"哇,那可不妙。"娜娜故意拉长声调,"告诉它再忍耐下,我们还有半小时就到了。"小北又把嘴伸到罐子里,发出咕咕的气泡声。

曼陀罗丽好像变成了一座空城,旋转的霓虹灯倒在地上,门前的金钱橘瑟瑟颤抖在寒风中。这是怎么回事?难道被查封了?她拉开门,里面传来一片震耳欲聋的欢呼声。人们戴着小丑帽热血沸腾地敲打着七彩棒,彩带像又热又黏稠的姜糖滴在头顶。

"生日快乐!"喝得满脸通红的男人举起酒杯朝娜娜叫道。

"谁的生日?"

"每个人。"他借着酒精疯狂地喊。

"什么?"

"我是说我们大家的!老师说我们第一次听他本尊唱歌就是新生,新生要快乐和庆祝,还请我们喝酒,真是个好人。"他咬住瓶子颠簸到沙发上继续道。

"今朝有酒今朝醉,明日愁来明日忧。"前面的桌子被密密麻麻的人群覆盖住了,他们像着了魔一样奋力鼓掌。

一个声音唱嚷道:"两只小蜜蜂呀……"低音炮里发出拍着麦克风的震耳欲聋节奏,就像有人在耳朵边卖力喊着"快说,快说"最后变成"打它,踢它"这类恶性蛊惑。

下面的人全兴奋地叫起来:"嗡嗡……嗡嗡……"

"飞到花丛中呀。"

"嗡嗡……嗡嗡……"他们又泪光闪烁地重复。

"对不起,请让一下,让一下。哎呀,我的脸。"不知道今天这是第几次了,她拼命往前挤,头都快吵晕了。翡翠格子长衫罩在朱红的围巾上,粉色塑胶鞋滑着倾斜的太空步,蓝眼袋下是蛇一样的双眸,还"扑哧"地嚅动颓废的黑嘴唇。

"我的爱就像一把火,照亮了你又照亮我!"他五音不全地高叫,接着像大公鸡般抖擞身子,把那黑色的嘴嘟起朝着台下飞吻。

"你们爱不爱我!"

"爱!我们爱你!"台下的人疯叫成一片,四个迎宾小姐把花环套在他的脖子上。他毫不吝啬地敞开胸怀,轮流拥抱一把。头发上的探射光线碎成玻璃片飞舞在他夸张的表情上,一明一暗。

"他太可爱了,真是个万人迷!"爆炸头的小子把眼镜含在嘴巴里。

"你看,老师多么卖力。我们准备好了合约,满足他任何要求,只要他留下。"她起先还以为这个怪人在和别人说话,现在才认出原来是阿星,吃惊地抓过本子。本子里有酒店雇用歌手的正规合同,下面用龙飞凤舞的字写道:除了伟大的赵老师外,曼陀罗丽不能再雇用别的歌手,以表示对最亲爱的赵老师之尊重。

"阿星,希望你给我解释下。"娜娜敲着本子。

"瞧瞧今天的顾客,这点费用算什么?看看这些票子,老师来了我们就走运了,让赤字见鬼去。"他亲了口手上的钞票,穿过弥漫的飞烟,兴趣盎然地欣赏表演，喉咙里发出"嗡嗡……嗡嗡……"

"赵先生，你确实很有吸引力。如果你能改变一下某些坚持的要求，即便是对出场费表示不满。"娜娜看过账本，显得十分无可奈何。

"也许一个三流的歌手会为赚点小钱放弃自己的原则，但我不会。"赵老师把烟含在口里，戴着金表的手把玩着酒杯。

"我相信你的实力，可是我的场子很大。"娜娜说。

"这么说你还是在怀疑我？"他撇动着嘴角，目光咄咄逼人。

"我希望你也能给别人一个机会。当你疲倦或者有私人事情请假时，她可顶替你在台上的位置。"

"你是指她？"他指向抱着小男孩坐在沙发上的盲人姑娘。她不安地抚摸着脖子上发白的骨项链，把吉他放在身侧。烟灰从抖动的指尖落在地上，赵老师毫不容情地转动脚尖踩灭烟蒂，仰头一口喝光了杯里的酒。

"准备好投票机，一星期后，我和她在台子上一人唱一首，票少的就滚蛋。"

"很抱歉，你没有权力决定这样的事情。"娜娜道。

"好吧！"他把香烟和打火机推到地上，转身离开。阿星惊慌失措地追赶他的背影。

"Wait a minute. I accept your challenge."（等一下，我接受你的挑战。）乔治道。

"OK! My …… 我是……"递出的名片停顿得不耐烦，干脆塞到娜娜手里。

"我要走了，老板。再见，盲人姑娘，当然我也并不想知道你叫什么。还有，你英语说得简直烂极了，哈哈哈，别以为这就能够抬高身价。"赵老师嘴角上露出轻蔑的笑容。

"就是。"阿星诺诺附和，然后转过笑脸，"赵老师，我送你。"

娜娜捡起地上的打火机和香烟，坐到椅子上。小北乖巧地吃着蛋糕，脸蛋被奶油涂得像个小花猫似的。

"你喜欢喝咖啡还是奶茶？你在找什么？"娜娜问。跪在沙发上的乔治抚摸着墙壁。

"这里有些东西，我能摸到上面的英文。Kissed as we have kissed, but never parted as we two are fated now to part.（拥吻如彼此，分离莫相随。）王尔德《爱之花》里的诗歌。"她摸到壁画上插满百合花少年忧郁的脸，眼里涌出了泪水。

"别听他们的鬼话，庸俗者的恶言和讥讽不值得改变我们的生活方式并为之掉下眼泪。"娜娜道。

"不是的。读到这首诗，我想到如果有一天我忽然死了，在这个冰冷的世界里，谁也没有给过我爱，连吻也没有给过我。"她就像是画里的少年，在孤寂的百合花瓣里双手怀抱空虚，于枯黄的苍穹间绝望地哭泣。远处是无叶的黑色树干与枯竭的残缺大地。

"不会的,只要你……"娜娜一时间不知如何安慰她。乔治把嘴唇凑了上来，娜娜惶惶如在梦中地吻了她一下。

"对不起！"很快她就意识到自己的鲁莽，羞愧地转过脸，眼睛里流露出惊恐。

"小北！"她呼喊着，那孩子并不在原位。服务员冰冷的手指朝着旋转大门指去。

她跑到拐角的停车牌下，又沿着车辆之间的缝隙快步前行。电线交错的巷子里大部分都是老房子，露天水池子上放着洗菜的簸箕和碗筷，猫狗跳蹿在其中寻找食物。她大声呼喊，从理发店门口走到麻将馆，又绕了一圈回来，转过菜场和水果摊铺都没有找到小北。她感到心烦意乱，很快陷入了一种极度的恐慌和绝望之中，开始懊恼与怨恨自己没有看好孩子。

"大婶，你见过一个穿蓝运动服的小男孩吗？"娜娜问。女人正瞪着电线杆上贴着的寻人启事。

"我都下跪求他们把儿子还给我，但还是被抱上了火车。"女人带着哭泣的声音说。

"为什么不报警呢？"娜娜问。

"没有证据，但是我知道一定是那个婆子干的。她总拿糖骗小孩子，五岁或者七岁的，再大点的就没兴趣了。"女人拉住她的胳膊，以一种愤怒带着哭泣的调子道，"如果你有小孩在附近一定要看好了。我现在什么也没有了，迟早要烧了那个老拐子的店子。我床底下有汽油。"

"那拐子婆住在哪里？"女人抬起手指向岔路口。

"大兴湾胡同7号。"她穿过马路，一辆旧面包车在身后按着喇叭，车上坐着一个中年妇女和一个平头胖男人。摇篮车上有两个婴儿在哭。女人表情冷漠，继续听着男人讲的黄段子。她心头一惊，用最快的速度尾随车后。穿过那道写着"桥局宿舍"锈迹斑驳的铁门，道路上冒出一个用砖块堆砌的垃圾箱，旁边

迷惑的安魂曲

有个杂货铺，蓝底白字写着"7"。

男人打开车门，像拧小猪似的一手抓一个摇篮车与妇人一道走进杂货铺。紧接着又来了一群人，领头的那老头儿戴着顶蓝布帽，脚底粘着泥巴。他们没有在杂货店里买东西，挤进了那扇暗红色的侧门。她听到他们在婴儿的啼哭声中交谈着，说着无法理解的方言。

"你要买什么？"走进来的老女人满面漆黑，背后蛇皮袋子里的垃圾臭气熏天。

"里面的人是你的亲戚吗？"娜娜问。

"嗯。我的儿子和媳妇从外地回来看我。"女人把一个百合花篮放到柜台上。

"那些孩子是你的孙子吗？"娜娜问。老女人斜了她一眼，把柜子里的红塔山烟摆正。在很近的距离里，她看到老女人耳朵上戴的方形黑耳环有图钉那么大。她把椅子反架起，锁好发旧的钱盒，告诉她要打烊了。

"那就给我瓶牛奶，不加麻醉剂的。"娜娜继续追问。

"我想你并不喜欢喝牛奶。"老女人哼声抖动嘴角。

"但小孩子都爱喝，喝了就不哭不闹了，任由人摆布。"娜娜道。

"你究竟要干什么？"老女人尖叫道。

"你这里有没有一个穿着蓝运动服的孩子，或者你在哪里看见了他？听着，如果你告诉我，我们店里有很多免费的酒罐子赠送，或者我可以给你点报酬，比你想象的要多点。"

"我这里没有你要的孩子。"老女人叫道。

"我知道你为什么总没被抓住，就像人们所说的不到黄河心不死，不见棺材不掉泪。"她拿出手机。

老女人瞥了眼屋子："不，求你，不要叫警察，他们只是……"

"姐姐！"小北忽然跑进来叫道。

"你跑到哪里去了？急死我了！"娜娜伸手把软绵绵的孩子抱在怀里。在泪光中小北可爱的模样显得那么虚无缥缈，小脸蛋摇摇晃晃，好像要融入柜台的玻璃里，两只脚已被地上的黑影卷了去。

"我不许你消失！"她紧紧搂住他，好像要满满装入心脏。

"姐姐，我都不能呼吸了。"她把小北扎在裤子里的衣服拉了出来，又帮他系好球鞋的鞋带。

"小北，以后不要吃来路不明的东西，也不许和陌生人说话。"娜娜抢过他抓在手里的糖，扔进了下水道。

"不能扔啦，姐姐。"他背着小手，瞧着肮脏的污水，不乐意地点着头。他们一起去买吉他。

浑浊的味道飘浮在空气里，闻起来就像是尸体的气息。秋风吹走了杆子上蜷缩着的寒鸦，它们高叫着扑扇着翅膀朝着血色残阳飞去。

6. 疯癫舞台

娜娜摊平那本破旧不堪的诗词集，翻到书签的位置，又合了起来。她跑进厨房，一边抽出架子上的刀挥舞，一边听着压榨机发出的声音。约莫半小时，看到自己的杰作兴奋地惊呼他们。

小北和乔治正坐在床头折着纸飞机，飞机的原料是堆在阁楼里的旅游杂志，但在小北的手上，此刻正沿着装订线用小刀精密切割着，严肃的小脸蛋一丝不苟。他把沾着防火液的棒子涂抹在飞机的翅膀上。

"现在它既可以穿过火，也不怕水。"

"要小心点，如果漏了哪里会马上燃烧起来的。"乔治说。

"可涂太厚，它就飞不起来了。"小北嘟囔着小嘴道。

"别担心，我们会选出最好的，花去半天的时间替它磨光。"

"太费事了，我讨厌这些臭臭的液体，还很烫。"小北兴趣缺乏，一脸疲惫。

"想象它们飞起来的样子，从火中'刺刺'穿过，把你的对手远远甩在后面。"乔治道。虽然小北有时候会很害怕，在火里燃烧后被风吹成薄薄的黑灰色渣滓，消失在空气里。但又很有兴趣，毕竟有了能参加游戏的机会。他把飞机举在手里，绕着地上的足球欢快地跑。不一会儿又蹲下来，沮丧地托着下巴。

"可惜，赢的机会渺茫。我该怎么做呢？"

迷惑的安魂曲

"你只要努力了,并将心投入其中,怀抱信念和希望而不轻言放弃。"乔治道。

"那么会赢吗?"小北问。乔治扯下一张书页。

"是的。"她的声音细微得听不见。

"真的吗?我常见村里的那条大河,无论江水怎么激烈地流着,而那石头总不会转动。为什么呢?"小北又嘟囔起小嘴,好像脑袋里有数不尽的问题。

"小傻瓜,如果有人愿意出点力,你就看不到石头了。"娜娜走进来说着,吻了下他的额头。

"那他们为什么不干?"小北问。

娜娜停顿下来装出费力思考的样子:"我不知道。空着肚子想问题,一辈子也不会知道答案。我在下面给你们准备了好吃的。"

"我什么也不想吃。这个还不行啦,它的翅膀上有条折痕,我要只更好的。"

"超市的遥控直升机能飞很远。"娜娜轻轻探过身子。

"不,那个不行。"他斩钉截铁地说。

"你真的不想去吃点什么吗?有果冻布丁、巧克力蛋糕和炸鲜奶。来一块玉米饼怎么样?"

"我都说不要吃了。"他在美味中挣扎,难过地吞着口水。娜娜把手插进围裙,露出失望的表情。

"你应该听你姐姐的吃点东西,因为食物会让你保持体力。只有吃饱喝足了,才会有精神做出更好的东西,你也不希望试飞就失败吧。"乔治拍着他的肩膀。

"那好吧。"他放下工具,牵着乔治下楼。乔治的手肘碰到了墙边的花瓶,一根孔雀羽飘了下来,被小北抓在手里。

"阿红,我们来玩个游戏吧。"

"你在和谁说话呢?"娜娜问。

"乔治说以前有个男人给她取了个名字叫阿红,她很喜欢这个名字。"他这一说使得乔治满脸通红。

"等等,阿红。如果你能猜对桌上的东西就可以把我的那份也吃掉,如果猜错了就要把项链给我。"

"你要那玩意儿做什么?"娜娜问。

"姐姐,我要玩。"

"好吧，小北，如果你一定要这么干。"阿红边说边走下来。娜娜把影箱移开，捡起地上乱蓬蓬的毯子放到玄关的柜子里。她细心地告诉阿红沙发旁是一张椭圆形的桌子，有膝盖那么高，长度是她躺下来的尺寸。

"是杉木做的。"阿红抚摸着桌子。

"再让我闻闻这些都是什么味道。一杯带着草莓香气的木瓜汁，装在菱形的高酒杯里，杯子旁插着柠檬片。西瓜、凤梨、葡萄、香蕉，全装在木瓜里，你把罐头里的樱桃放在了果冻上。"阿红微笑着说。娜娜吃惊地望着阿红。把水果船端上来时，她并没透露过是用什么做的，居然被准确地猜出所有水果。

"你真厉害，连樱桃是罐头里的都知道。"

"因为它散发着果汁饮料的气味，那是加了樱桃红的，也可以叫它赤藓红。吃起来很甜，没了酸味，天然的樱桃是带酸味的。"阿红道

"这个不许吃，只是个装饰。"娜娜抓开小北去拿樱桃的手，用叉子把它们挑进垃圾桶。

"我绝对不会吃这个。我讨厌任何添加剂，也讨厌太甜的东西，我的口感偏淡。几乎不在菜里放什么调料，渴了喝点水，饿了就吃蔬菜沙拉和水果沙拉，我最爱吃意大利面和玉米片。你喜欢吃什么？"

"我没想过，只要能填饱肚子，什么都吃。我们那里经常旱了又涝，涝了又旱，村子里的人全跑进了城里。有个人告诉我今天的天是红红的，在乡下红红的就是坏兆头，人们都说会有地震，接着就会暴发可怕的山洪。"阿红道。

娜娜仰起头，对着天空正要说什么，却被嘴里的西瓜噎住了，汁液逆着喉咙流进鼻子，她呻吟着奋力吐出。西瓜粘在地板上就像是恶魔的火焰，被红红的邪气染着了，跟着昏天黑地转动。

"唉！真倒霉。"她低咒道，"你要给你爸爸打个电话吗？他们那儿可能也淹水了。"

"不，我们再也不会见面了，我们吵架了。"阿红说着摸着脖子上的链子，断断续续地拨弄琴弦。小北信守诺言地把食物堆在阿红的盘子里，只拿了两块玉米饼就钻进了房间。娜娜打开手提电脑查看邮件。今天没有一个人给她写信，以前QQ上打趣的朋友也都不在，她怀疑都去国外度假了，脑袋里想着加州湖畔热辣辣的阳光，那里春天的天空只有热闪电却没有雨，地是红的，天却很蓝。不像这里正好相反，给人一种很坏的预感，雷声打得很脆，连续不断，预示着

迷惑的安魂曲

可怕的灾难正在来临。她也去睡觉了，到了午夜，阿红把她从睡梦中叫醒。她们像两个幽灵穿过夜里所有的障碍。垂挂的菱形站牌是除了她们外这里唯一的标志。扭曲的铁路迂回盘踞在眼前，阡陌相交，殊途同归，如同九头蛇把没有生命的痕迹留在死亡的戈壁。灯光折叠的树木影子在脚下蠕动，卷绕着草地，以飘浮的状态托起脚步，逼近半遮蔽倾斜的白色肢体。幽暗而深邃的拱洞被刺突的冰冷大地纠缠，变化成一个怪异的半苍穹站台。在白天粗糙的畸形钢筋混凝土是永远吞噬乡土的怪物，而在烟雾缭绕的夜晚，这样的铁路、这样的站台、残存的植物仿佛变成了卡片上的灰色纸模。她玩过那个，做出实物用糨糊粘上，像钉棺一样盖上玻璃罩子。

当她再次转过身，那些已经被遗忘在了黑暗里。窗子上盖着鲜红的帷幕。娜娜坐在第一排，离宽大的荧幕很近，好像不是在看电影而被紧紧注视着。空荡荡的椅子上只有她们，因此显得过分冷清。

"这是哪里？好冷。"娜娜抱住清凉的胳膊问。

"我一直希望和一个人像这样看场电影，但是我每次来的时候人都满了，也没有人愿意带我来。"阿红道。

"那和我一起看吧。"娜娜轻轻抚摸着她的脸。

"我虽然看不见，但可以感觉到。"阿红激动地说。

"什么感觉？"

"爱意。"娜娜吻了她一下。

白色的宽边里显示出黑色的数字：5、4、3、2、1……撕破荧幕钻出的魔鬼面目狰狞，眼睛鲜红，把刀递给一个年轻人道。

"你不过是在浪费生命。"

"恶魔，我不能再献你火热的心脏。"他跑出被圈起的墓地，穿过满是石头与荆棘的林子，身后是夜枭的鬼哭。他拼命地逃奔，而身体却越来越虚弱，跑着跑着，下巴上长出了胡楂儿，四肢变得干瘪无力，苍白的脸孔上是两个深深凹陷下去的眼窝。他知道自己快死了。一个少女坐在小木屋旁，把头埋在胳膊里哭泣。老男人红着眼睛盯着少女抽搐起伏的胸脯。

"不，我不能再重新经历这样的痛苦了。如果我现在死去……"他把刀逼近喉咙。也就在这时，少女缓缓走来。他如同野豹一跃而起，割断了少女的喉咙，掏出心脏，吃得一干二净，从地上坐起来又恢复了年轻的样子。

"黑死病流行的中世纪，大多数人对基督教失去信仰。贫民将宣言殉教的神父关进了教堂，不给食物，但他却吃了自己的手臂。《沉默的羔羊》《汉尼拔》都是根据真人的故事改编，难道写人吃人的鲁迅仅仅是在象征和虚构吗？我相信他见过。登山运动员被困饥饿时也会以同伴为食，谁都希望活下去。"屏幕上跳出一个穿着大公鸡装的男孩说着。

"佛陀以肉身喂虎，耶稣把血肉之躯当作献祭的羔羊，普罗米修斯为了火种忍受秃鹫吞食？为什么一定要吃人呢？难道不能牺牲自己拯救别人？"穿青蛙服的男孩反对道。

"如果你真见过这些神，就不会待在这个地方。魔鬼会说，你在我身上找不到任何死的痕迹，然后人就投入了它的怀抱。"大公鸡男孩发出嘲笑声。

"是圣马丁说的这些，并投入了亚伯拉罕的怀抱，他的灵魂升入了天堂。噢！我不想和你谈论宗教。"青蛙服男孩道。

"我感兴趣的也只有魔鬼，他吃了，并对尸体唱了魔鬼之歌。他的反抗软弱无力，只有忍气吞声，被魔鬼牵着走就像这幅画。"公鸡男孩说着用脚敲打身后的图片，上面一个赤裸的男人被恶魔套住脖子，像狗一样在地上爬行。

"不对，塔罗上魔鬼驱使的是一对情侣，就像这样。"他横过一张巨大的牌。

"听我说现在可不是欣赏这些的时间，我们是在讨论这一幅画。"分开两幅画页，从丑小鸭男孩胸前上升的画面里，哭泣的少女背后是被卷入乌云里的男人，他挡在额头上的一只手遮挡住了半边眼睛，惊惧地张开嘴巴。灯光打在他伸出黑暗的手臂上。

"你改编的这个电影就是你对画的解说吗？"丑小鸭问装扮成小猫的男孩。

"但是魔鬼是从哪里来的呢？"

"隐藏在乌云里。"他答道。

"我并不这么认为，这只是一对失恋的情侣彼此绝望的分离，因为男人手里没有刀。那全是你的想象，没有什么比失恋更需要得到拯救的。"蹲在地上的小狗说道。他们开始激烈地讨论，半天都没有什么结果，丑小鸭满脸堆笑，不发一言。不知怎的，娜娜却听到了他的心声。

"小心地隐藏一切，再加上信口雌黄的鼓吹，就能成功迷惑观众转移视线，就像利益永远以正义作为主体，而罪恶莫过于勾引爱情做挡箭牌。热情成就的是最伟大的野心，兴趣是沽名钓誉的舵手。知道的人都戴上虚假的面具，不知

迷惑的安魂曲

道的人继续着愚昧。在我看来，这就是一起道德败坏的谋杀，而我的那些狡猾的同伴深谙画中意义却浅尝辄止，使出相互攻击的隐藏手段，加上东扯西拉使各自的利益太平。一个美丽的童话总隐藏着一个丑陋的事实，所以丑小鸭才最美丽。"他把鸭帽子拉低，阴沉地笑了会儿，然后拍掌引起注意。

"好吧，我亲爱的伙伴们，难道你们没有看出来吗？这是最完美的爱情。是宇宙的灵魂超越时空相结合发出的喟叹。神让这对迷失的男女紧紧联系在一起，尽管这个男人的年龄看起来可以做少女的老爹。"

"是的，你言之有理。"青蛙男孩称赞道。

"你一向很有远见。"他们称赞道。

小猫、小狗、青蛙、大公鸡还有丑小鸭在台上一起跳起舞。可是台子太小，他们都不甘愿站在边边角角，争先恐后地把对方挤到下面。所以一会儿镜头里出现小鸡的屁股，再一会儿是条青蛙腿。他们一个个东倒西歪，丑态百出，最后扭打成一团。

"你们说我们的话剧叫什么名字呢？"小猫抢到镜头叫道。

"奇迹！"大公鸡用那唤醒世界的嗓门喊道。

"虽然奇迹在世界的发生率只有千万分之一，但在这里充满着奇迹。"小狗疯笑着搭在他的肩膀上。

"奇迹！万岁！"他们高呼道。往台下鞠躬时还在互相踢打，最后滑稽地随着掉下的厚重帷幕一起被扫出台子。

娜娜倒在椅子上捧腹大笑，但是阿红却不知去向。她在二楼放映房的架子上发现了一台播放机，从暗房的玻璃里可以俯视整个电影院。它们就是空壳子的心脏，荧幕和帷帐小心守护着单调、冰冷的壳子边界。架子有两层，最上层堆放着许多老胶片，是 20 世纪六七十年代的政治宣传片，其他的还更老。她揭开一颗红星旁的挂帘，发现一个竹篮。竹篮里是粗麻拧成的木偶和一条躯体上画着深蓝色花纹的石斑鱼，旁边还有一个粉红色的京剧脸谱，挖出两个窟窿作为眼睛，用橡皮筋穿过耳朵。提花上的暗黄色字条上写着：铁小五班，美术课作品。六一节快乐，我们带来了自己的节目。

她在篮子底下找到一盒胶片，对着下面微暗的光线拖出一节，一步一步，展示出一个缥缈的灵魂，她被这突如其来吓了一跳，紧接着胶片展开到了心悸，熟悉中带着陌生。阿红抬起细细的胳膊，忧郁而悲伤地凝视着空虚，和着一些

迷惑的安魂曲

微妙战栗的情愫，糅合成伤感的旋律。红色的连衣裙像凝固的血块，呆滞、惨淡而纯洁。胶片不自主地从手里滑落下来，她被曲子感动着，泪流满面地凝视着台子上的阿红。她的歌声凝滞住了娜娜的灵魂而伤痛腐蚀到了骨髓。

7. 哭泣的游戏

赵老师探出脑袋，两个大拇指拖住下巴表现出一副吃惊的模样。她明白是装出来的，骨子里是嘲讽和恶毒的取笑。他以那惯用的小手段随处逢源，把出名当作是一种取得财运的工具，凭借掌握的宣传能力与那不伦不类的荒诞装束，以及一张甜言蜜语的嘴巴啃噬着世界。

"有请赵老师。"主持人叫道。

"来了。"他挥手跳上台子。

"两只老虎，两只老虎，跑得快，跑得快……"他穿着嵌着珠子的外套，白手套贴在嘴唇上，唱了半句拿麦克风指着欢叫的歌迷划了一圈。这是他迷醉女性观众的招牌动作。

"请在此叫我今晚打老虎，接下来把星爷的叉烧包献给大家。"台下的人又尖叫着欢喜雀跃。赵老师说完便开始唱。

"叉烧包，谁爱吃刚出笼的叉烧包，谁爱吃刚出笼的叉烧包，还有那莲蓉包猪肉包玉薯包豆沙包应有尽有广东包，假使你说你不爱吃广东包……"

"真恶心，他在扭屁股。"小北淡定地吃了口雪糕。

"他脱得只剩一条裤子了，我敢打赌他没穿内裤。但我喜欢他，我要把票投给他。"听到小北的话，娜娜快气晕了，后悔真不该带他来。

"赵老师，你得了个高分。现在你要对挑战者阿红说什么？"主持人道。

"嘿，阿红。"他像一只钻出水面的发情海獭，挥舞着汗水，抚摸着额发，扬扬得意。

迷惑的安魂曲

"用事实说话,祝你成功。"

"阿红,在唱歌之前可以问你几个问题吗?"主持人问。阿红羞涩地点点头。

"你好像不是歌手,为什么要唱歌呢?"

"我想要一份工作养活自己。"阿红道。

"那么你是哪里人呢?听你的口音不是本地的。"主持人又问。

"是的,我是从安巴乡来的,妈妈死了,爸爸是运骨头的工人。"主持人露出一个嘲弄的表情,很快就被职业笑容淹没。

"工作嘛,总要找自己感兴趣的。面对赵老师这么强劲的对手,你有没有压力?"支持人问。

"有。"阿红响亮地回答。

"你还想对大家说点什么呢?"主持人问。

"Well, if my heart must break, dear love for your sake, it will break in music."(也罢,若我必须心碎,亲爱的爱人,因为你的缘故,让它在音乐中破碎。)她用颤声优美地吐出。

这个又瞎又蠢的女孩,诚实得可笑。露穷、贫贱又自视清高,在这个世界谁会尊重你,谁又对你感兴趣呢?这样说就失败了一半。主持人心想着依旧面带微笑:"能告诉我们歌曲的名字吗?"

"The crying game."(《哭泣的游戏》。)

"好吧,祝你成功。"

"谢谢你。"她接过话筒朝台下鞠了一躬。

I know all there is to know about the crying game...(我知道所有这些关于哭泣的游戏……)

即使纸醉金迷的世界,海市蜃楼般摧毁,也不能将她的情愫从生命中分开,好像为此来到这里,并在音乐里幻灭。她就像是切尔诺贝利核电站的受难者,聚会上流着眼泪讲述自己于残酷中灰飞烟灭。观众们不能理解,他们抱怨听不懂英文歌词,还有人说她穿得像《山村老尸》中的女鬼。他们脸上冰冷麻木,行为粗野,只关注自己毫无生气的日子,苟延残喘地活着,没有爱情,没有眼泪,永远满足不了欲望。一群空壳子彼此习惯在一个屋檐下机械性地忙碌,为琐事争争吵吵,残酷地对待彼此,钩心斗角,最后这些成了唯一的目的,活着的理由,乃至虚空的全体。

"现在我宣布,获胜者是赵老师。"主持人热情洋溢地宣布结果。

"你在这样的世界是多么幸运。"娜娜说着把盖过章的合同递给赵老师,而无辜的失败者又是多么悲惨,一无所有不得不忍痛迁就,可却非常真实。

"我能请你喝杯咖啡吗?"赵老师盯着娜娜道。

"对不起,我还有工作。"

"你上次不是说过如果我对出场费表示不满?"他用温言刺探,"我知道我们才签合约,但在凯豪驻唱时我是有奖金的,像你一样显示出高贵气质的曼陀罗丽是否……"他故意欲语还休,用那种露骨的眼神盯着她的胸口。

这个厚颜无耻的人,变本加厉是他的本色。她心想着搪塞道:"我会考虑的。"

他又把手覆盖在她手上:"我是个无家可归的人,阿星说我能睡在店里。"

"天哪,你就不能找个其他的地方吗?我们一个月出那么多钱养着你。"娜娜不耐烦道。

"可是你们不预先支付工资呀。我可一点积蓄也没有,瞧瞧这身派头:脚上、身上都要钱。谁让我是搞艺术的,求求你了,老板。"他把娜娜的手拉到嘴边,魅惑地说。

她实在是讨厌他,抽出手:"好吧,但是天下没有免费的午餐,租金我会从你工资里扣除。"

"太不公平了,那盲人姑娘却一分不花地住在你家。"赵老师又在故意找碴。

"她是我的……"救命恩人?朋友、亲人、姐妹还是别的什么?一时间她不知道怎么描述自己和阿红的关系,"她是我的朋友。"她后悔告诉这个没教养的男人自己的私事。

"哦?一见如故?你该不是伤害了她想给点补偿,或者是有人用刀架在你的脖子上,把这个包袱甩给你的吧?老板,我想给你点忠告,不要把陌生人随便带到家,谁知道她趁你睡觉的时候干点什么。"他的一根指头轻轻划过脖子。

"赵先生,还是管好你自己吧。如果这里少了一针一线,警察那儿都会有你的名字。"她抱着皮箱,走下一条深深的走廊。里面是电机房,没有楼梯,墙壁上也没有砖块,幽暗而潮湿。墨绿色的照明灯有时会因为屋顶渗下的积水忽然熄灭。她解除防盗系统,打开办公室的门,从箱子里拿出沉甸甸的黄金。黄金比飘浮不定的货币更加保险,死守住它们就可以守住地位,为此就要冷酷下去,抛弃愚蠢的热情和怜悯。现在一个人怎样能活得幸福、有尊严、满足虚

迷惑的安魂曲

荣心，谁都知道最需要的是什么，勇气、力量和希望乃至爱情只不过是掩饰目的与痛苦的小把戏。谁又真正在乎这些？她把皮箱锁进保险柜，手指翻开冰冷的塑料夹，游走在散发着油墨味的机械字体上。四周静得出奇，静到连灵魂也在空虚里颤抖。她的耳边又回荡起阿红的歌声，那声音就如同金属残骸里长出的哭泣之花，可是地面却有太多的破洞与裂缝而张开大口。人生是一场游戏，在血与眼泪中来到世界的婴儿便也在血和眼泪里埋葬，尘归尘，土归土，变得像轻烟一样，不多也不少，什么都带不走，留不下。她渐渐陷入沉思的静穆中，唯一等待的只有那无限留出的空白。转开钢笔，却一个字也写不上去。她想他们，发疯地想着。

回到家时，她带着烤鸭和一大堆食物，蹑手蹑脚地走到阿红的房门口，小北也在里面。他几分钟只弹了一个音节，一副愁眉苦脸的表情，很是心不在焉。她也奇怪为什么小北不大愿意搭理自己，而喜欢和阿红黏在一块儿。两个人总被纸飞机纠缠，好像那是什么最了不得的工作。还给每一架飞机取了名字，而过了一天，又唉声叹气地把折好的飞机扔到壁炉里烧了。

"我让小黑去找糖了。"小北道。

"太危险了，他的帮手在附近监视我们，如果发现你把他的好意弄丢了，会惹怒他的。"阿红道。

"我已经很小心了，小黑也是，它从厕所管道里走的。"小北放下手里的罐子，里面一滴水也没有。

"别忘了，那东西也能进管道，我们不能再失败了。"阿红提醒道。

"这是你的缘故，你明知道这都是没意义的，却参加了他的游戏，现在你要被牵着鼻子走了。"小北忽然毫不客气地指责阿红。

"对不起。"阿红低声道。

"你已经输了，现在把项链交给我。"小北说。

"不行。"

"你还真是执迷不悟，一心想唱给她听，但她不会明白的。你只会把事情弄得越来越糟，你还是离她远点。"小北说着就去抓阿红的项链，当他的手碰到链珠时，阿红像发疯似的把他打倒在地。

"如果你敢拿我的东西，我就把这个涂在你的眼睛里，让你和我一样变成瞎子。"她一手掐住小北的脖子，一手拿着桌子上的涂料。

"咳，咳……原来这就是你真实的样子，总哭哭啼啼地想博得她的同情，但是我知道你是有目的的。"

"我最讨厌不尊重别人的小孩，我要给你点颜色瞧瞧。"阿红面目狰狞。

"别伤害我，救救我，姐姐。"小北眼角呛出泪水，声嘶力竭地呼喊。

"住手，阿红！"娜娜猛然推开门，发现方才争吵的两人正酣睡地睡在榻榻米上，安静而柔和。娜娜揉揉发疼的眼睛，把小北抱回房间。她回到床上，辗转反侧。从门缝里，她亲眼看见他们在争吵，却没有一点迹象可寻。她还从没有见过阿红那个样子，一瞬间，她变得和那个男人一样猥琐、凶残，也许她并不了解真正的阿红。她睡不着，就爬到阁楼上清理杂物，把一些旧衣服和电子产品分别装入盒子里，本打算捐给穷人的，但不知道国内的捐赠机构是否接受这些，捐赠机构好像只对现金感兴趣。

雨板上的响动吓了她一跳，她抓住吸尘器的管子和绳套，一口气跑下螺旋楼梯，想赶走那只猫。不知何时，那只猫总围绕着院子游荡，黑黑的，脸上吊着肉，两个不一样颜色的眼珠，让人看了就感到不舒服。小北说它要吃掉小黑，总是紧张地守在罐子旁。就在楼梯的过道，她与猫相遇了，那猫一见她就凶相毕露地咬上她的手臂。她是最讨厌又脏又来历不明的东西，捂着疼痛的胳膊，大发雷霆地追赶，直到把它逼到厨房。

猫从煤气罩跃到半尺高的窗台上，试图跳到外面。她从不在厨房做饭，窗户早被锁死了。猫的利爪抓在玻璃上，尖锐而刺耳，见娜娜来抓，晃动身子躲了过去。娜娜把绳子在身后打成套，与猫对视着，被那凶神恶煞的样子吓坏了。猫的眼睛冒着火和邪气，全身长毛战栗，似乎一触即发。她不由感到伤口传来阵阵疼痛，不消说，对它更加痛恨，抡起绳子往猫脖子上套去。那猫伸出又长又尖的爪子，露出血盆大口扑了过来。这下正中下怀，她打开了煤气炉。猫在火里发出惨叫，挣扎着使出一股蛮力，居然使她往前滑了一大步。她现在已经意识到这并非是一只普通猫的能力，而是一个恐怖的东西，从黑暗里诞生出来的怪相。因为它的声音先是惨叫，接着断断续续，越来越低，最后发出沉闷的惊呼，变成男人的诅咒嘶叫。同时四肢化为灰烬，掉下尾巴与眼睛，嘴巴一圈都变成了灰。然而它却没有死，火光把一个奇奇怪怪的影子投到了墙上，影子长出了人的五官，一颗青色的眼珠突兀在外，触角蠕动着。

"呀！这真是个邪门的东西。"她被吓了一跳，好像一瞬间墙壁闪了一下，

迷惑的安魂曲

跟着扭曲的人脸模糊地摇晃。

"是他，那个船上的男人。"人脸消失的一秒钟，一只缠绕成螺旋状的虫子，没有头和尾，沿着墙壁往上爬。就在虫子穿过换气扇时，她赶紧按下开关。血水像雨一样飘到脸上。她把窗子上、地上的血迹仔仔细细地擦干净便将那块抹布扔掉，痛痛快快地洗了个澡。

"我可没白忙，我早就想这么干了，把他碾成肉泥。哎哟！"胳膊上的殷红指头印，痛得她头晕眼花，只好开车去医院接种了狂犬疫苗。

中午，小北用叉子戳着食物，兴趣缺乏。桌子上只有些奶油汤和一大盘黑色的东西，本来是做午餐的黑椒牛排，只保留了黑胶的形态。小北拿了壁炉上的牛奶倒在杯子里，那是早上没喝完的。娜娜喝着茉莉花茶，感觉不出是什么味道。

"怎么没看见阿红？"她心虚地问。

"早饭时，我瞧见她从卧室里哭着跑出去了。"小北答道。

"她一个人怎么能出去？"

"牵着杰夫呢。"

"杰夫？"

"是只导盲犬，从盲人爱心协会借来的。都来了好久了，你居然还不知道。它常和那只猫打架。"她默默地把牛肉块儿含在嘴里。这时阿红从外面回来了，没有理会他们，沿着墙壁回到房里收拾行李。她听到脚步声，故意用那双忧郁的黑眼睛巡视门口，尽管什么也看不见，她在等娜娜靠近，没有戒备，充满期盼地。

"你去哪里了？"她问。

"我找到了一份工作。"阿红回答。

"什么工作？"

"我老乡的店子里缺少一个清洁工，我说可以干，虽然收入微薄，但总比什么也不干强。"

"这种事……"她嘀咕道，"一点也不适合你。"阿红习以为常地惨淡微笑。

"对不起，这些天给你添麻烦了。"阿红客气地说。

"你怎么能这样说，我答应过要照顾你的。你至少应该住在这里，与我为伴好吗？我孤独得都快发疯了。"娜娜拉住阿红的胳膊。

迷惑的安魂曲

"你没有必要对一个陌生人这么好。"一只卷毛小狗跳到膝盖上，扁扁的鼻子嗅着阿红的裙子。

"真可爱，难道它就是杰夫？太小了点。"娜娜讨好地说。

"它是我的眼睛。"阿红把狗揉在手里，亲了亲，"我要把我的爱给它。"

"哦？"她才发现阿红抿嘴笑时，看上去有种神经病人的轻微症状。那无法控制的嘴唇颤抖完全和喜悦是两码事，眯着的缝隙里突出一片黑色，那是她的眼珠，被眼皮覆盖着。一开始就是这双眼睛和从嘴唇里吐出的"我原谅你了"彻底打动了她，决定关心与帮助她。尽管现在仍然有这样的想法，可更重要的是那种感觉淡漠了下来，就连她微笑的样子也变了味道。她毕竟像她的父亲，是个来历不明的人。她曾亲眼见到了以科学无法解释的东西，古人称之为魑魅魍魉，不可见的邪物。可是，又有什么东西是吸引人的，游走在绝望、神秘、危险的边缘？

"你想照张相吗？我买了新照相机。"娜娜微笑着拿起相机，"如果把你的样子留在照片上，我会一辈子也忘不了。你不想给我点纪念吗？"在看不到刺眼的闪光灯面前，阿红笑得很勉强。

"照得怎么样？"她迫不及待地问。

"很漂亮。阿红，为什么要把你的爱给一只小狗呢？难道你没有想过要爱一个人？"她抚摸着阿红头发下的脸。她闭上眼睛，把脸紧紧贴在手心，像一只乖巧的小花猫，身体发出颤抖，仿佛是不能见底的孤独花心被温暖地爱抚着。

她清楚心里的想法，她要得到那份爱，这是她唯一活下去的理由。脑子里的声音告诉她，每个人都必须热爱与服从自己，就像头脑和手足的关系。但是这个声音同样一点也不舒服，现在它又说话了："想把握与控制却不能持久，无论欢愉与爱恋均相同。"

阿红对着窗户流出眼泪，转过身热情而悲伤地吻了她。她是依赖着感情的可悲生物，即便是遭人唾骂与抛弃，也用那双一无所见的双眸，颤颤祈求着并且自我折磨。

迷惑的安魂曲

8. 仇恨的种子

一缕阳光射进窗户，桌子上的餐具无不处于光明之中。杰夫在院子里到处跑，她不喜欢狗待在房里。狗被吊床的网子缠住了，她端着杯子没有理会。

"你怎么从外面进来的？"娜娜奇怪地问。

"昨晚，院子里的鸟叫个不停，吵死了。我本来去教训它们的，但却在椅子上睡着了。"

"你是从哪儿弄到的链子？"娜娜问。

"院子里有个小屋，门没有锁上，我在纸盒里找到了，打算拿它把狗锁上。"小北瞪了外面的杰夫一眼，那吊床已经被它弄破了，露出两节线头和一个刚好容下狗穿过的窟窿。狗吐出舌头，在花里疯狂地奔跳又冲去乱咬那白杨椅子。

天哪！这畜生就不能离家具远点？她心想：锁起来也许是对的，尽管它很小但却缺乏驯养，看了就厌恶。

"我等会儿送阿红上班，给你请了个保姆，你乖乖待在家里。"娜娜温柔地摸着小北的头发。

"为什么我要待在家里？"他乖戾地把衣服扎到裤子里，帽子套在脑袋上。

"你还有什么地方可以去吗？你只是个小孩子，不能到处乱跑，如果没有大人保护，有很多坏人会欺负小孩子。"娜娜颇为严肃地说。

"这我知道，欺负小孩的坏人不一定全是大人，但他们最爱玩以大欺小的游戏，瞎子也是下饭菜。所以我要和阿红一起去上班，保护她。"他理直气壮地说。

娜娜一千个不愿意，小北就和她闹，她是见识到了小孩那种得不到满足就誓不罢休的性格。为什么他要跟着阿红，而不愿意跟着自己呢？不愿意和自己亲，也不愿意谈论什么，在折纸飞机的时候也是这样，想也不想就让阿红加入。

可是感觉起来他又是不喜欢阿红的，阿红毫不介意带小北一同工作。娜娜的车子坏了，就给他们叫了辆出租车，自己搭公车去了酒店。她头疼地看着账本问阿星为什么生意会越来越差，阿星说有些人对菜单不满意，还有些嫌酒水贵了。不过，停电才是造成损失的最大原因。机房的老电路总是坏，修了也没用，必须把线都换了。娜娜让他先请个电工师傅看看再说。

"陈工的徒弟是个老实人，价钱一定公道。"一会儿，阿星把名片递了上来。

"约了下午三点。如果老板有事，我可以带他下去看看。"阿星道。

"不，我下午没事。"她把记事本打开，删掉上面的安排。工程师早到了半个小时，黄帽子托在手里，怀里抱着工具箱。他很年轻，三十几岁，身板结实，戴着眼镜。他拿出测电仪表，打开闸门，又仰起头环视墙壁。

"这些线大概使用了多少年？"

"我不知道，买下的时候就有了，装修时没动过。"娜娜道。

他戴着橡皮手套捏了捏："是三十年前的老胶线，这些铜圈更古老，只要有点可燃物就会发生火灾。天花板还在漏水，很不安全，该换了。"

"大概要多长时间？"娜娜问。

"可能半个月，或者三个月。我还没见过像你这样的奇特地方。居然在酒店里有地下隧道，说不定藏着什么宝贝，以前他们挖地道就挖这么深。"他不规矩地把眼睛探向里面，瞧到那道门，"那里有人住？"

"堆杂物的。酒店里总是很乱，一些东西赶不上时髦，就要收起来，但是过了一段时间客人腻烦了新东西，就想到了它们。"娜娜敷衍道。

"是这样的，吃饭也挑肥拣瘦，换过口味又要换回来。人总不知道自己想要什么，所以也不满足，也没什么永恒的。没有哪颗星星是固定不变的，这个世界变化太快。"他边说边戴上帽子往里走。

"听你的说话不像是个单纯的电工师傅。"

"那怎么才算是个单纯的电工师傅？和尚也不是只敲木鱼。"

"那你什么时候动工？"娜娜问。

"一个月后吧，我手上还有一个工程活儿。"不知是否是故意的，他漫不经心地在那扇门前来回踱步。与娜娜握手告别时，一颗黑痣露在食指上，她马上决定不把这里交给他。

小册子上的地址离酒店那么近，根本不用开车。阿红打工的地方竟然就是

迷惑的安魂曲

那拐子婆的杂货铺，那婆子正拿一个变形怪与小北手里的奥特曼战士搏斗。梳着时髦头发的男人一边抽烟一边和阿红交谈，还故意把烟吐到她身上。她气愤地走过去，男人歪斜在门上的躯干马上直立起来。

"老板，来接阿红的？"

"你现在不在店子里拉生意，跑到外面来做什么？"娜娜板着脸问。

"什么拉生意？说得我好像是个不正经的人似的。"赵老师嬉皮笑脸道。

"我难道雇用你是到处玩乐的？"她快气死了，更受不了他一副玩世不恭的姿态，而且缺乏道德。

"哪有心情玩乐，苦死了。对于我这样一个手头拮据的人，酒店的香烟比外面卖的居然贵了三倍，酒的价格更是不敢恭维。日子一天天这么难熬，什么时候才到月底发工资呀？"赵老师又开始诉苦。

"好吧，你先回去，我考虑下你的情况。"她虽然这么说，但是做不到足月绝对不给他一毛钱。

"那我去工作了，阿红再见。"他不知廉耻地牵起阿红的小手。娜娜火冒三丈，正要训斥，那婆子的媳妇跑了进来。她脸颊的发饰滑到辫子中段，头发蓬在胖乎乎的脸旁。

"她要弄死我们。"她惊慌失措地推大家去里面。赵老师手足并用，却在她肥厚的脊背后"砰"地吃了闭门羹。汽油桶晃荡的声音把他吓呆了，对着扔下的烟头一阵狂踩。他感到那散发着浓烈气味的危险物正顺着瓷砖的缝隙滑到脚底，赶紧跳到椅子上，只恨没有穿墙术能挤过去。进来的女人穿着件猩红风衣，呼吸紊乱，眼里闪烁着十足的疯狂和寒意。那是处于神经兴奋的杀人狂固有的报复状态，一旦人表现出这种样子，只求与仇人玉石俱焚，从不计较后果。赵老师不禁打了个寒战，赶紧把手贴到墙上，心想：最好别因为不经意的动作刺激这么大怒气的人，除非我是个笨蛋，想引火上身帮别人背黑锅，那绝对代价惨烈。

"你是他们的帮凶吗？"女人瞪着他。

"不是，怎么可能，我是来买东西的。"说实在的他才不想理会这个年纪的老女人，况且是个疯子。只是在这种状态，他必须有问必答，明哲保身。

"他们一看到您来了，好像做了什么见不得人的勾当，全躲了起来。"他边说边指向那道门。

"哼！这群恶魔偷了我的孩子。我单知道这条胡同很乱，到处都是民工、毒贩子、流氓与无业人员，却不知道还有拐子。那天太热，我就带孩子出来买降温的，要是他再小点就抱在手里了，男孩都调皮得很，总爱到处跑。我付钱转过头，孩子就不见了。我四处叫，找了一圈都没有人回应，有个人告诉我，看到一个婆子把他牵进了这间铺子。那人也来做证，她硬说没有，我急了就报了警，警察也没在铺子里找到小孩。我很不甘心地尾随这婆子。晚上，我模模糊糊听他们说订到了次日去吉林的29日火车，兰仔和媳妇带着……打了针……睡得很好。我打听到火车，就打电话叫亲戚去拦，可是火车提前开了一小时……他们就这样把孩子卖了……"她边说边呜咽起来。

"真是人间悲剧！悲剧！"他对这些台词压根儿不以为然，甚至讨厌。心想：世界上的悲剧那么多，又不是自己造成的，无所作为又有什么不对，烧死他们关自己什么事。

"您不必找什么劈门这么费事，直接淋到门上点火就可以了。"看到女人四下张望，他诚实地建议。

"但不能保证他们是否已经从后门逃走。"他又补充道。

"这里还有后门？"女人问。

"每个一楼都有后门。如果你不介意我可以帮您去看下，我很同情您的遭遇。"他踮着脚尖扶着墙，挪动到门口。其实他早在这么干，边倾听示好边撤退，就差一步。问题是他要怎么通过一半拉着铁栅栏、一半被女人挡住的门。在上一个女人那里，他已经失败了一次，这个的块头不亚于那个，想硬来肯定不行。他露出洁白的牙齿，试图以男性魅力迷惑，使她感到亲切、善良。但却低估了绝望中的人哪还管一个人外表如何，又如何诡辩。人们总可笑地认为谈判专家在这类问题上是有用的，那多半出于肇事者有条件并怀抱幻想，可这个女人什么也不需要，而且冷僻多疑。

"啊！不！"她抓起罐子淋到赵老师身上，拿着打火机咧嘴朝他笑。

"还指望谁同情谁呢？全去死吧！"她生冷得没有一丝表情，眼睛里空无一物。

"如果你们再不出来，我就先烧死他。"还不到一会儿，女人就全身湿淋淋地倒在地板上，嘴巴大张着。她们拿水龙头绕到前面，往门栏杆里发射。趁她来不及反应，从屋里冲出的媳妇压到她的身上，她们就像两个棉花糖粘成一团。

迷惑的安魂曲

本来那媳妇还有在上面的优势,但是雨点一样的拳头和指甲的尖硬使她不得不翻身。女人的力气是可怕的,这股力气来自仇恨的种子与正义缺失的怨气。在打火机被踢远后,女人突出的褐色眼睛上布满血丝,随着左右摇摆的脑袋一齐抖动着。几个耳光后,赵老师把神志涣散的女人像拔萝卜一样拉到墙角。

"这件事与我有关吗?你这个疯婆子。我最公平,谁敬我一尺我还她一丈。你以为你是什么人?"他活动着打得发麻的关节,抓起桌子上的茶壶对准女人的头皮。

"快住手,会弄出人命的。"大家抱住他的腰往后拖。

"只要谁敢动我一根汗毛,使我感到不舒服,那就试试看。"他在拳打脚踢一个失去孩子的疯女人身上宣誓胜利与自我。

"我们快把她送到医院去。"她们喊着去抬那女人。等到昏迷的女人被抬上来,娜娜毫不犹豫地发动了车子。

"喂!你们疯了,应该把她送去警察局。"赵老师叫道。

夜幕下,剪成驯鹿与公主模样的荆棘条穿过身体,红色彩灯孱弱而疯狂地闪烁在接缝处,滑稽奔跑着转过车窗。女人的神志渐渐清醒,手捂在半边脸上。

"你要带我去哪里?"

"你伤得这么重一定要去医院。"娜娜说。

"不!我去不起医院,那还不如把我关到局子或者杀了我。"娜娜听到捶玻璃的声音。过了一会儿,不知有什么在门上重重地砸着。娜娜被妇人的举措弄得惊慌失措,成了信号灯下的标靶,身后的喇叭嗡嗡响个不停。

"请你不要乱动,我再不开车别人都走不了。"马达停停响响了好几次,轮胎才在地面上颠簸起来。

"我认识你,你和他们是一伙的。等着吧,我一定要给你们好看。"

"砰!"女人跳出车子滚到了轮胎上。她感到自己的心脏都快掉出来了,赶紧钻出车子。奇怪的是车底一个人也没有,浓烈的花香飘荡在空中。她抬起头,月光穿过树林和一个小小的人造湖泊,照到衍生的跑马线上,从雾霭里冉冉升起的高层建筑变得模模糊糊。她朝头顶的牌子看了眼,上面写着:香贵兰国字10路。广告牌上一个男人把饺子夸张地塞入嘴巴,做出囫囵吞枣的样子并竖起大拇指。

"真逗,活像自己撬开自己的嘴巴吃着毒药。"她笑了笑。一辆车飞驰而来,

她挡住眼睛滚到了泥巴地里。

"你这个疯子!"她朝着那车的后灯唾骂。仅凭目测这家伙的车速肯定有150千米以上,而且逆向行驶,最可怕的是过来时有股难闻的酒精味。她愤怒地回到车上,脱掉破丝袜,擦着膝盖上的泥巴。

忽然,她浑身一阵痉挛,拳头发出咯吱声,指头僵硬得好像骨头都要碎了。她看到自己病态的讪笑浮现在反光镜上。

"谁来救救我?好痛苦。"她的嘴巴不能闭合地呻吟着,四周除了死一样的寂静,一个人也没有,好像又被抛入了地狱深渊。

9. 愤怒玫瑰

医生说打了狂犬疫苗也不是百分之百能阻止病情的蔓延,但发病的可能性微乎其微。捻子碰到伤口时,她疼得大叫。医生把她的脑袋按到躺椅上,露出的金牙闪闪发光。

"美女,皱眉头可会变老。伤口不是很深,鉴于你的情况,我建议先去做个血清检测,可能是你的免疫能力太差,而且你还有两针没有打。"她听到捻子被扔到盘子里的哐当声。

医生继续道:"这种病发作起码要七天,像你所说的症状也许只是一次神经性痉挛,可能是疲劳引起的。对了,咬你的动物还在吧?如果还在,你可以关着它。如果它十天没死,你也会没事。"

"那鬼东西死了,这个会不会传染?"娜娜故意装出天真的模样问。

"潜伏期不会,但是一旦发病了就会疯狂咬人,那时唾液就有毒。上次五琴菜场有个人发病了,还派了武警官兵清理现场,大场面啊。"医生揶揄地把塑胶手套扔进垃圾桶。她心里认为这必定是那只猫的诅咒,更恨它。那隐藏在猫身上的恶毒物质正打算报复她,尽管亲手杀掉了那个邪物,但所造成的恐惧

迷惑的安魂曲

仍然存在，真使人愤怒！

酒店里只要开暖风，电机就会发生故障，有时候是嗡嗡声，有时候干脆一片漆黑。无论上面的环境多么恶劣，她的地下办公室都有持续电源供应，那些昂贵的发电机，就像是太阳燃烧着永不枯竭。走廊上，她看到那姓赵的小子先对一个姑娘甜言蜜语地恭维了一番，然后就毛手毛脚。

"要玩去别处玩去。"她喝阻道。那姑娘面红耳赤地溜走了。

"你吓走了我的猎物，只要我使点手段，马上她就服服帖帖的了。女人都一个样。"他蹲下来抽着烟。娜娜原来就认为他这样的街头混混靠打架度日，由于长得还过得去，跟别人学了点歌就自命不凡，生出了野心，现在对他更加厌恶。他仍在自我陶醉，把烟雾吐到空中。

"没有人可以拒绝英俊的我。"

"你可真自大。"

他忽然站起来，从娜娜手里接过盒子，里面有五个菜单册子和一份圣诞营业计划书。

"我自己来吧。"娜娜道。

"老板还和我客气什么？也许我们该换些点心了，客人不太喜欢。"赵老师建议道。

"我正打算这么做。"他拉开步子，娜娜挡在他的前面，"你知道这里的规矩，这个地方除了我之外，不准任何人进去。"

"我听说你把钱藏在里面了，还拿枪守护着它们，可是为什么不把它们存在银行呢？"他抱臂斜站着，态度冷漠。娜娜瞪了他一眼。

"赵先生，在这里任何人都应该管好自己，不应该私自议论别的事情，做不到就滚蛋。"

"老板，我只是随便说说，别太认真。况且我们还有合约，不是吗？"

"你也知道自己还处在试用期吧？"娜娜提醒道。

"你是要像黑心企业对付实习大学生那样干。"

"你可没那资质。"

"是呀，我也没那傻。老板，我这个人最规矩，一是一，二是二，是我赚的，谁要敢拿走一个子，就走着瞧。"赵老师警告道。

他走了，娜娜把手轻轻抚摸着垫在盒子下的金条。也许埃及法老并没有多伟大，但是他们拥有可观数量的黄金，每次抚摸着黄金便能使她变得沉静而满足。

小北正在院子里玩，扔出的纸飞机穿过搭起的葡萄藤子，一头栽倒在草坪上。草坪刚被娜娜用割草机修理过，闪动着浇灌后的露珠儿。他晃荡着双腿，坐在门口的台子上，小手伸进堆满纸飞机的威化饼盒，掏出一块饼干，边嚅动小嘴边百无聊赖地欣赏着满地麻麻点点的纸飞机。它们像 11 月的麻斑病人，在打着旋的风里抽起痒，被隔离在高高铁栏杆之外的世界。

杰夫伸出舌头有气无力地趴着，对飞到狗窝顶上的那些小玩意儿早就失去了兴趣。前些日子，它还疯狂地扑向越过雷池的不速之客，把它们撕咬成纸片。他不怀好意地瞥了眼这个懒骨头，给它扔去大大的、肉味十足的骨头，杰夫一点兴趣也没有。小北钻到桌子下，打开那只红箱子。

"来玩吧，杰夫，接着。"他把球扔给狗，它仍然一动不动地躺在那里低低呜咽。他跑过去捡球，狗的喉咙里发出一声嚎叫，凶狠地瞪着他。

"坏狗！"他拿球砸向狗的鼻子，比起以前的小可爱与软绵绵的样子，杰夫此时彻底成了个陌生的野生动物，伸着舌头要扑过来。

娜娜冲出来抱起小北，用棍子打杰夫。其实她在门外观察杰夫已经有很长一段时间了，尽管伤害她的并不是杰夫，可是听到它的叫声或者看到它的样子都会莫名恐惧。杰夫龇牙咧嘴，把链子拉得锵锵响动。它的眼神让她感到冷飕飕的，舞动的毛发也变得昏暗又狂乱。

"它怎么了？前几天还好好的。"

"你不知道吗？它的爪子受伤了，以前和那只猫打架弄的。"小北道。笼子里的狗正斜着眼睛，沾满唾液的舌头舔着爪子。她吃了一惊，心里感到很不舒服。

"反正阿红也没打算要它了，而且你也不喜欢，为什么不把它关起来呢？"小北边说边把那些纸飞机踩烂。也许真该像医生说的隔离一段时间，做个测试。她现在是真怕这个畜生又生厌的。

娜娜先进了房间，小北还是不想回去。他拿出运动服里的玫瑰花扯下花瓣，残酷地在手心捏碎。娜娜把杰夫带来的物品统统用一个大储物箱装起来，那些东西只占了一个小角落。箱子很快被装上垃圾车，杰夫绝望地看着它们离开。她从未听见狗叫得那么大声，从铁笼缝隙露出的眼睛充满着怨恨。

迷惑的安魂曲

"快给我进去。"娜娜命令道。这叫声使她也变得狂躁不安,拉着小北的衣服往屋里扯,她知道把这个烦人的孩子留在这里会有多么危险。

"等等,姐姐,最后一片了,送给你。"

"这花从哪里来的?我们院子里没有。"娜娜诧异地接过花瓣。

"阿红给我的。"

"她买给你的?"

"不,是那个在歌舞厅扭屁股的男人送的。不过,阿红好像很高兴。他们总在一起,现在还不让我去和她玩,说我是个小坏蛋,妨碍到了她。"

"那地方你真不该去,那个老太婆最喜欢男孩子可爱的脸蛋了,把你搞走了,姐姐会哭死的。"

"我才不怕那老巫婆呢。"小北不以为然地说。

"你这个小傻瓜。"她捏了捏他的小手,碾着满地的花瓣进了屋子。

晚饭时,她看到阿红眉宇间有着淡淡的胭脂气,两腮不像以前那样苍白,头发上散发着难闻的烟味。没想到她居然这么露骨粗俗,一下子就被个小混混迷住了。她一声不吭地钻进房间,看着那张名片,上面鬼画符的艺术字写着赵岑的名字,注明是现代音乐家。女人们怎么这么简单就被那张脸和含有虚假信息的文字骗了。

"只要我使点手段,马上就服服帖帖的。"他还真是无耻呀,今早对那姑娘的腥腥指头就已经够恶心了,况且还有个软皮虫的性格。狗在外面的草地上对着月亮跳起并攻击笼子,疯狂地叫着。那迅速而猛烈的痛苦又在娜娜身体里发作了,喉咙在痉挛中可怕地刺疼,失去空气与声音后因为颤抖发出一连串的呜咽。

"这对狗男女,哈……我想起他是谁了,原来他是个嫌疑犯,在蓝月湾某栋房子里杀过人。"她捂着喉咙抽筋似的大笑,拿一把美工刀,把名片割成了碎片。

"你怎么了?我刚才听到好大的声音。"阿红敲门走了进来。

"对不起,我不小心踢到桌子上。"她说着拿起垫子拍了拍,扶她坐在上面。两人中间的桌子上摆放着自动茶具。她不想说什么,更不想喝茶,烧好后给她倒了杯。

"你那天晚上怎么没有来接我们。"娜娜讲起了送那女人去医院的路上发生的一切,只是把自己去看病说成回酒店拿东西。

迷惑的安魂曲

"你记得吗?那条路。"阿红问。

"什么?对了,在那条路上一个醉酒驾驶的白痴向我冲来。我想我死了,他还不知道我是谁。那些撞死别人的人都不知道被撞死的可怜家伙是谁,大概百分之九十也漠不关心这个问题,因为哪怕下去看一眼对方就失去了一半的逃走机会。但他们一定会看报纸和新闻,不是针对车下的碎骨头们,而是考虑自己是否在警方的侦查中。谁还管对方家里的孩子与父母!我差点就成了被撞死在街头的弃儿,这可悲的角色!"

"难道没有一个承担责任的吗?"阿红问。

"那简直是笑话,你知道帮助这样一个人要付出多大的代价吗?试想一下,如果你把一个人撞得不死不活,他起码要住一辈子医院,就算是残废也要三五个月,费用也必须是十万以上,日后他也跟你没完。所以好多人也就狠下心,撞死算了。死了总比残废好,能跑就跑,跑不了就一次赔,他死不了就杀了他,不是有人还跑去医院杀人吗?"看到她对自己的言论满脸惊讶,她解释道,"我不是说所有人都不负责任,只是有些人会感到恐惧,而且将事情想得特别严重,无论是谁被想象的恐惧吓倒,他都会选择逃避。"娜娜道。

"如果是你呢?"阿红问。

她想了想,托着下巴道:"我不喜欢如果怎么样的假设,有人问你如果你是上帝会怎么样,回答的人都在浪费时间,因为他一辈子都不可能是上帝。我开车会很小心的。"她顿了顿,微笑道,"如果真那样,我会为自己的过失负责,不是我经济能力可以承受,因为伤害无辜的人,我的心会一辈子受到煎熬,我希望得到原谅。"

"谁遇到你这样的好人都会原谅你的。"阿红一边说,一边摸着她的脸。她又被手上纠结的疤痕刺疼了,鼻子里有种想哭的冲动。

"但是,当时应该听赵老师的,先找警察。"她喝了一口茶,"我知道,像她这样可怜的人……"

"你知道她可怜就更不应该交给警察。什么赵老师,你难道没有听到在门外他都说了什么,这种人只会干两件事,落井下石和见死不救。"她毫不掩饰自己的愤怒打断她的话。

"我担心仇恨的种子已经成长了,她会回来报复我们,你到时候就危险了。"阿红道。

迷惑的安魂曲

我？找霉头也应该是那婆子和赵岑。她不以为然，终于克制不住地问："为什么你最近要和赵岑在一起？"

"因为我必须和他在一起。"阿红道。

"你说什么？你是不是爱上了他？"

"你知道我迄今为止都在做着错事，错误发生的时候就要及时纠正，否则会有可怕的后果。"阿红说。

"什么错误的事？你变了，你有什么事情瞒着我吗？"无论她怎么追问，阿红始终不作任何回答，最后居然溜走了。炉子上的茶汩汩滚动着，她的喉咙又开始发紧，才意识到自己正死死地捏着那只兔子茶宠，好像要将陶片嵌入肉里。

"阿红，我病了。"她发出沙哑得几乎听不到的声音紧紧抱住亢奋的躯体，恐怖地伸长脖子。

10. 小北遇难

第二天中午，娜娜让店里的伙计把饭菜送到阿红那里，以前她们总在一起吃饭。她给阿红打电话听到了赵岑的声音，于是挂了电话。心想：以前她还那么善良地对待我，昨日真是个冷血自私的人。算了，我也不对这种感情抱有什么希望，人总是充满了欺骗，而且寡廉鲜耻。可是该怎么做呢？仅仅赶走他吗？如果坏名头尽人皆知，还指望何处容身呢？

布满碎片的彩球在空中缓慢旋转，投下五颜六色的灰尘。娜娜在酒吧里罕有地和同事一起吃过中饭，他们茶余饭后多了个谈论的话题。赵老师成了异样眼光中的标靶，而人们或躲或离。她再稍加点手腕，赵老师也再无可借钱的朋友，马上成了追债的马蜂窝。直到最后彻底变成一个透明人，觉得在酒店里一分钟也待不下去，整日去那婆子的杂货铺，似乎回来后就变成了个无所谓的快活人。结果有些出乎意料，娜娜默默忍着。月底赵老师和一个顾客起了争执。

娜娜一解心头之恨，理直气壮地占了上风，立刻把他解雇了，以败坏酒店名声的理由拒绝了他工资结算的要求。

"我听说你解雇了赵老师，为什么？"她还没有换鞋子，阿红就跑了过来。

"他是杀人犯啊，还有什么比这个更震撼的。杀人又打架，我可不是开黑店的。"她嘲笑道。

"他根本就不是什么杀人犯，只是犯罪嫌疑人，而且他也没有杀人。"阿红辩解道。

"你怎么知道？别被他花言巧语给骗了。哦，我记得他还提醒我在睡觉时防着你，难道你和他是一伙的？"

"我知道你是对我不满，可我求你，你能不能不要让他走，让他继续为你工作好吗？"阿红抓住娜娜的手臂。

"如果你这么喜欢他送的玫瑰，就和他一起走吧。"她愣了愣，脸上流露出怨恨。

"是小北吗？他对你说了什么？告诉我。"

"那你又做过什么呢？"娜娜道。

"娜娜，别听小北的，他是个小恶魔。"

"他只是个孩子，什么也没说，别把他扯进来。"

"你说我把他扯进来？"她仰起头轻哼了一声，对着一个分不清因果的人失望。

"你应该看清楚，他讨厌我，总在破坏我们，他根本就是和我作对的邪恶冤家。"阿红怒道。

"住口，我不许你这么说。"娜娜忽然感到伤口上像是蚂蚁在爬着。

"阿红，我被一只猫咬了，可是那只猫变成了你父亲的样子。巧合的是我把它烧死了，你父亲也死了。你和你父亲究竟是什么人？怎么回事？快告诉我。"

"不！不！不能变成这样。"阿红哆嗦着奋力从摇晃的手臂里挣脱出来，"无论我是什么人，你千万不要相信，因为这都不是真的。"

"姐姐，做什么这么吵。"小北揉着睡眼，从楼梯上跑下来，可爱的小脸蛋上充满不满和困惑。

"你这小坏蛋。"阿红愠怒地瞪着他。

"你才是小坏蛋。"他满不在乎地回击道。

"是你那天晚上把猫放进来的对吗？我明明锁好了门。"

迷惑的安魂曲

"我讨厌猫，小黑也讨厌，你不是摸着它说要把它养在家？"阿红发现再不能和这孩子说话，他既狡猾又爱诡辩，总能使自己处于不利地位。她摸到小北的肩膀按住，蹲得和他一般高，在耳边低声道，"如果你还想要那东西就别捣蛋。"

"你们抓住了小黑？"

"你说呢？"

"你要去哪里？"娜娜拉住跟在阿红身后出门的小北，发现他们果然有事情瞒着自己。

"和阿红去老太婆那里。"小北道。

"不准去。"小北从娜娜胳肢窝下溜走了。她看到那媳妇的旧面包车正在外面等着他们，车门关上的一瞬间，阿红露出一个诡异的笑容。

她被阻隔在红灯区，而阿红的车已经不见踪影。她抄小路到了那婆子的门口，她正与儿子在一棵柳树下站着，树底下有两个黄盆子。她躲在附近的一个垃圾桶后面，恰好将两人的举动尽收眼底。那婆子边掐手指，边看着手里的八卦盘。

"吉日将至，我们已经有了六丁，还差一个就凑成六甲。家里的大祝准备好没？要先祭尸。"那婆子喃喃道。

"他们都准备好了，尸土伯刚亡，没有人能主持祭典，他们请妈妈回乡去。"他的儿子道。

"我是陪巫奉六丁六甲开大礼请神的，况且这里还有事要帮忙，找阿十吧。"婆子道。两人脚下的黑塑料袋剧烈跳动，水花四溅。过了一会儿，男人用大肚子顶着袋子回到杂货铺，交给进来的阿红。

"你们没打开看吧？"阿红问。

"没有。"男人喏喏道。

阿红从袖子里掏出一个蓝色的刺绣香囊，解开红丝带。她的大部分物品娜娜都见过了，这个却从来没有看到过。

"你干什么？"小北跳起来抓住她的胳膊。

"很抱歉，它感染了，没得玩了。"阿红阴沉着脸，咧嘴笑了起来。手指轻轻一弹，淡褐色就像是死人的骨灰滑进袋子，里面的东西挣扎了下就一动不动了。

"别杀小黑，别杀！你是在报复我，坏东西。"小北叫道。阿红咯咯地笑着，老婆子也笑了，从荷包里掏出一颗糖，长长的指甲摸着小北的小脸蛋。

"是糖?"

"想吃吗,小馋猫?"那婆子故意逗他。

"快给我啦,死老太婆。"小北急忙伸出手,可那糖被娜娜扔了出去。她把小北抱上车,他伸长脖子看着那颗糖被车轮碾成齑粉,尖声呼喊了会儿,然后绝望地在位子上小声抽泣。

夜晚的雷打得特别大,狗叫声使她辗转反侧。这些日子她患了严重的失眠,而一直抵制服用药物,后来越来越重。空想困扰自己一直到凌晨两点,第二天她却忘了到底都想了些什么,接着便是严重的抑郁,坏脾气也来了。她发现自己对房子里的响动越来越敏感,连皮肤也变得敏感。半夜,她又燥热不安,便去玄关里找毛巾被。她想小北那孩子肯定也嫌闷热,便又摸到他的房间,隔着缝隙,听到他正对着窗户说话。

"那天你为什么要走?我还没有投出去。"那声音沙哑而低沉。

"我知道,但是姐姐来找我了。"小北道。

"你真狡猾,肯定是去准备了,瞧你折了这么多飞机。哈哈……你以为这样就可以赢我吗?我可以瞬间穿过火焰,过八十六重山,你不会再比我更快了。"

一股风把衣服转成旋涡顺着胸口吹到额发,小北屏住呼吸,半眯着眼睛。那声音道:"我闻到你身上还有生人的味道,你没有吃我给你的糖。"

"对不起,我把它弄丢了。"小北道。

"你是说你弄丢了我的好意?"那声音冷生生地道。

"对不起。"小北怯声嗫嚅。窗户开始剧烈震颤,竖起的铁皮疯狂地敲打着雨棚子。他感到一阵恐惧,不由向后退去。

"你这个小畜生,居然敢怀疑我的存在!"那声音大怒。飞机发狂似的从抽屉里嗖嗖地飞出来,小北抱着头躲在桌子下。

"你以为这些能穿过我的火焰吗?笑话!"那声音刚落,飞机就在空中烧成绿色的幽灵鬼火,飞舞在染着邪气的镜子上,把房子变成昏暗的绿色,抽扯闪动着,所有的一切都在剧烈抖动。帘子卷着飞下来,变成一双大手欲捉住小北,却被一道看不见的屏障阻隔着。

"好吧,我给你最后一次挑战机会,你必须做得更好。但是今天不行,我还要去拿三十五分,否则不能通过考试,你要准备好了,如果你输了,我就去找你姐姐玩。"

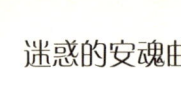

迷惑的安魂曲

"我会赢你的。"小北坚定地说。

"哈哈哈,除非……"他的说话被打断了,娜娜气冲冲地叫道:"谁!你是谁?为什么躲在窗户外面。"她跑上去一把拉开帘子,窗户是锁着的。除了噼噼啪啪的雨水声,一个人影也没有。她打开所有柜子,把头伸到床下,还是什么也没有。

"你刚才和谁说话呢,小北?"娜娜问。小北酣然地睡在床上,小鼻子上冒着汗。她绕过满地的纸飞机,又不安地走到窗户跟前,缓缓拉开帘子。那杂货铺的老女人正斜挎着一个大蛇皮袋,利索地通过草地,翻过栅栏,沿着阴影往前走。她正要报警,忽然想到父亲最近出了点麻烦,还是不要惊动警察,死死捏住手机又回到屋子里。她把小北放在胸口的手拉下来,盖在被子里,凝视着他,宛如大千世界分崩离析,只剩下这张双人床里的小小世界。

她做好了早餐,打算带小北出去玩。小北来了这么久,从没在城里痛痛快快玩过一次。他们来到迪士尼乐园,耳边是小孩子用童音唱的《四季歌》。不远处有两个拿着气球的米老鼠。阳光洒在金色的旋转木马上,那是比起晚上闪耀的霓虹灯更好看的颜色。温柔而脆弱的色彩在戴着滑稽眼镜的老人摇动的八音盒里旋转着。他们转过戴着海盗围巾古怪笑着的稻草人,把那些变成蟑螂的碰碰车跨倒在骄傲的足下,嘲笑着跌入谷底的过山车。令人头晕目眩的边边角角也变得模模糊糊。城堡上的钟在飞舞的彩旗下光怪陆离,伸出的方尖犹如圣母祈祷的手朝向冰激凌的圆顶和蓝白色的花纹一起扭曲着,最后也分不清是蓝色还是白色的。她感到自己变成了一只蜈蚣,从水池上掉到厕所拉门的滑槽里,披着有毒的红色铠甲攻击后逃走。好像一切都不是真实的,她猛力地甩脑袋,只觉背疼得厉害。

"姐姐,我想吐。"小北道。

"我也有点。"她扶住垃圾桶呻吟了一下,把胃里少得可怜的东西都吐了出来。她还从来没有见过坐旋转木马晕了的人。

"我们坐了几圈?"娜娜问。

"五圈。"小北道。

"还想玩点别的吗?去看电影吧。"娜娜问。

"不去。"小北又显得兴趣匮乏。

"玩过山车呢?"

迷惑的安魂曲

"不行，我怕高。"

"那为什么还要爬树？"娜娜问。

"我想做只小树熊，一辈子待在树上。"小北天真而诡异地说。她摸着小北冰凉的背，扯下他露出背脊的衣裳。

"你想要什么呢？你来了这么久我还什么都没买给你呢！"娜娜道。

"把它送给我。"他倒挂在树枝上，指了指娜娜肩头的枫叶。孩子们的歌声在耳边轻轻回荡，那来自大自然百合花瓣的亲切问候，轻声娑婆着与橘黄的枫叶翩翩起舞。树下是条混沌的小溪。那树已被荆棘纠缠得喘不过气，金色的阳光就像玻璃的碎片一样发出耀眼的光芒，乘虚而入，刺向小北那双清澈、单纯的眼珠。

"就这个，给你吧。"娜娜笑了笑，把叶子拿在手上转了个圈。小北学着小蜜蜂的叫声，飞到地上。

"教我弹四季歌好吗？"回到家里，他牵着阿红的手道。

"我没有时间。"阿红冷声道。

"你又在想你的那些猫儿和鸟儿。"

"猫儿不知去向，烦恼的鸟儿正飞向不知名的去处呢！也许钻到了你的耳朵里。瞧着吧，马上就在你的小脑袋里啄呀啄呀。"她略带神经质地手舞足蹈。

"听啊，你的狗朋友又叫了，还这么大声。"他故意打开窗子，阿红的眉头皱了一下。

"它不是我的朋友，吵死了。"阿红道。

"要我去给它一刀吗？可怜的家伙好像也被感染了。"小北道。娜娜正准备叫小北吃东西，看到阿红又钻进厨房，小北贴过去吻了下阿红露出发髻的耳朵。

"听到了吧？她越来越讨厌你了，很快就反目成仇。为什么我们不能和好呢，如果是为了她好？"

深夜时，娜娜听到小北在房间用吉他弹着《四季歌》。他不会弹伴奏，只使用简单的单音，却异常清楚就像是用钢琴敲出的。她打开门，小北正抱着吉他对着窗户坐着。

"小北，为什么不睡呢？都这么晚了。"娜娜凑近问道。

"我睡不着，姐姐，我在想事情。"

"是什么事情这么重要，要想一晚上？"

迷惑的安魂曲

"学校运动会的时候,我最讨厌跳高了,因为我跳高一定会输。可是我还是报名参加了。"小北道。

"你很勇敢。"

"我一点也不勇敢,我想只要我和班长一起跳,他就会少个竞争对手,赢的机会大点。"

"你的班长是个什么样的人?"娜娜问。

"他是我妈妈老板的儿子,是个有趣的家伙,班上的人都怕他。"然后他又说这家伙这样,这家伙那样,几乎满嘴都是他。他手舞足蹈,就像是讲着世界上最快活的事情,娜娜从未看到小北这么高兴的样子。

"知道吗?他不嫌弃我,是我的朋友。我们一直都是最好的朋友。"他还是穿着那件乡下带来的蓝色运动服,学校批发购买的廉价货,是那种最讨厌的深蓝色,好似一个套子把小北的头脚都收拢在里面,呆板而粗糙。

"明天,我们去买衣服吧。你喜欢什么样子的?我要把你打扮成小王子。"娜娜道。

"我不要做什么小王子,我要做一只鸽子,只有变成一只鸽子才能飞得更高更远。嗯!我要越过高山,飞过一切,把它远远抛在身后。"小北道。

"变鸽子干吗?你不是怕高吗?"

"现在不怕了,因为阿红把这个涂到了我的眼睛里,我什么也看不见了。我们和好了。"小北转过身。

"该死!不!"她盯着他鲜红流血的眼珠,痛苦地惊叫。

11. 灰尘世界

外面的路灯一明一灭,去往市中医院最近的路大概要二十分钟。小北的眼睛正在不住地流血,但他一点也没有感受到痛苦。她不敢再从反光镜里看他,因为每次都会感到心像刀割一样难受。

"她怎么能干出这种事，他还只是个孩子，就算她那么讨厌他……"为什么最近总这么不顺，麻烦不断找上门，是我做了什么缺德的事情吗？我只是按照自己的本分做事，难道帮助与关心别人都有错吗？老天爷究竟在想什么？

"别担心，小北，姐姐会治好你的。"爆炸声从车头传来。她下去打开车盖，发现发动机正在冒烟。

"妈的！"别指望在这样的滂沱大雨里有人会下车帮忙。可是一辆黑色的轿车却停了下来，灯光非常长，好像冷漠地撕开书页，分开细雨悄然潜入。

"需要帮忙吗？"那人穿着件黑皮衣，戴着墨镜，缓缓摇下褐色玻璃。

"我弟弟病了，我正准备带他去市中医医院，可车坏了。"娜娜道。

"我带你一程吧。我正要去大兴路四十八号街收点东西，离那该死的医院很近，如果不是那医院我会收获得更多，它损害了我的利益。"忽然，她看到他的头发里有什么鼓起来，十分难看，才发现那车又长又扁，四个轮胎是焦红色的，就像黑棺材车配着幽灵鬼火转轮！

"你到底上不上车？"他轻拍着方向盘，然后笑意更浓，"真幸福，你还有个弟弟，你知道现在很多人都没兄弟姐妹。他是你亲弟弟吗？"

"不，不是亲的，只是表弟。"她怯声道。

"真的吗？像我天生就是个独子，不娶老婆就没法过日子。我的未婚妻很漂亮，只是这里有点问题。"他两指并拢地指了指脑袋，"也许她失去记忆了，她的压力很大，也许是得了什么神经错乱。谁知道呢？只要她能让我快活，我会好好地为所欲为，拿锯头锯她，抽了她的筋。别以为吴道子的《地狱变相图》战火毁了，在我家呢。"他瞧着娜娜铁青的脸轻笑了下，"开玩笑的。"她想他的妻子可能死在车里，没有胳膊和腿，穿着白白的婚纱。因为车里有股怪怪的腥味，好似混合着血的牲口身上的皮毛。她正要跑开，男人拉住她的手。

"谁要坐我的车？你弟弟吗？好好想想，他真的是你弟弟？还是你想跳上来？"

"滚开，我才不要呢，你这个变态！"娜娜骂道。乌云遮蔽了月亮，雨水从帽檐上跳到面颊飞快地抽打。她就像是被冷酷无情的皮鞭驱赶着，片刻不得安息。

"小北！"她匍匐在空空的后座，把头埋在里面痛哭起来。

"你去哪里了,小北？"那辆车与她擦身而过。那拐子婆的媳妇正坐在车里，

迷惑的安魂曲

她脸白如纸，拈着纸荷花的手臂缠绕在小北的脖子上。紧接着，车灯在阴湿的路上狂奔，路面溅起翻滚的水花。

娜娜徒步走到街头的派出所，里面空无一人。雨水把牌子和路障打得模模糊糊。她感到孤独而疲软无力，好像有什么在身体里钻进钻出，与那低迷沮丧不同，是可怕的狂乱沸腾。终于发病似的大叫一声，倒在了路边。过了很久，有人很不舒服地拍着她的脸，她试图站起来，那只在水里的左脚却麻木了，只能勉强坐在地上。

"我要报警。"她对蹲在身边，将一把黑伞压在肩头、戴着袖章的人道。

"看清楚了，我们这里是小区办事处，不是派出所。你是哪个区的？"

"那派出所在哪里？"娜娜问。

"最近的局子在两条街后面。"她合上衣服，从地上爬起来。台子前挤满了人，里面只有一个女警做着笔录。她向一位大婶询问发生了什么，那大婶没什么耐心地看着她。

"我们村淹水了，大伙都来报失。"

"为什么不去乡派出所而都往城里跑？"娜娜问。

"乡下派出所在改制，不办公。"一个大叔在叽里哇啦地说公鸡一只、母鸭和鹅各三十只。

"还要过多久？能不能让我先，我有急事。"她挤了过去。那女警塞给她一张牌子，上面写着144号。她看到号码一个念头冒了出来：小北要死了。她把牌子揉成一团扔到地上。她正想离开这里，一个警官从外面走进来，把帽子抓在手里，朝娜娜礼貌地笑了笑。

"吴警官。"娜娜轻声打招呼。

"我们认识吗？"他冷静地看着手里的表格。

"我们见过两次面，你忘记了吗？"他皱了皱眉头，坐在塑料椅子上，用手支着额角想了一分钟。

"很抱歉，我一点印象也没有了。"

"没关系，我是来报案的，我的弟弟被人拐走了。"他告诉她要填写一张失踪人的表格，写上姓名、住址、外貌特征以及与自己的关系，越详细越好。她想现在不是做这种事情的时候，便焦急地告知警官昨晚发生的事情，并请求他派人去抓那婆子和媳妇。吴警官的脸上露出将信将疑的表情，表示如果属实，就要派人立案侦查。但还是要填写表格，而且很麻烦。她只得在脑子里搜索更多细节，连词成句，花了一小时，终于把一切都办好了。可吴警官却挑开表格。

"你叫杨丽娜？"

"是的。"

"那么父亲是杨明。"她呆了五分钟，默不作声。"我有几个问题要问你，是关于你的父亲。"他严肃地站起来，继续说。

"对不起，没有律师在我什么都不会说。"她走向大门，吴警官抢先一步拦在她前面。"你们不能随便抓我的，我有护照，况且这件事也与我无关。"娜娜道。

"我们只希望你能协助调查。"吴警官道。

"我相信我父亲是清白的。"

"你真这么认为？我们会查到那笔款子的去向的。只要我们查到任何与你有关的蛛丝马迹，你也逃脱不了。随时有人会拘留你，在任何地方。"

她搭公车折回酒店，却堵在了途中。原来是前面出了车祸，封路了。她听到车子里的人说在大兴路的街口，一辆的士撞了转弯加油的大巴，后来又被陆续开来的车辆追尾，死了很多人。回到酒店，她让人拿来一份报纸，标题上写着《恶性交通事故》："经过市中医院的全力抢救，除三十五人死亡外，所有人都脱离了生命危险。"

"天哪！"她的头脑里想起那晚在窗户边听到的，"我还要去拿三十五分，否则不能通过考试。"而那个变态也正好要到出事的街上收东西。她感到头晕目眩，奇怪的画面不断涌出。为什么她抱着小北从那婆子的杂货铺离开时，踢破的塑料袋子里会滚出一条死石斑鱼？小北叫它小黑，她知道小黑是条黑漆漆的泥鳅，结果被阿红用灰毒死了。

"无论我是什么人，你千万不要相信，因为这都不是真的。"阿红惊叫着对自己这么说。

"是呀，我再一个字也不相信了，我会弄清楚的。"她才发现照片上的阿红长辫子也剪了，手上沾着灰，好像正萎缩小了一圈，用那被刺疼的满是伤痕的手抓着衣服。在她带着哭泣的调子惊慌失措地投怀送抱后，她忘了照这张照片的初衷。她拿到办公室扫描后，传真给阿毅。然后带着几个伙计跑到那婆子的店子，却发现大门紧闭着，门上缠着白花与灵带。

迷惑的安魂曲

"谁死了?"娜娜问一个附近的人。

"他家的媳妇,听说走在路上被捅死了。前几天她还跟我说梦到阿公开车接她。"

"谁是阿公?"那人摇摇手。

"那这一屋子人呢。"

"早上放了鞭就送灵车回乡了,按他们那儿的风俗土葬。"

"你知道他们是哪个乡的吗?"

"他们说是洪头马关的,但是听口音不是那里的人。"

她不明白为什么回到自己家里要像小偷一样,生怕惹到了阿红。况且她应该走了不是吗?无论是被警察带走还是从这里滚出去,消失在不知名的荒野乡间。她讨厌阿红将恶劣与残暴加诸一个孩子身上,可又是那么害怕见到她。如果仅仅因为对劣行的愤怒,而不是对于她的同情以及对每件事善始善终的期待,她才不管这个人呢。有时候这种期待是在自欺欺人,就像一位丑姑娘照镜子,从各个不同的角度摆弄,错觉上自己是漂亮的。可惜人人都有眼睛,你是什么样子就是什么样子。既然决定开始,付出了感情和精力,谁能承受搞得一团糟的结局呢?

"阿红,我恨你。"她咬着牙,轻手轻脚地打开门,吓了一跳。桌子翻倒在地,电视机被戳了个大窟窿,而那只孔雀花瓶从楼梯上掉下来摔了个粉碎。湿淋淋的脚印从客厅打碎的窗户上一直延伸到楼梯,硕大且充满兽性威力。她捡起地上的一撮毛发,迅速来到卧室。随着一声低啸,从白床单里冒出一个全身污泥、披着棕色长毛的怪物。她似乎认识那双幽光闪烁的眼睛。

"杰夫?"她轻轻叫了声。獒犬扭过头向她扑来,她呆呆地站着不知所措,脑袋里响起了一个声音:"世界是用粉尘做的,发散出泥土气息,我们要做的就是把灰尘堆砌成城堡,再使城堡变成灰尘。但在此之前,我要将它们埋在你的身上,用你死尸的枯骨修建我的殿堂。"她在一片粉尘里闭上眼睛,灰飞舞到伤口里,撕扯着要将她埋葬。獒犬翻滚着眼珠死在脚边,阿红盖好香炉,冷漠地站着,没有一丝感情,脖子上的惨白项链犹如死人的骨头。

"怪物!你真可怕。"娜娜冲出门,在路上奔跑。她知道自己病了,所以看着每一样东西都荒诞到令人可怕。她这才意识到世界真的变了,变化之快简直让人迅雷不及掩耳,没有什么是永恒的。过了几天,她通过电脑连系阿毅询问

迷惑的安魂曲

调查情况。

"我去查过安巴村，那里的族人都是苗人的后裔。因为英国传教士柏格里的缘故，信仰基督教，精英分子会说英语和苗文，每年都举行祭祀，信奉的神灵有浓厚的动物崇拜思想。男人中法术高强者就叫尸土伯。"电脑视频里传来阿毅的声音。

"尸土伯是什么？"娜娜问。

"尸土伯管理村土，并守护在这块地上埋葬的所有生灵，以便获得这些生灵的力量。和苗族的养小鬼虽然同出一脉，但是尸土伯养的是动物的灵魂，他们的法力高于驱使低等灵魂的道术师许多。传说他们以活物养尸，对崇拜的雄性物灵会为它找女人联姻。"

"那他们崇拜什么？"

"牛。他们称呼牛神为阿公，但是族里的统治者是女性领袖，都能歌善舞，他们相信歌声和舞蹈可以通神。"

"关于那条项链呢？"

"你照片上的那个女孩戴的正是巫师的徽索，传说能沟通生死地，穿梭阴阳。不仅如此，这东西还可以牢神。我不知道这个女孩是谁，你是否认识，但我想提醒你，这个族群既疯狂又邪恶。他们流窜到各个乡下，偷孩子和走婚差不多。去年，在锥集乡发生了一场恶性杀人事件，一棵用刀扎成的树山上挂着的孩子，像人参果子一样。有人怀疑是这伙人在兴巫术，那儿是他们的祭坛，没人敢去。"

"谢谢你告诉我这些。"

"不客气。"她关了电脑，翻看电子地图。洪头马关的前面就是锥集乡，也许那天晚上看到的女人还没有死，一个死人怎么可能带走小北，或者她看到的只是某类事情的征兆，预示着即将发生的。可是她又迷惑不解，这样的事情只有有超能力的人可以遇见，当然那是扯淡的电视情节。一定是某些人别有用心地搞鬼，她要彻底调查清楚。她想乡下人都会给尸体守头七的，便问阿星车修好了没，他说没有。他问能不能催一下，阿星说催不了，因为零件要到国外去买，他们已经去了。那地方穷山恶水，又没有地铁，所以她只好让伙计去订了明早的长途客运车票。

081

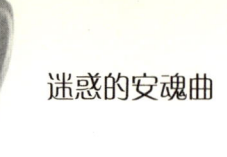

迷惑的安魂曲

12. 巫师之舞

她面带讪笑,发出低沉的呻吟,好像在提醒自己病得有多重。那都是前面灵车的鞭声弄的。光和水是诱发病症的起因,尽管她还能控制,但想到这种病发作起来无药可治,会出现一系列魔鬼附身的癫狂行为,那垂死的怪相就率先呈现在歪斜的脸上。

窗外水洗过墨迹的山坡连接成羊齿草状,房屋一律居右靠着短松和灌木,好似一个中间鼓鼓的墨绿毛虫,斜穿过两条一字排开的电线。从远处看,电线形成的透视网格,把所有的一切都大切成八块,掉在疯狂摇摆的枯黄田地里。天是红红的,血红一片,《生化危机》里残杀的乌鸦红着眼睛,正待在电线杆子上食人。

一股痒痒的风吹到心里,她哆嗦了一下,那种萎靡不振奇怪地消失了,她又兴奋起来,提着包大跨步跳下车子。要努力使自己振作起来,找到小北。心所惦念的也就这点儿,她知道她的脑力与体力都不支,兴奋的神经里是一个即将发狂而此刻却无法辨清世界被疾病纠缠的愚蠢脑袋。她把那老太婆的外貌告诉了一个正在打稻子的农人,他不想说话,向一条红土路处歪了歪头。

她沿着小路行走,来到一间茅屋外。只见那妇人直直地横亘在地上,肥胖的躯体上盖着黄缎子,向环绕四周的亲人散发出腐烂的尸臭味。天哪,原来她真的死了,她的脚发软,一动不动地卧倒在一棵芭蕉树后面。堂里觥筹交错,男女老少,大口喝酒,大口吃肉,相视而笑。戴着蓝布帽子的老头儿摸着长胡须,津津有味地啃着猪蹄子。那婆子穿着黑布衣,精心地把篮花一朵一朵地放在媳妇身上,握着尸体的手,嘴角泛出微笑。

"儿媳,阿公会救你的。"那婆子道。

老头儿从人群中挤过来,油手胡乱擦在衣服上问:"都准备好了没?"

"六只羊和牛都有了,神龛也上了蜡。你别喝太多。"那婆子道。

迷惑的安魂曲

"知道。六丁六甲呢？"老头问。

"都在祭坛里，他们晚上七点来接我们。"这时外面响起了马达声，那婆子的儿子和一个提着壶的女人从卡车上走下来。

"他们在干什么呢？吃得都像猪一样，怎么总让我做这样的事情。"男人抱怨道，"我累死了，哪里都不想去，迟早要离开这个鬼地方。"

女人道："小声点，别被妈听到了。我们快去加油，你把这些骨头先运到祭坛，等会儿要烧的。"瞧见他们都进了屋子，娜娜悄悄躲到棚子下。男人拿了一只鸡腿和一壶二锅头，把衣服甩进车里。车灯沿着颠簸扭曲的道路缓缓前行，男人用傻子的调子吹着口哨，然后跟着音乐哼歌。一小时后，他把车停到一个果园里，三五个农民正拿着锄头在田里干活儿，泥巴堆砌的围子里有一头奶牛，悠然地甩着尾巴。

"找你婶婶要块豆皮饼。"男人道。

那小孩跑进屋抱来一个坛子，男人咬了口豆皮饼，竖起大拇指："味道好极了。"车子向着田里行驶。起初还是种着玉米和高粱的地方，到了里面这些都消失了。突兀的树枝肆无忌惮地盘上天空，彼此纠葛环抱在峡谷之间，钻过灰黑色的狭缝，好像是从死人身上长出的胡须，来自一种威胁一切的死而复生的超自然力量。这时歌曲也陡然转成奋进的调子，像从冷灰中冒出的花骨朵儿，反复燃烧着。在一个挖好的浅坑前，男人去树后小解了。娜娜趁机跳下车，男人回来后把所有的骨头堆在地上，开车离开了。树杈儿包着稻草，以一种不自然的姿态垂挂下来，用红绳子缠绕着东倒西歪，彼此间不断互看着，笑着。左边稻草人的头上依次写着：甲子、甲戌、甲申、甲午、甲辰、甲寅；右边配对的上面写着：丁卯、丁巳、丁未、丁酉、丁亥、丁丑。

不一会儿，会聚到山上的人举起火把，将六个石圈里填上桔梗，又在中间的大坑里堆满骨头。东面是一个倒梯子状的石坏，上面放置的被黑布包裹的鼓起物露出金属玻璃框架，被火光照得光怪陆离。三个少年吹奏起骨笛，笛子的反光与头戴的亮银帽子交相辉映，乐声柔和而欢快，仿佛轻风吹拂着青草。随着旋律的激进，笛声一下陡然升高，尖锐而古怪。人们手牵着手，光脚踩在烧红的石头上，绕着圆圈跳舞，欠身发出一种奇怪的调子，说着娜娜无法听懂的语言，脸上热情而肃穆。戴着牛头面具的人被男女老少围在中间，她的胸前覆盖着五光十色的亮银片，帽子上的银角最长。她以非比寻常的姿态扭动着躯体，

迷惑的安魂曲

之所以说是非比寻常，是因为她跳的舞没有既定的步伐，可是步子却没有任何做作姿态。她以死亡为步伐并驱使着躯干扭曲，舞姿变幻无穷而让人眼花缭乱，那绝对是在梦幻中才能出现的。

忽然，噼噼啪啪的声音抽打着枝杆由远及近，上到了山顶。血红的月亮悬挂在西天，路上乌风乍起，好像有什么在里面推动着它们。娜娜想看看究竟是什么，但是被碎屑弄得不能睁眼。低头却发现那些裸露的岩石、干瘪的树枝、垒砌的祭坛、燃烧的火堆，还有载歌载舞的人们，包括自己全连成了一片，准确地说是被笼罩在一块巨大的阴影之下，所有的人都面带惊惧。那婆子老成持重，揭了神龛，跪地把一只金角托在双手，高高举向天空。

"族人以圣物恭迎阿公！"那个面具人以一种十分缓慢、柔和的姿态慢慢起身，打开手臂，飘浮在空中。她忽然指向那头死牛，两个健壮的男人把牛抬过来，那婆子剪下媳妇的大拇指塞进牛嘴里。男人们在把围子里烧的灰用水调好，涂在牛的身上。大家手牵着手围绕着牛念诵，娜娜惊讶地发现牛的肚子慢慢地膨胀变大了。戴蓝布帽的老头儿抡起大锤砸去，厚厚的中心出现了一个窟窿，他用刀刺破那窟窿，把手伸进一拉，整个林子散发出浓烈的血腥味，新鲜得让人发毛。她想一定要发生什么不可思议的事情了，既好奇又害怕，不由咬住拳头。果然，那个死去的妇人被黏膜包裹着，头朝地落出了牛肚子，她的丈夫和婆婆接住了她。

热气在火上袅袅上升，仿佛熔化了四周的枯枝，掉下猩红的火熄灭了。她摸着掉在脸上、身上的稻草。十二个孩子的脸孔慢慢飘浮在空中，六个男孩，六个女孩。可是里面没有小北，孩子们都被红丝线绑着吊挂在树上，骨头烧成了一座黑灰色的小山。面具人抬起袖子，十二个孩子慢慢飞舞向小山。她无法眼睁睁看着弱小的羔羊们毫不知情地走向地狱深渊，掏出了左轮手枪。

恍惚中，她只听到弹头打在石头里发出的声音以及周围人的尖声惊叫。子弹穿过面具人的身体使她无法解释地凭空消失了。就那一瞬间，她感到自己的心脏裂开了，然后神志远离了躯壳，一个虚无缥缈的声音灌入耳膜。

"我们的表演精彩吧，这么好的剧本，怎么能没人陪你玩呢？"面具人说着抬起一只指头，她飞到六只羔羊的中间，孩子们手牵着手围绕着山羊唱歌。

生吾此方土，罪恶疯狂舞。

贪婪成凶性，无辜损道途。

迷惑的安魂曲

　　桥崩魂不安，鬼牢苦辗转。
　　欲念生妄断，情仇别梦难。

　　面具人的黑袍子打着旋儿飞到天空，居高临下，薄薄的嘴唇浅笑着，然后严厉起来，就连那面具也一同变得可怖。但见唇动之际，她只觉浑身震颤。小孩子们手牵着手悄然靠近，使得圈子缩得更小，逼近着喧扰的羊羔。她当然可以推开障碍，一步逍遥，可是看到她们清澈无辜的眼睛，又使她想到了阿红。她给了她一个温暖的拥抱，敞开心灵充满着善意。

　　"我原谅你了。"她说，可是被那眼珠刺疼的自己却扭曲着。

　　"你知道该怎么做的。"一个小孩递上一把危险的刀。她恍恍惚惚地接过，鼓起莫名的怒火：我恨她，带来灾难与麻烦事的人，她是残害小孩的凶手，邪恶的怪物。血水热乎乎地飞溅在脸上，她却出奇地在这样的疯狂里找到平静，与那触碰黄金的感觉如出一辙，片刻之间大脑一片空白，平静得好像快死了。直到四周漆黑成一团，一切感觉都消失了。奇怪的是，她听到了那个呼唤，那触感还有那毛发，她正抓在手里感受着。

　　"咩！咩！"在五只山羊的尸体旁，一只黑眼睛绵羊舔着她的手。忽然间，她的情感复活了，开始唾弃那种想解脱去杀生的想法。应该努力地去爱与补偿，不是吗？她能感觉出恶魔把影子藏在了烧红的枯骨之中，她朝着那个催促又迷惑的恶魔投出匕首。

　　"啊！"面具人惨叫一声。翻飞的面具下，黑袍子飞舞旋转成颓废的玫瑰。阿红像铅块一样倒在圣徒们的怀抱里。她抱着羊，跳上停在外面的卡车，发动马达。就在身后，叶子与叶子之间的缝隙里，驶出一辆车。起初她还以为是运煤的板车，因为那车小心翼翼地踏着地上枯叶，速度无法与一辆车相提并论，所以在反光镜上越来越小。后来，镜子里面的小影子动了一下，一下子跳出四个轮胎，紧接着鼓起躯干，就像是一只火鸟飞舞着。她马上辨认出来是那天晚上见到的棺材车。

　　"哟呼！"那个奇怪的男子尖叫着，撞向娜娜的车尾。她奋力拉开，他又撞上，如此两三次，然后与她并排在狭窄的公路上。

　　"你到底想干什么？"娜娜朝他喊道。

　　"不是你来找我的吗？"男人还是戴着墨镜，看不到样子。

迷惑的安魂曲

"什么？"

"我知道你见过我一次就念念不忘，一定会来找我。"男人道。

"难道你疯了吗？"

"人总会遇到一些烦恼的事，找个朋友说下不好吗？和我谈谈也许你会发现，我比谁都更了解你，你很想说说是不是？那些见不得人的秘密。"

"我什么也不会和你说的。"娜娜道。男人瞥了眼小羊羔，在这样飞奔的车子里，如果不是耳朵扇动，它就是一个仿真玩具。

"真是愚蠢的小坏蛋，居然还跟着你。它肯定见到你怎么杀死它的同伴，也许还是帮凶。你知道它可以故意用蹄子把某个同类踢倒在兽性大发的凶手面前，或者自己把它踢死了，是有两下子。"男人继续胡乱调侃。

"你究竟是谁？"娜娜沉下脸问。

"我也不知道。"他满不在乎地耸耸肩，"有些人叫我阿公，有些人叫我死神。但是你会叫我什么呢？丈夫，或者是其他令你畏惧的称呼？"他的头发鼓起纠结着，仿佛狂风和乌云就在头顶。两道寒芒刺破乌云，绕成节纹的硕长犄角猛力顶向车子。

"其实，我喜欢这样和你玩，爽到让你翻滚，使你的愚蠢脑袋有点反应。"男人说着硕大的犄角奋力向前一推。娜娜跟着车子翻腾，随着毁坏的栏杆滑向了山底。

13. 记忆空间

她听到有人在耳边问："你的家人呢？你的朋友呢？"是个很温柔的男人，好像是漆黑中唯一搂着自己在耳朵边呻吟的人，或者她在这般残忍而孤独的地方产生了对任何可以听到的动静都投以好感的心理。她感到这个声音是友善而关切的，可是不到片刻，她就烦恼起来，因为这种声音好像有魔力一样召唤起了她的记忆。烦死了，他们都希望我早点滚蛋，嫌弃我总是是非不断，是个包袱，就当他们死了吧。一念所动，牵起千丝万缕。她还记得拐角的那盏街灯的光，至于它的样子完全忘记了，它在闪着，平均两分钟跳动一下，橘红色发散下来，使手的颜色变深了点。那是只修长而健硕的手，淡蓝色的筋脉沿着薄薄的表皮，像藤蔓一样爬进袖口。她不知道那是第几次这样欣赏着他的手，就像看着自己的手一样，那暗红砖块堆砌的角落，点缀着枯萎的爬山虎褐色的茎，它们在悬挂雨珠的墙壁上就像是泡沫细线。掐着脖子的双手，不过是属于那个从黑暗中穿出的薄薄阴影、带着凶悍漂亮眼神的人。一轮狂月没有颜色，却刺亮着他的脸。嘴角是多么残酷的笑容，濡湿的头发闪闪发光。渴望在双手中窒息的兴奋正慢慢扩大着，那正是他所爱的。

"掐死我吧，快一点。"他说，男人避开那双涨红而泪光闪闪的眼睛，因为那并非是泪水，而他的声音就像是一种颤声，令人焦急的请求，蛊惑着将灵魂为之沉沦。男人低下头亲吻时却被他打了一拳。知道这些都是毫无意义的，拳头在阴影处发出咯吱咯吱的声音。他能感受到男人被羞辱后的怒气和不满以及不甘心的虚妄，以为脸上一定会被挨上一拳。那是快意的，因为正想被他打呢，从未这么渴望过。

"我不会接受你的施舍，永远也不会。"男人把一个信封扔到地上，离开了。一切都结束了，男人再也不会回来了，这是真实的。

我的爱人，不要把我抛弃在黑暗里苟延残喘，虽然是我先提及的那份禁忌。他知道到了最后每个人都会离去，无论他们曾经坚信过什么，以及那些美好的与不快的，都将化作泡沫和光电，连影子也不会留下。尽管关门闭户，但秋风还是会无情地敲打着窗户，因为知晓人心是如此无助，在那之后只有腐朽着哀悼欢愉的过往。

他常看那些道貌岸然的人怡然而笑，但那笑声感受不到喜乐，因为心灵充满了凝滞沉重，内部出了问题。这一点他比任何人都要清楚明白。他深深地希望能向这个世界倾诉衷肠，无用之处在于没人能够理解与帮助。每一件事情都遇到了麻烦，麻烦的本身就是这具躯体。他一次次幻想浇灌那饱满生动的葡萄树，然而在结不出果子的树震颤着被吞噬后，他的世界也付之一炬。

"嗯……"她痛苦地呻吟了一声。苏醒的阶段分为两部分，先是精神和记忆的觉醒，然后是肉体的复苏。她追逐记忆的碎片，感觉到生命里充满着痛苦，而那些痛苦由凝重变得那么虚无缥缈，最后随着重重坠落不翼而飞，她听到人们的细碎低语。

"真庆幸，她只是擦伤和软组织受损。"

"这种幸运简直百万里挑一。我们要小心点，别被传染了，医院都不收她了。现在可以回家吃饭了，明天再来吧。"另一个人道。

她猛然坐起来，凝视着自己的掌心，这才意识到身上的疼痛，她的胳膊和腰上都绑着绷带，然而疼痛的位置却是从头部传来的。四周的幕帘白得晃眼而触目惊心，摸着好像全不是真的。她听到羊在外面叫嚷，把那帘揭去，发现自己正在一间教室，黑板上画着粉笔画，红色和紫色的节日彩球从树熊的口袋里飞舞出来。教室外一道缺口对着操场，黑色的跑道围绕着花白水泥的路面。场地的中心有跳高架、鞍马场与石灰洒成的跑线。

"咩。"她与小羊穿过屋檐下的过道，橱窗里是孩子们的作品。其中有一幅上画着一堆蓝树叶与绿色的天空，画的下脚用蜡笔写着作者的名字：铁小五班，王致宇。

"如果你把叶子涂成红色的就更好了，我喜欢那个样子。"羊脸上的黑影像个窟窿般慢慢扩大着，四脚张开跑向操场。

"等一下！"她奋力抓住它的尾巴，"告诉我这是怎么一回事？"

"我不知道。"羊说。

"你知道的，因为你和那只猫一样，是法术变成的妖怪。"娜娜道。

"你真这么认为？也许创作是存在一点夸张，但是一开始内心就决定了怎么做不是吗？为什么不尝尝它们的味道呢？"

"什么味道？"蹄子反跳着踢开橱窗，里面的画片全掉了出来，羊用稀疏的牙齿咀嚼着，又把一些踢到她的跟前。

"你也尝尝。"

"不……不……"她摇摇手。

"害怕是没有用的，就算把自己封闭起来，眼泪哭干了也无济于事。颜料真难吃！"吐出地上的纸沾满唾沫。

"也许你想吃掉我。如果你还有什么问题，咬一口会有意想不到的结果。"正当羊絮絮不止时，操场上传来乐鼓声。

"我宣布铁小运动会正式开始。"羊跑进穿蓝色运动服的学生中不见了。学生们欢快地鼓掌，在奇形怪状的方阵里坐着。枪声一响，首先开始了五十米赛跑，同时水泥地上有一群参加跳高的小学生。裁判员吹着哨子，举起手中的白旗。

"莫辰，第三次跳失败，出局。"

"咦！"莫辰惊叫一声，"又这么快玩完了。"拿起地上的衣服，向那个穿着黄色背心的男孩走去，他在甩着胳膊和腿，还不时扭动脖子。

"我是不是该压压腿？我觉得有点僵硬，他们也全在这么干。"男孩道。

"你看他们的样子多傻，活像群鸭子。"莫辰哈哈大笑，男孩还是做着屈伸动作。

"你在发抖。"莫辰抓住男孩的胳膊。

"我没。"他怯怯道，"好吧，我承认，你知道那个黑皮跳了多高吗？比我去年的纪录高了十厘米。还有那些女生，总盯着我。"

"因为你是最受欢迎的。"莫辰道。

"知道吗？她们的眼睛让我发毛，其他的人也都看着我呢，他们都觉得我会失败。"

"那是他们自己的想法，不关我们的事，我知道黑皮脚上有个泡子，况且他还穿着他哥哥的那双烂军鞋。"莫辰道。

"那又怎样，他跳得不错。"男孩道。

"哼，我想他肯定没戏。加油，班长，新的纪录永远在你这里。"莫辰拍着男孩的肩膀，挤进人群里，趁那黑皮说话时，把一盒碳酸饮料洒到他的鞋里，他的泡子立刻疼了起来，弄倒了杆子。在他的身后，男孩像风标一样飞驰向耀眼的白光之中。

她捂住眼睛，听到拉开铁栏杆的声音。两个警察朝她走过来，给她戴上手铐，不由分说，把她推进了车里。

"你有什么要说的吗？"就在一间简陋的审讯室里，一个警察一脸严肃地说。很显然他们希望坐在面前的人先坦白，尽管这种可能性只存在百分之一。

"我说过，没有律师在我什么也不会说，况且我一直相信我的爸爸是清白的。"她想他们什么也不会知道，应对这类问题最好的办法就是保持沉默或者重复一句话，难道他们还会拿钳子撬开嘴巴不成？

"谁是你爸爸？你的意思是你爸爸也参与了这件事，别蒙我们了，最好说实话。"那警官道。她笑着点燃手里的烟，高傲而优雅地放到嘴边。

迷惑的安魂曲

"我问你,你昨天去哪里了?"另一个警官道。

"你真要我说点什么吗?其实我想来报案,如果这个地方归你们管。"她把小北的失踪和昨晚小山头发生的神秘祭祀告诉了警察。当然她也不认为这群人会有什么用,穷乡僻壤办案能力低下,缺乏文化水平,连个像样的人物也没有。至于杀羊的事件,他一字未提。

"那十二个小孩呢?"

"我不知道。"

"好了,别说谎了,你究竟把它们六个怎么样了?"警官把塑料袋子里带血的匕首扔到她面前。

她猛吸了口烟:"好吧,我承认漏掉了那个细节。六只羊是那群人用来祭祀牛神的,他们用妖术控制了我,我根本都不知道自己干了什么。一个小孩子给了我一把刀,杀了其中五只羊。后来,我清醒过来,救了那只小绵羊逃走了。"

"它在哪里?"警官问。

"谁?"

"你良心发现救的那只可怜的小绵羊。"警官冷冷地看着他。

"它跑到操场里了,孩子们正在开运动会,有人跳高,有人跑步。我正想把它带回家,结果你们把我塞进了车子。"

那警官难以置信地摇头:"你不是在开玩笑吧?一个陕西的老板看中我们这里仅有的一所小学地皮,打算盖化肥厂,那里几年前就没有孩子了。"

"可我看到那个穿黄色背心的跳高男孩?你是说……我无法理解,这究竟是怎么回事?"

"怎么回事?小姐,你以为我们会相信大变活人的东西,还有什么飞来飞去的神或者是鬼呢?我们虽然是乡下的小市民,但可不是白痴,我们接到了报案,说你是昨晚特大杀人案的嫌疑人,五个孩子死在这把刀下,最后一个被拐走了打算做人质。你一直在东扯西拉为自己狡辩。"听到这些,她简直惊呆了。

"谁报的案?"

"一个穿黑皮衣的男人。"坐在旁边的副手漫不经心撇嘴道。

"闭嘴,小心她会报复举报人。"他拿本子敲了下他的脑袋。

"不是这样的,昨晚就是那个男人把我的车撞到了山下,他就是这件事情的幕后凶手。我发誓我只杀了五头羊,不是五个孩子。我真的是身不由己才干的，至于你们居心不良地欲加之罪，我可不吃这一套。证据呢？"两个警官对视了一眼，将台灯的按钮慢慢转大，照了过去。

"仔细看看自己。"忽然间，他的声音好似雷霆铿锵有力而又无法回避。

"不是都写在你身上呢！"垂下头时，一切都变了，衣服上布满了一只只带血的小手，仿佛有生命地跟着呼吸上下起伏，跳来跳去，呼喊着，拍打着。

"怎么回事？不是这样的，一定是他撒谎搞的鬼，还有那个瞎女人！他们陷害我。"脚下的镣铐剧烈地抖动着，手铐向着警官飞舞过去。一个警官用电棍将她打晕了。

落地窗上映出一个圆圆的小脑袋，有点不安又有点胆怯。当老师在黑板上画出一排五线谱时，外面的笔头便发出沙沙声。老师弹动一个音节，再拔高声调，落地窗上的小耳朵又竖了起来。

下课铃声响了，男孩赶快抱起书包，向着花坛后飞跑。今天男孩遇到了一点麻烦，他叉着腰，挡住去路。男孩向左晃去，他亦在左；男孩向右晃去，他亦在右；男孩奋力猛冲，却被撞了个鹞子翻身。

"你这家伙，总在窗户外面鬼鬼祟祟做什么？"他冷冷地道。

"没什么。"男孩胆怯地说着。捡起地上的书包，却被他拿了去，倒了个底朝天。

他翻看着本子惊讶道："好呀，你居然来偷学，有够无聊的。"

"不要告诉老师，否则我会交钱的。"男孩哀求着。

他的嘴角露出一个坏坏的笑容："好吧，只要你愿意为我做一件事情。"他们走了一段路看到一所别墅，一只大狗正在院子里吐着舌头，它的毛是金黄色的就像头狮子。

"你能肯定球掉到了这个窝里？"男孩问。他点点头。

"快点过去。"他不耐烦地推了男孩一下。男孩装模作样地像一般经过的路人走了一圈，并没有引起狗的注意。他边蹲下来系鞋带，边用一只眼睛打量着狗，真是大得恐怖，这是一只狗吗？他打了个寒战，狗强有力的上颌咬着骨头，铮铮有声。

"乖狗，我和你商量下，你能不能挪开一步？"狗没有理会，很警觉地盯着男孩。

"我想你可能叫良仔，八力，犬王？当然不是，那是外国人的狗，你是只

迷惑的安魂曲

中国狗。"对这个不速之客在耳朵边打扰用餐，狗已经很不耐烦了，鼻子里冒着热乎乎的气，朝他吠了一声。就在这时，男孩把一把粉末撒到狗的脸上，狗好像一下子糊涂了，打了个喷嚏。

"想要骨头吗？"男孩抓起骨头，尽可能远地扔了出去，狗奋力追赶。男孩隔着栏杆用铁丝捞出窝里的球，嘲笑道，"我知道你的名字了，坏种。"狗被激怒了，四脚抓趴，以小车一样的速度冲出栏杆。

"啊！"男孩抱住头，但下一秒，狗呜咽着，挨了一棍子还想扑过来，他又抡起棍子，如是两三次，最后狗灰溜溜地夹着尾巴跑开了。

"你没事吧？"

"你太厉害了。"男孩的脸上露出难以置信的表情，擦干虚惊的汗珠，愣愣凝视着他，心中莫名生起了敬畏。

"球给你了，我要回家了。你说话要算数。"

"别走。"他拉住男孩的书包，"我们做朋友吧。"

"朋友？是真的吗？班长……可是我……"

"嫌弃我吗？别像个女孩扭扭捏捏的。可以还是不可以？"男孩奋力点头，快乐地望着他，和自己崇拜的人做朋友简直就像做梦一样。

"欢迎来我家玩，莫辰同学。"他坏坏地微笑着，推开铁门躬身邀请。

"我晕！"

光透过玻璃照在檀木桌上，金色的地毯、玫瑰色的家具，没有一处不在光明之中。他们在后院的吊椅上吃着巧克力饼干，他喜欢把饼干泡在牛奶里欣赏黑色碎屑漂浮在面上，融化后喝进肚子里。而莫辰就爱掰开先吃光里面的奶油。

"我们来玩球吧，算上杰夫一个。"他看到莫辰露出胆怯的表情，"不要担心，它只在外场，负责捡球的。如果不听话，我就用链子锁住它。"

"那好吧。"他们拿来网子搭了个球门，或守或攻，球在潮湿的球鞋上飞舞，滚动的水珠在落日的余晖里潋滟闪烁。他们踢了一会儿，天已暗淡下去，两个人就坐在草坪上。

"你刚才拿什么撒的杰夫，它还在一个劲儿地打喷嚏。"

"胡椒面，加了点砖头灰，我和他们磨石头弄的。对不起，伤害了你的狗。"莫辰小声道。

"反正我也不喜欢它，我爸很宝贝，妈也害怕它，她从不敢待在院子里，总出去应酬。他们开了一家公司,好像什么都干。"他无所谓地摇摇手。

"我知道,妈妈说你是个小少爷,什么都有。"莫辰把目光转向靠着的吉他。

"我没有爸爸,妈妈和我住一间小房子里。她在你爸的公司工作,每天都要上班,回来晚了我就帮着煮饭。她说我们生活中根本不可能有音乐这样奢侈的东西,现在不能,以后也不能。"

"把我的吉他拿去吧。"从石头上磨出来的。

"不!"

"你不可以拒绝我,我们是朋友。"他霸道地把吉他塞到他的怀里,牵动他的手,1155665……星星从曲子里飘到夜空,满天眨着眼睛。

14. 温柔陷阱

第二天醒来时,狱警告诉她有人来探视。隔着接待室的玻璃,阿红将一把红伞夹在腋窝下,摸到桌子旁。

"真难以置信,你还有脸来见我。"娜娜道。

"对不起,让你受苦了。"她很有礼貌地轻声说。

"不要再假惺惺的了。"娜娜道。她垂着头,摸了下乌黑的辫子。

"你错怪我了,我什么也没有做,不过,即使我不做,事情也会变成这样。"

"借口,你完全想置我于死地,你的目的呢?钱吗?还是想折磨我?人们怎么说的,贫病之人的心是残忍的。"娜娜愤怒到了极点。

"为什么是残忍的?被抛弃在垃圾堆里,痛苦无人理会,见到太多世态炎凉吗?"阿红愠怒地叹了口气,"真要我选择,我一定会折磨你的。可是娜娜,如果我说,我爱你,早已不再计较这些呢?"她一抬头,阿红正向下看着她,她的心立刻软了下来。

"可是,你为什么要行巫术?为什么要伤害小北和杀那些孩子?小北是不

迷惑的安魂曲

是被你变成了绵羊，他在哪里？"娜娜问。阿红很慢很慢地摇头。

"这一切都太糟糕了，只要稍加辩解又会有另一场事端。娜娜，人的眼识因境而生，而境由心化，你看到听到的都未必是真的。除了我之外，不要相信任何人。"阿红道，娜娜心想又来这一套，我就是太相信你才落到这步田地。然而实际上是，她从来就没有相信过她。她强忍着抱怨，闷闷不语。阿红的手搭在她的肩头，刹那间，她便站在了娜娜背后。

"你相信我吗？如果你相信我，我就带你走。"她并不知道她是怎么穿过玻璃的，周围的人都像木头定在了真空里。一个女警察端着茶杯，正凑近嘴巴，另一个手里的棍子悬在四十五度的空中。

"快带我走。"她抓住阿红的胳膊。

"你发誓要相信我，和我永远在一起。"阿红摸着她的脸，又是那种很不舒服的感觉。

"我发誓。"红骨伞不停地转动，像雪中飘飘飞舞的妖花。她飘过墙壁，打了个哆嗦。那婆子背着一床棉絮走上楼梯，背压成了小山，嘴巴里嚼着生红薯。

"你就在这里先住一段时间，我会让他们打点好一切的。"阿红道。农舍的黑桌子上放着一些果子和茶叶，外面的炉火徐徐燃烧着。

"为什么？我要回家。"阿红的嘴角露出一个笑容，但是她能肯定她没有笑，因此这表情更加诡异。

"你现在不能回去，这是为你好。"她让婆子带她进了房间，正中放着乡下人常用的黑木四脚床，没有帐子，只有一个金钩悬挂在木头上。地上的石板被打扫得一尘不染。婆子关上门，把她留在漆黑中。过了很久，她都不能在漆黑里看清楚东西，这让她感到恐怖而焦虑，差点叫了出来，她怀疑房间里根本就没有窗户，可是却能感觉到风在动，有点寒气。她蒙住被子，一下就睡着了。

莫辰脱掉上衣，把赤裸的躯干轻盈地晃动，就像蝴蝶的翅膀。山里的茶蘼花散发着醉人的香味，树上的杜鹃正开得浪漫，像一团团火焰。火焰烧起了青春的气息与躁动，燃烧在他蜜色的肌肤上，使得像火焰一样红，而嘴唇像醉酒的花朵儿。

"都脱了，我们去的地方有衣服。"他说。

"OK！"莫辰张开修长的胳膊朝水里跳去，他们像鱼一样掠过树叶投下的倒影，又穿梭在荷花里。

过了一会儿，他们湿淋淋地从水里钻出来，感受每一分一秒山林的气息。鸟儿四处啼叫着，对林子发出催人泪下的感动，至少这点比人类诚实得多。他们躺在地上，看着云朵从墨镜上飞驰，CD里是乔治男孩的歌曲。

"再这么过下去，我会死的。"他说。

"我也一样，可怜呀，谁不是这么过呢？除非你做点研究打发时间。我的老师在写网络小说，主角是一个少年，遗憾的是他一点也不理解我们。有次他找我谈话，问我在想什么，我说想去厕所。谁会傻到告诉别人自己……这是什么？"莫辰挑起他脖子上的坠子。

"我外国的一个室友送给我的。他是印度人，家里供奉的牛死了，便让人把牛角分割成了小角佩戴在身上。"他道。

"把牛供奉在家？"莫辰不解地问。

"先是放在寺庙里，后来他们买回了家。在印度特殊的节日会给牛戴上花环，虔诚的人会把牛粪抹在自己的头上。牛可以去到任何地方不受约束，牛有法律保护，杀牛者要被判刑。"

"真是不可思议。我们有很多少数民族都崇拜牛，比如苗族与壮族，可是没有到这种地步。""疯狂的举动背后都隐藏着既得利益，如果没有利益，真神也只能坠入泥巴里。他们相信死者必须穿越一条火焰河，抓住牛尾巴就能过去。恶鬼变成一头母牛要经过八十六次，然后才能变成人。"

"你相信吗？"莫辰问。

"我可是个无神论者。你的屁股上是什么？"

"什么？"莫辰还没意识到他的问题。

"一个胎记，像团红色的月亮。"

"不要看啦。"他的眼睛火辣辣的，莫辰的脸红了起来。

"这不是胎记，是疤痕。"莫辰道。

"有人用铁棒打你屁股弄的。"

"不是，这个妈妈并不是我的亲生母亲，在我三岁时，我被人拐到了这里。妈妈以为我记不起来，其实我知道的。他们把我带到车上，还有一些孩子，我想是喝了麻药或者打了针。我拼命地哭，有个女人就用铁梳子打我，后来我就不记得了。"

"你记得自己的家在哪里吗？"他问。

迷惑的安魂曲

"下着雪和长满很多树的地方，我想是东北。我有个小名叫小北，记忆里有个女人曾叫过我。你不要把这些告诉我妈妈，恐怕她会伤心。"他点点头，收拾好东西，两个人背着旅行包，往山顶爬去。因为山上的季节不同，他们都穿上了长袖衣服。刚开始只觉微风徐徐，花朵儿在枝头震颤摇曳，不到半天工夫，眼前的一切都变成橘红色的了，红中夹杂黄色，再往上是酒渣一样的黄，天也似蓝非蓝，空空无一物，万物都凋敝摇摆着。莫辰忍不住剥下一节树枝，是难过的声音。他感到气氛有点怪异，他一直都不说话。

"现在半山是秋，那么再上去会看到雪，对吧？"莫辰坐在石头上。

"是的。"他捏了捏莫辰冰凉的手，"你好冷。"

"我的嘴唇都被风吹干了，我想到了上面会冻成冰块。"莫辰说。忽然，他低下头温柔地吻了他。

娜娜从未感到这样的舒服和美好，一切烦恼都灰飞烟灭了，她睁开眼睛。阿红就在床侧，盘子里托着早餐，披散的枣栗色头发随着脖子晃来晃去。

"我能感觉到你做了个好梦。"阿红拿起梳子帮她打理头发。

"又用你的神力感知的？"娜娜道。

"我没有什么神力，但是我很感兴趣你都梦到了些什么。"阿红道。

"这样看来你的力量也是有范围的。"她揉揉眼睛，"真奇怪，我一点也不记得了。"就在一秒钟之后，她的头脑里一片空白，连那个梦的影子也找不到了。阿红剥好碗里的鸡蛋，用汤勺搅着小米粥，滚烫的热气冒了出来。

"美梦难成真，欢始悲作终。人只有安于现状，珍惜眼前的日子才是明智的选择。"阿红说。

她才不会相信这样的鬼话，现在总会成为过去，而将来也会流逝，无论何种相信与辩解，对于终将消失的有情生物，现在、过去、将来又有什么不同。她伸手去拿食物，却发现阿红不见了。鸡蛋壳一点也没有掉在白盘子里。点缀着绿色菜叶的小米粥，装在通透而空虚的碗里。她听到有什么东西在厨房的砧板上砍着，刀子猛烈拍打在骨头和肉上，说不定那是她的午餐，或者自己是他们的午餐。她脖子寒战，希望这一切都是自己的胡思乱想。也许阿红是个实实在在的人，可是她匪夷所思的行为、强大的妖术、似是而非的回答正常吗？如果这些都是正常的，那么自己肯定就是违反常态的。这个女人现在越来越吓人，她肯定正在某个地方监视着自己。她赶紧从床上起来，蹑手蹑脚地穿过大堂。

那婆子正在前门喂鸡,她试着往后门探去。通向那里的过道是垂直连接的,她才发现拐角还有个屋子,深红色的门,门外有面镜子。

她停下脚步,对着镜子轻微摇晃脖子。她看到自己微红的下巴上结着什么小珠子,好像是变尖的痘子,而脸阴郁地沉在光照不到的地方。黑影腐蚀了轮廓而变得奇形怪状,包裹着失去柔软的皮肤。她吃了一惊,简直认不出自己的样子,记忆里白净纤细的手指也变得粗壮,青筋突出,好像是不属于自己肢体的一部分。她翻开镜子下压着的杂志,上面画的是酷似弹头的病菌体,用外膜和蛋白质外壳冲入纵横交叉的蓝色树枝状中枢神经,在白色的脊柱大桥下成长着。下面写着它的英文名字 rabies virus(狂犬病毒)。研究者如此评价:rabies virus 有极强的复制性和繁殖能力,侵入小脑、大脑、海马以及脊髓会导致肢体麻痹和各种瘫痪,甚至关节变形。患病者脸部特征呈现出呆滞,而肌肉失去活性。

"哟。"她轻哼了声,凑近镜子,瞪大眼睛,从上到下拉住自己的脸皮,用一种接近病态的视觉审视着,长吁短叹。

"要死了,人死了是不是脑袋变得小小的,牙齿凸在唇上,两个眼窝空空的?"

"哈哈,他们都变成了渣滓。"

"哎哟,是个会说话的魔镜,谁最漂亮我一点兴趣也没有,请你发慈悲告诉我,我究竟在哪里?噩梦里还是现实中,地狱还是人间?"

"你不是说了答案吗?现实就是噩梦,人间就是地狱。来吧,享受吧。"胳膊被粗暴地架住。寒战的脑袋瓜凑到眼前,一闪一闪地缓缓抬起纽扣似的眼睛,露出抹着油的铁牙套,牙缝里是蚊子的声音。

"你是谁?"她问。

"阿十。"阿十眯着的眼睛里全无笑意。她说要去红房子里看看,阿十说那里是禁区不能进去,她只得装模作样地去外面转悠。远处是稻子堆成的小山和粮槽,树下停着一辆卡车和播种机。角落里是一间柴房,铁牢样的窗户。她转了一圈始终甩不掉这个阴魂不散的人。阿红的花布鞋一扭一扭,背着个筐子走到门口,好像一只敏感的动物嗅到了她的味道,摸着台阶坐在她的身边。

"阿红,我病了,我需要医院的抗生素,快让我回去。"她抓住她的胳膊。

"我想你只是饿了,这都是没吃早餐弄的。"阿红道。这是典型的乡下人安慰病孩子的做法,他们当然知道孩子病了,可是不愿意,也没有钱去治疗,只

迷惑的安魂曲

有一天天拖下去，眼睁睁地看着包袱死掉，是女孩死得更快。

"你真是个狠心的女人。"她尖叫道。阿红居然得意地笑着从筐子里拿出一个苹果，这个苹果是刚从树上摘下来的，长在秋季，连着柠檬色的叶子。

"吃吧。"阿红笑道。

"我要回家。"她把苹果甩到地上。

"听着，我觉得你根本就不相信我。一个人说话至少要算话，你发誓过的，难道只是在危机中糊弄我吗？"阿红道。

她心里根本就这么认为，况且这是个有陷阱的险恶誓言，可是此种关头也不得不向她屈服，因为那个戴铁牙的奇怪家伙正怒目相向。

"我当然是真心的，我只是担心……"她吞吐道，"我发作起来会伤害你们。"阿红在空中打响手指，黑黑一团东西跳踯着扑了过来，用热热的舌头舔着娜娜的脸。

"杰夫。"她唤了声，杰夫朝她有精神地叫了下表示回答。她揉着它的耳朵，心里却害怕着。

"娜娜，你如果不在这个世界，我也不会存在，既然我医好了它，也可以救你，但是你要好好配合我。"她把苹果分成两半，放到她的手里。她抓起来吃了一口，嘴巴里充满了甜甜的味道。她吃完觉得肚子比以前饿得更厉害了，又拿起一个红红的桃子吃了，胸口和脑袋顿时变得轻松起来。等她们回到镜子前，娜娜的模样又变得甜美可爱，手也变得粉嫩了。

"让我们恢复成以前的样子吧，彼此照顾与亲热，因为我爱你。"镜子里阿红的脑袋就像是一条蛇，缠绕过来吻着她。

娜娜在这里的日子除了吃饭就是睡觉。阿红每天都准备很多食物，有田里采集的、树上收获的、养的家畜，做了满满一桌子，各种口味的。她偏爱川菜和鱼，有时候也准备葡萄酒和桃子酒，大部分食物根本不像是乡下人吃的东西，她不知道她是从哪里弄来这些食物的。娜娜每天都饥肠辘辘，大口吃肉，大口喝酒，然后便睡到第二天，也不再做梦。她的记忆力变得很糟糕，回忆任何事都一片空白。先开始她还十分在意与迷茫，后来也就不想了，觉得反倒自在。

"我喜欢这里，现在看起来夕阳也很温柔，为什么我以前没有感到呢？"她们又肩并肩坐着。娜娜摸着睡在脚上的杰夫。

"你会慢慢发现这个地方越来越美，但是你会回去的，是吗？"阿红牵着她

的手不安地问道。

"回哪里去？这里就是我的家。"娜娜道。

"真的吗？"

"是的，我在这里什么也不缺，身体也好了，况且还有你陪着我。"阿红的脸红了下，把头靠在她的怀抱里。

"让我听听你的心。"阿红轻声道。

"我没骗你吧。"娜娜道。

"千真万确。好吧，再来点桂花糕怎么样？"

"太好了，我最爱吃你做的桂花糕了。"她快乐得像个孩子，却不知道这是第十一个黄昏，坐在外面的大榕树下，重复着同样的话，同样的情节。接下来她们会在一起吃桂花糕，相互恭维，柔情蜜意一番。等到第二天晚上，她就又忘记了前一天发生的事情，嘴巴里继续着这些台词。不过今天阿红进去拿桂花糕时，有个不一样的细节搅乱了局面，一只金丝雀飞到娜娜手臂上狠狠地啄了一下。

"嗷！"她尖叫着甩开手，好像并不能把它弄走，而且被咬的部位越来越痛。

"坏东西，滚开！"娜娜叫道。

"我不是坏东西，你现在非常危险，必须跟我来。"

"你怎么会说话，你是谁？别跑。"她摇摇欲坠地站起，跟在金丝雀的后面。金丝雀飞下坡头，穿过树林。抽芽的植物涂着油漆的颜色，挂满了蜘蛛网。枯死的花心也有蛛网，一团团的像是棉絮，大蜘蛛在上面爬着。她看到阿十和那婆子的媳妇匍匐在地上，手和脚紧紧贴着地面，伸长脖子，吐出舌头。流出的唾液飞溅到植物上，那些爬来爬去的蜘蛛全都死掉了。媳妇高兴地咀嚼着一只八角蜘蛛，阿十抓了把小蜘蛛扔进嘴里，还没有死的蜘蛛从牙齿边钻出来。

"真恶心！"她知道他们是脏东西，可是没有想到会这么脏。他们把落到地上的蜘蛛装在纸袋子里，装了满满一袋，就回家去了。娜娜跟在后面，阿红正在厨房里面发火。

"你们在林子里看见她没？"阿红问。他们摇摇头。

"最好不要让她看见你们。"她警告着，接过阿十递来的纸袋，把虫子倒进火盆里，里面烧着蝙蝠的骨骼和羽毛腐烂的死鸟。

"别担心，我们在食物里加了迷魂草，她走不远的，也许只是去小解了。"

迷惑的安魂曲

那婆子边扇着烧成绿色的火焰，边说，"还差最后一夜，你就得到了她。"

"我害怕那捣蛋鬼来到了附近。"阿红把手放进火盆里翻弄。

"什么时候能得到她酒店里的钱？"那婆子问道。

"明天就派你媳妇和阿十去杀了那两个不安因素，就可以拿钱了。她不需要钱。"阿红把娜娜酒店的钥匙放在桌上。

"我们需要。"他们异口同声道，阿十把钥匙收了去。

"我们要把保险箱都搬来。"那婆子道。

"你们可真傻。"他们把烧成的灰和残渣放进磨子里。阿红从磨子里推出细灰，装进香囊。

"加些在明天的春卷里。"她吩咐道。想到那些食物，她差点吐了出来。

"汪汪！"杰夫凶狠地咬住娜娜的裤腿，把她逼到草垛上。她一下子完全不认识它了，虽然样子上还是以前的杰夫，可是变成了一条维护主人的走狗，就连对自己的亲昵也是装出来的，一只令人觉得卑贱而不可信赖的生物。她勒住狗的脖子，狗使出蛮力挣扎着。当阿红跑出来时，她就四脚朝天地睡在地上，打着呼噜。她听到阿红把杰夫撑走了，把她抬进了房里。她可是真的睡了，虽然意识里努力让自己振作，但还是被击败了。

15. 逃离虎口

第二天早上，趁他们不注意，她把一盘春卷放到床下，柠檬茶倒进了厕所里。她每天中午，都兴高采烈地帮他们剥豆子。这次，她剥到一半就对阿红说想去睡个午觉，阿红觉得时间还早，她说很困。阿红帮她掖好被子，亲了亲她，合上门。她有种预感那东西肯定会再次来到身边，带来某种帮助和提示，所以目光一直游走在窗户上。果然，它含着一株艾草扑扇着七彩色的翅膀降临了。

"我知道你是来帮助我的。"娜娜道。

迷惑的安魂曲

"别指望我,只有自己能帮助自己。"她才发现这只鸟比普通金丝雀大多了,从肚子里发出人的声音。

"可是我要怎么做呢?我被囚禁了。"

"为什么你不尝尝这些东西的味道,比如咬下窗户上的栏杆?"金丝雀道。她犹豫了会儿,把嘴凑了上去。

"凶猛点,只有凶猛地咬下去才有出路,把你的毒传染给它们。"金丝雀鼓励道。

"你想我牙齿都掉光吗?这怎么可能。"娜娜道。

"你是害怕它的坚硬弄疼你吧,想想草绳是怎么化为蛇的,因为踩到的人害怕变成的,害怕就必定见不到真的。"金丝雀道。

"可它是确确实实存在的铁,是铁原子有序排列组成的物质,原子间的引力和斥力使它坚硬无比。"娜娜道。

"如果这真是物质,我是什么?一只有思维会说话的鸟?快点干吧,再犹犹豫豫的什么也没了,你想一辈子待在这里吗?"她痛下决心狠狠咬了一口,鲜血从嘴巴里流出来,一颗牙掉到地上。

"你骗我。"她捂着嘴,怨恨地看着鸟。

"你都在想什么呢?告诉你吧,这里的规律是思维决定着形象的产生。你刚才就在想自己会疼,掉下一颗牙齿所以才会这个样子,是不是?"金丝雀道。

"我要再来一次。"她心想:这一定不是铁窗户。又一下,那根铁被沾上的唾液扭转融化着,后来越来越细消失了。她对着另外三根如法炮制,到了最后一根,忽然脑袋里想到棉花糖,咬下去时,可真变成了一团棉花糖,粘在金丝雀的翅膀上。金丝雀弄了半天越弄越多,差点就淹死在糖丝里,娜娜把它拔了出来。

"如果你想找寻什么,就不要胡思乱想,伤精神!"鸟以教训的口气道。她点点头,爬上窗户,鸟阻止了她道,"不要从这里出去,这只是我们训练的开始,结束是你必须把它们变回原来的样子。"她又集中注意想象以前窗户上的铁栏杆,果真变成了原样。

"真神奇,以前我怎么没有发现有这种力量呢?"娜娜道。

"荒诞剧里的王子也不会发现他正在演荒诞剧。"听出鸟的讽刺,她很快闭上嘴,问它下一步该怎么做,该偷卡车离开这里还是把她们变成泡沫。

迷惑的安魂曲

"我们先去红屋子里看看。"金丝雀道。她咬开门,里面的稻草堆成了一座小山。阁楼的窟窿里放着绳子和半片复活节面具,墙上挂着铁叉和钉耙,桶里泡着抹布。她拿叉子弄开那堆稻草,金丝鸟也用爪子帮忙。难闻的腥味扑到鼻子上,缝隙中渐渐露出一扇墨绿色的玻璃,接着是银色的流线型骨架与四个轮子。

"我的车怎么会在这里?"她拉开车门,积水顺着门滚落到脚下,车里潮湿成了一片。她这才发现车头的两个灯破了,凹进的车盖上有许多变成褐色的浮萍。

"这不可能,一定也不是真的。"牙齿陷入座位纤维,气孔把水挤进她的嘴,带着重金属的臭味。椅子还是椅子,里面的气泡发出低声哀沉。

"你期待它变成什么样子?"金丝雀道。

"我都糊涂了,至少不应该是真的?我记得阿红对我说她把车子修好了。"娜娜道。

"她能修好一切东西,可修不好这辆车子。"金丝雀道。

"为什么?"

"因为这辆车子是她的宿命,如果你想逃出去,最好驾驶它。"她拧干抹布,擦掉上面的淤泥,把车子里的植物清理掉了。车的马达和轮胎都没有问题,还是卡在一个轮胎上的石头的原因。仔细观察那石头,莫名地从地上长出,插在内胎里。她把铲子伸进石头和轮胎间的缝隙,试图使它们断裂开来。不过,石头与轮胎以某种力量联系得密不可分。在撬动时,她心惊胆战,心想:联系它们的力量肯定是这世间最严厉的诅咒,是女人以血水和泪化成的哀怨,哀怨化成了冤结永无止境地纠缠宿主。

"我不想再碰它了。"她嘀咕道,"现在怎么办呢?"

"那个力大无穷的光头就在隔壁柴房,他可以拖动车子。"金丝雀建议道。

"他不会帮助我的。"

"试下吧,可是不要感染他。"娜娜在墙壁上拉开一道缝,爬了进去。柴房没有看上去的那么小,木屑儿发出的霉菌味越来越重。她蹲下身子,阿十的光头正在窗户下摇摇晃晃,他的嘴巴张成死人的那种O字形,口里发出哧哧声,白眼打着呼噜。她又害怕又恶心,伸手去摸阿十腰上的钥匙。

"不要动他的东西。"金丝雀警告道。

迷惑的安魂曲

"嘘——这不是他的东西,是我的。他们是小偷。"她又探向前去。

"你忘了我们来这里的目的吗?"

"当然没忘,可是我必须先取回自己的东西。"娜娜道。

"我劝你不要这样做。"金丝雀扇了下翅膀。

"别说话,我拿到了。"忽然,惊醒的阿十从地面弹起来,脖子咯吱作响,就像没有骨头的软体生物,扭曲着把脚搁到肩膀上撞过来。她赶紧跳上柴火堆。

"给我钥匙。如果你敬酒不吃,吃罚酒,我可不是省油的灯。"阿十怒道。那双枯木一样的手抓起柴火扔了出去。

"你太贪心了,如果你能帮我,我可以给你大部分。名正言顺不好吗?"娜娜道。

"不。"他冷淡地道,"我烦你了。"他扯掉能遮蔽的一切,冲到娜娜身上张牙舞爪。她一点也没有办法,脖子被那长长的指甲勒住了无法呼吸。金丝雀狠狠地啄着光头,可对他来说只是不疼不痒的问候。阿十张开血盆大口咬向娜娜,娜娜却先一步咬住了他的耳朵。阿十开始还是呆呆不动,后来脚从肩膀上坠落,整个人摔了下来,他爬起来不知所措地摸了下光头。现在他的样子居然变得正常起来,长舌头变短了,更像个人,只是一双比方才凶恶百倍的眼珠狠狠盯着娜娜。

"原来是你!拿命来吧。"阿十叫道。娜娜抱住头,拳头大雨小点地落在墙壁的一团灰白色东西上,一下接着一下。

"苦命呀,我早知你有个听不进一言半语的性格,这也该我受苦。"金丝雀道。原来那团灰白色的东西是金丝雀投在墙壁上的影子,影子渐渐变成一个男人的轮廓。阿十咬牙切齿,每打一拳,鸟的身子仿佛受到巨大撞击颤抖、歪斜着。

"我快顶不住了,快拿绳子绑在他的腰上。"她按照金丝雀的吩咐把绳子的一头拴住阿十,另一头绑在车上。

金丝雀飞到铁栏杆上,绳子蓦地拉紧。滚动的车轮将地面的木屑磨出了火。金丝雀张开翅膀,阿十猛力向前冲拔,用头撞向栏杆上的影子。娜娜大力踩动油门,就在这时,只听"咔嚓"一声,车子跟着土崩瓦解的墙壁飞了出去。娜娜还来不及反应,车子就从阿十的身上碾了过去,把他碾成了一片薄薄的透明纸片,朝着天空越飞越远,消失在一把红伞的前面。红伞风驰电掣,鬼哭狼嚎地笼罩住车子。

娜娜什么也看不见了，掉进了茫茫的血海之中。伞骨里飞溅出的血，打在挡风板上，随后慢慢渗透到车里，滚在脸上和手上，怎么擦也擦不干净。

金丝雀拼命啄着红伞，一开始那顽固的屏障还是紧得一动不动，后来露出一个洞眼。金丝雀把艾草穿进洞眼，用嘴巴来回转动。艾草一变为二，二生三，三生万物。以一根为支点连接成扇子竖起来，每条伞骨子里都插满了蜂拥钻入的艾草。娜娜看到那婆子皱成一张皮的脸，正贴在玻璃上，向前伸出五爪来抓她。所幸这只是她最后的垂死挣扎，她掉了牙的嘴里开始大喊大叫。草飞长出婆子的身体，把她扯成了碎片。

"快逃吧，山穷水尽了。"金丝雀翅膀上沾满了血水，疲惫地落到车头。她抓起方向盘，奋力向前开去。

16．混乱爆破

从江上刮来的茫茫大雾一直蔓延到城市，将曼陀罗丽完全覆盖住。这让她觉得此类建筑以及周围的背景是根本不存在的，只有不断逼近，才能从糅合在一起的边边角角刺探到它几片匪夷所思的颜色和形状。霓虹灯全失去了往日的光彩，死一般熄灭了。整座酒店歪斜拉长着，除了概念外，酒店已经不再是酒店。她好像是步入远方的海蜃中，窗户变成尖锐的眼睛，吓人地瞪着她。

人们还在里面寻欢作乐，可是乐曲的调子变得十分不对味，嘶哑的小号和低低的大提琴协奏。男人抛出怀抱里穿着喇叭花裙子的女人，又拉进怀抱里。厚重的蕾丝边遮盖住了她们的脸，裙子下是鲜红的高跟鞋。

"怎么回事？外面停电了。"她问一个伙计，那伙计见到她，结结巴巴。

"因为……因为……工程师在下面干活儿。"

"谁让你们打开的铁门？我根本就没有请他。"那伙计正想跑，娜娜抓住他

迷惑的安魂曲

的胳膊。

"快说，给你加工资！"娜娜喝道。

"是阿星。"伙计怀抱着盘子颤颤抖抖。娜娜跑下地道，一大堆乱七八糟的东西扔在地上，几个主闸门都开着。里面的电线纹丝未动，只是贴着黑色胶布，好像是故意做给人看的。不过，最重要的侧闸仍然闭合着，可有人动了它，因为上面贴着的黄色胶条撕裂了，锁芯也被拧断了。娜娜跑去看发电机，果然没有转动，这就意味着办公室的保险系统被人切断了。隧道的深处传来钉锤的敲击声，但是对于那道精钢密封门，无论他们采用什么办法，只有这把钥匙才能进去。石头之间有什么在蠕动着，发出细碎的声响。她握住手枪把灯探过去，那个拿汽油烧杂货店的女人把手挡在脸上。

"不要照，她会发现我的。"

"你来这里做什么？"娜娜问。

"我本来在乡下躲避警察，那媳妇把我抓来了。我以前就杀了她，可她还活着并要报复我。"她的左膝盖掉了一块皮，手上血迹斑斑。当娜娜抬起头时，看到蓬乱的辫子悬挂在空中，蛇一样的舌头舔着嘴唇上的血丝。

"血债要血偿。"那媳妇像只猫一样打了个哈欠，嘴巴里血淋淋的。

"冤冤相报何时了？"娜娜说，"死了便一了百了，为什么不能宽恕活人呢？"

"死人也曾经活着，可以继续的生命因为继续活着的人而死，是不可原谅的。"她说着张开嘴，带着毒液的群蛇朝她们飞舞，撕咬着她们的肩膀与脖子。接着一条大蟒从化成躯干的百蛇中穿出。女人拼命捶打勒在脖子上的蟒，但她的力气有限，不一会儿就气喘吁吁，最后连呼吸的力量也丧失了，垂下手脚。可她还没有死，发出惨淡的笑声，笑声卡在喉咙里显得更加阴厉。

"好吧，一起完蛋吧，让这个世界见鬼去。"女人诅咒地按动荷包里的按钮。

锤子、钉子、电线、木头，工程师的影子、可恶的阿星、女人，分开的头和身子，在一瞬间全飞到了天上，噼噼啪啪地被氤氲的热浪穿透燃烧着。跳舞的男人们变成蜂拥飞出的灰鸽子，在空空的世界里拉出一条单调延伸的公路。公路上是小小的人造湖泊、稀疏的梧桐树、从地面冉冉升起的高层建筑，浓烈的香气里是蒙蔽着灰的植物。广告牌上饺子卡在喉咙里的男子竖起大拇指嘲笑着："你这个蠢货。"

地面上冷如地窖。她看到有什么东西在前面晃动着，像是只黄鼠狼。黄鼠

迷惑的安魂曲

狼抖动着金色的胡须大口大口地喘气，灰从鼻子里飞出，像个蹩脚演员一瘸一拐地爬起来。

不，那不是只黄鼠狼，是可恶的阿星。他狼狈地擦拭眼镜，提着盗窃的皮箱。见她踉跄地站起，撇嘴竖起大拇指做了个嚣张的手势。她奋力追赶，酒精味呛到了鼻子里，还来不及躲闪，马路上一辆飞速狂飙的车子向她冲过来。一瞬间，有人把她推到草丛里，车从那人身体上碾过。司机的手抖动着伸出玻璃，她一下辨认出了那双白手套和他怪异的装扮，朝轮胎开了一枪。车冲到坡子下方的树林里，发出轰隆声，整个树林都颤抖起来。她爬上去向前猛跑了几步，差点摔倒过去。

"阿红。"阿红右胳膊已经被碾断了，眼睛成了可怕的空洞，腹部流出了肠子。

"你……没……事……吧？"她居然发出了声音，像蚊子一样嗡嗡。

"我很好。"她哽咽着蹲下来。阿红用那双空洞的眼睛望着她，扯下自己的项链。

"我……要走……了……好……好……利用这个。"

"对不起，你对我这么好，我不该离开你的。阿红，不要死，如果你再给我一次机会……你要什么我都会给你……"娜娜难过地说。阿红痛苦地呻吟了下，血液流淌到冰冷的路面上，她在一片漆黑里抬起那血迹斑斑的指头。

"爱……我来……是寻找……爱和家的……可是……没有哟。"她的手从半空中滑落下来，骨头在石板路面上摔碎了。紧接着连那微弱的呼吸声也没有了，最后一口气滑出了喉咙。三五辆车从远方驶来，走下来的影子宛如魑魅魍魉，时而诡异变幻，时而拉长扭曲，飘飞到娜娜的脚跟。影子们竖起的对讲机发出短路似的嗡嗡声，把牙齿咬在对讲机上，驻地观望。

"举起你的手。"一个影子变幻成穿制服的警察道。

"等一下，你们搞错了，肇事司机掉了下来！"娜娜道。

"闭嘴！"警察粗暴地打断她，"现在命令你扔掉武器，举起手来，你最好配合点。我们会给你解释的机会。"她把左轮手枪扔到脚下，看着他虚无缥缈的眼睛。红车灯一明一暗驶进了三辆警车的中间。

"为什么你总是不能诚实点？"吴警官顶了顶帽子，给她戴上手铐。

"那么告诉我，我究竟犯了什么罪？"娜娜问。

迷惑的安魂曲

"恐怕是数也数不完，你窝藏父亲贪污的巨款，在锥集乡杀了五个小孩。现在你又用烈性炸药炸毁了酒店造成火灾，使无辜群众受伤，还驾车撞死了这个女人。至于你到底杀了多少人，我们一定会调查清楚的，而且你还在这个国家里非法持有枪支。"

"吴警官，请你相信我，你说的这些都与我一点关系也没有。撞死阿红的是赵岑，我打中了他的轮胎，他的车就在林子里面。"她从吴警官脸上看到了难以置信的表情，居然开始怕他。并不是所有的警察都爱变戏法，然而他还是展现了诡异的能力。他转过娜娜的身体，她看到自己的车大门敞开地停在马路上，雪娃娃掉在地上摇摆着。警察们都在画着图，收集证据。其中有一个把一盏白炽灯照在车门上，她感到有什么刺疼了眼睛，那是一只断手，他们把手拉出轮子放进塑料袋里。

"不，听我说，这不是事实。"她挣扎着，但是肩膀却被按死无法动弹。

"请给我个机会证明自己，我是无辜的。"

"坦白就是机会。"吴警官把娜娜押进警车。

"求求你，不要这样，只要带我去车子那里，片刻工夫，你就能清楚真相，相信我。"看到她泪光闪闪的模样，吴警官犹豫了一下。

"你最好别想毁灭证据。"吴警官警告道。

娜娜站在车旁自言自语道："这是我最后的机会，一切都不是真的。"她虔诚地默念了三遍。为了保护证据，椅子上被蒙上了泡沫。她只有凶狠地咬到反光镜上，但车子还是车子。由于下颌使出了巨大力量，牵动神经，鼻血顺着娜娜的脸和下巴流淌着。她一副面如死灰的表情，又立刻叫嚷道："带我去找那辆车子，我打中了轮胎撞进林子的那辆，就在附近，是他干的。"

吴警官摇摇头。这时，另一个警察报告道："下面有辆车撞到了树上。"她脸上露出了喜出望外的表情，哀求他们带着自己一起去看看，居然得到了同意。

通向鉴证之路的阴暗已经与公路混为一体，交警挂着照相机，从她身边跑开。附近停着一辆救护车，两个警察用铁锤砸开玻璃，一股浓烈的酒味冒出来。

"这里究竟什么情况？"吴警官问一个走过来的消防员。

"这辆崭新的保时捷轿车撞出山体后栽入了窟窿旁的排水沟里，沟的正下方有个直径为一米的天坑，天坑洞口被大量植物蔓延遮盖，深度无法得知。而这辆车体的前半部分就卡在洞口处，由于底部完全悬空，随时都有跌落的危险。"

107

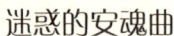

迷惑的安魂曲

车头因为被撞倒的树木压着，所以受害人固定在了车内。"那消防员道。

消防员利用液压撑顶器、液压剪等工具正对车底进行剖拆，同时探照灯下蹲着的救援人员负责观察车辆是否移动，以免伤人。费了好大的力气，消防官兵才用液压剪和顶杠扩大了空间，将胸部抵死在方向盘上的受害者解救出来。他们在医生的指挥下把他弄到准备好的担架上。

这个年轻的男人轮廓分明，脸颊削得像刀一样，嘴唇冰冷。她能感到那闭着的眼睛睁开时也是冰冷的，并随时戴着刻意掩饰忧郁的墨镜。一瞬间，她好像看到男人的车疾驰如飞，使周围僵硬的建筑成了一条惨淡的直线，笔直到毫无生趣令人苦闷与烦躁。也许他每天都经过这条没有一个拐角，只有便利前途的公路。

男人在月光中的脸抽搐了一下，从那高傲冰冷的面颊上流下了闪闪发光的低贱的东西。也许正是强烈自尊心所压抑与痛恨的，她一言不发地默默站着，滚烫的液体滴在掌心里。

"哭鼻子的时候还没到呢？我们检查了那四个轮胎，没有发现弹痕，虽然他醉酒驾驶，但也不排除被你射击的子弹惊吓而坠车的可能。"吴警官道。

"不对，我亲眼看到他撞死人的。"

"没有一点证据显示这辆是肇事车，他不是赵岑，车里有他的证件。说真的他可真像你的孪生兄弟。"吴警官道。她看到自己的关节凸出变长了，比先前在镜子里看到的手更要修长。她的心开始狂跳，那个警察忽然把相机对准她，按了下去。

"不要照我这副丑模样，浑蛋！"她对他咆哮，"这些都不是真的，你们在欺负我，陷害我。我要咬，咬得你们这群牛鬼蛇神原形毕露。"她想象树皮是风做的，流过鼻孔。救护车只是一只巨大的甲虫。她冲过去，咬到一个警察的胳膊，他高高的帽子飞了出去。

整个晚上她都处于一种心浮气躁的状态，暴乱与毁灭的思想涌进脑袋，使她疯狂地与周围的环境和非人类斗争着。

"她的狂犬病犯了。"一个声音叫道，这听来很不舒服，她一直避讳这个词，常说病了可不说是狂犬病。说话的人语气冰冷甚至产生出厌恶，这简直让她受不了，最气人的是不知道来了多少人，把她五花大绑在床上，塞进了救护车。

迷惑的安魂曲

17. 寻找证据

她想到爱伦·坡《陷坑与钟摆》里的主人公因为触犯教会被绑在铁牢里的床上，头顶是死神摆动的镰刀。他惊恐而焦虑地瞪着镰刀，而永远不知道摆动的时间。有时候镰刀下降一点，有时候又行了大半或者停止下坠，在耳边发出飞舞的嗡嗡声。主人公只能靠伸出一只手拿桌上的肉渣生存，同一群饥饿的老鼠吃着同一个碗里的食物。他非常渴望光明降临，就在镰刀划破肚皮的最后一刻，他把肉粥涂到绳子上，饥饿的老鼠爬到身上把绳子咬断了。

"可恶，这里连只老鼠也没有，只有一个将死的人。"娜娜抱怨道。从车里抬去的男人嘴巴张着，鼻子里发出鼾声。那是因为颅内出血，处于昏睡中发出的。根据昏睡程度的轻重，有的脑部受损的人一辈子也不会醒来。

一个小东西滑进车子，蹿到男人的床下。它长着充满灵性的眼睛，五个爪子因在床柱子上，只有一个杯子那么大，更像是放在杯中的狗玩具，不过它是一只黑灰色的树熊。

"我可不想做讨厌的老鼠，但是我能做它们做的事情。"它跳过去，贴在娜娜胸口，望着她的眼中流露出哀伤。

"你是先前的金丝雀还是小羊羔？"娜娜问。

"都是，也都不是。"它抓在绳子上的尖爪像碰到什么东西伸出去又缩回来。用略带沙哑的嗓音继续道："这次好像有一定难度，你的精神状态欠佳。"

"我把该做的事情全做了，但什么也改变不了，瞧瞧我现在这副模样，就算离开这里或者做成什么了不起的大事又能怎么样。我的生命马上就要结束了，就像这个人一样。"娜娜道。

树熊叹了口气："如果认为命在比照出来的影子世界里，命也大概如此，这一次结束了下一次又会重复着，无始无终。你还记得吃掉迷魂草后的事情吗？"

迷惑的安魂曲

"我不明白，为什么会这样，那些影子是在比照什么？"娜娜问。

"影子是受到恶魔驱使的冤孽，它们在向你报复，而你的心却默认了这样的报复。"

"我为什么要默认这一切。"娜娜听着不由怒火中烧。

"因为这些都是你自找的。魔本无心，以食人之心为心。摸摸自己的心中是不是有魔鬼？"身边睡的将死之人动了起来，他睁开眼睛，眼珠是黄色的，虹膜上全是血，衣服上连着呕吐出的褐色东西。

"得了吧，你又知道什么？你都成这个样子了。"话一说出她就感到太冲动了，对于他所遭受的痛苦自己只是个旁观者，同样对于自己的苦痛他也只是个旁观者。谁能帮谁减轻分毫呢？树熊抓断了其中一股绳子，娜娜的注意力被它吸引过去。

"如果这些绳子在我嘴边，我一定会咬的。"她怀疑绑她的人就是故意这么干的。树熊专心地干着手里的活儿没有理会她，而男人的喉咙里又发出咯吱咯吱的声音："你就是只疯狗。"

"先生，我希望你提高素质。"她好像产生了奇怪的错觉，心里痒痒的，反倒一点也不愤怒男人的咒骂。

"哈哈哈，种什么因，得什么果，一点也不偏差的。"那将死不活之人继续道。

"瞧你这个浑蛋惨兮兮的又是种了什么因？"娜娜问。死亡气息中充斥着浓烈的酒精味，这味道混合着不知从何处飘来的花瓣，大片大片扑打在娜娜脸上。男人从嘴里呕吐出一个牛头。

"快跑。"树熊抓开车门，娜娜跟在它身后跳下车。她转过头，那牛头并没有追来，而是跟着救护车消失了。

娜娜一口气跑回酒店，熊熊的大火绝望地燃烧着。酒店的形状正不断变化着，慢慢缩小成一团，窗户和门都在火里失去了厚度，变得像纸一样，她已经坚信它是纸做的。她把小树熊搂在胳膊里，一股想哭的冲动涌上心头。

"我想回家。"可以肯定不知有多少真真假假的警察像耗子一样游走在房屋每个角落，守株待兔。在爸爸妈妈的家，在亲朋好友的家，每一个她能想到的关联地，好像一思考，他们就出现了，高叫着绳之以法。

"小东西，我该怎么办呢？"她揉了揉它的耳朵，"一直以来都是你在帮助我，可是我快完蛋了。"怀抱里的小树熊越变越小。

"我的精力也不多了,你应该振作起来,去发现真相,找到那个证据。"

"什么证据?"小树熊没有回答她,变成一个黑点,掉进了泥水里。

她托了个假名,用荷包里剩下的钱租了一个简陋的酒店,痛痛快快地洗着澡,在脑袋里搜索阿星入职表上的地址。她把一次性洗发液的瓶子改装后,灌进胡椒粉,给左轮手枪上好子弹,把它们和充电录音笔一起放进包里。

她乔装成一个驼背老太婆搭乘公交车。她不能肯定阿星那家伙是否还待在远处,一下子偷了那么多钱,早就该远走高飞了。不过,走到岔路口,她就看到光着上半身子的阿星拿出一张一百元的钞票朝搬杂货的老板招手。

"送两瓶啤酒过来,快点。"她学那婆子的样子,拿一根竹条在垃圾桶里翻弄。老板把啤酒拿在手里与她擦身而过。屋外的围墙上布满了通着电的铁丝网和玻璃碴子,门口还坐着保安。这里到处都是车站,密密麻麻的公车停靠在马路边上,她想:如果现在里面有某个人需要卖废品,只需要对我吆喝一声,即使粗暴点也可以。可是一直等到快半夜,都没有卖废品的。一辆黑色的丰田车从远处驶来,车里的男人冷冷地把一个酒罐子扔下来,她捡起来放进口袋里。大约过了五分钟,那人才从车里走出来,向她招手。

"还要吗?多少钱一个?"那男人问。

"两个瓶子一毛,铁罐子一个一毛。"她答道。

"其他的呢?"

"按斤算。"她表情镇定,心中却怒不可遏。眼前的人没有认出她,而她却认得清楚明白:该死的赵岑!

"你在这里等一会儿,东西有点多。"他把娜娜带进小区。她悄悄凑近窗子,看到阿星帮赵岑摘下帽子,轻轻地拉了拉他的领带,一根手指暧昧地逗弄他的胸口,然后把嘴巴凑上去。他板起脸给了他一个耳光:"我说过不许随便碰我。"

阿星吃吃地低笑了会儿,又凑了上去。赵老师马上给了他一拳,打在胸口上。他好像触电似的身子颤抖,胯下鼓了起来,从沙发旁抽出一根鞭子:"来吧,可以更猛烈点,你知道我是个受虐狂,痛苦使我兴奋。"赵老师抓过鞭子,向他猛力抽打。当他们在互相舔舐与皮鞭折磨里享受那醍醐的兴奋时,娜娜爬进了阳台。

房里挂着一口黑色的大木钟,摆针的末端锈了。钟发出嘀嗒嘀嗒的声音,可是表盘却一动不动。钟的下面是一个绿色的保险箱,颜色和样式居然和自己

迷惑的安魂曲

办公室的一模一样。她蹲下身子，专注地挪动银色的表盘，先用了阿星的生日，然后又想到手机号码，去掉了几个数字，都不是的。她有些沮丧，心想：笨蛋都不会这样设置密码。她敲了下钟顶端的木头，发现是空心的。她弄了会儿一直没有撬开，于是试着拨动表针。忽然，时针在钟上飞转了一圈，到了六的时候，她听到一个卡壳的声音。于是固定在那个数字上，又转动分针，它停在了五的位置。从钟顶弹出的硬物打在她的额头上，她捡起一看，是一个网球。上面用圆珠笔写着五个0。她把数字输入保险柜打开了门，拿出自己的皮箱。就在这时，两个家伙光着上半身来抓她。阿星伸手来抢皮箱，同时赵岑从后面袭击。她从阿星的胳膊下避开，却踩到了地上的网球，一个踉跄跌倒在阿星的身上。她用皮箱狠狠砸阿星下巴，他吃疼地大叫。赵岑见状从牛仔裤里掏出了一把刀，事情很快就发展到无法招架的地步。她把手伸进背包，当他扑过来时，胡椒水喷入了他的眼睛。他的嘴张得大大的，到处乱扑，扑倒了刚刚站起来的阿星。娜娜不管三七二十一也把胡椒水喷进了他的双眼，又用箱子砸向他的脑袋上。

"你们好大的胆子，居然敢合伙偷窃我。"娜娜捡起地上的刀顶住赵岑的脖子。

"我说过，我的就是我的，谁敢动一下就走着瞧。"赵岑咬牙切齿道。

"那你现在动一下看，我绝对会毫不犹豫割断你的脖子。你们怎么搞到钥匙的？"娜娜道。

"阿星趁你在桌子上打盹儿，用模子刻了形，拿出去复制的。"

"密码呢？"娜娜问。

"你的生日。"赵岑道。

"该死！"她尖叫了一声。

"既然拿了钱就滚蛋，为什么还要干如此狠毒的事情，开着我的车杀人？"

"是哟，我本来就想撞死你后，塞进车里沉到湖底，可惜有人给你垫背。"赵岑道。

"你……"她死死捏住刀，但理智还是克制住了疯狂举动。

"你就等着坐牢吧。"她朝他下颌狠狠打了一拳，把他们用绳子牢牢绑在一起，关掉荷包里的录音笔，发动起车。

她并没有打算去警察局解释一番，因为这群人都是不可靠的。她会把录音笔寄去，但是现在要回家看看妈妈，吃顿她做得不合胃口的饭。她在国外的朋友一定能把自己搞出去，这里的警察荒唐可笑。

大桥像一条施了魔法的缎带，墩子与墩子连成一片，看不到尽头，下面是奔腾不息的江水，阴沉沉的风呼呼刮着。奇怪的是，她在桥上行驶了两小时也没有到达对岸。她感到神经疼痛，每当把目光投向天空，便是一望无际的黑布，连个星星也没有。忽然，她察觉出了异样，原来这条无止境的路正被吸进黑压压旋转着的江心。千尺巨浪击打得落石翻滚，摇晃着车体下滑。该死，桥又断了。

"不要动，我车上有绳子。"一个声音道。

"好的。"尽管一会儿工夫她就从困局中摆脱出来，但却陷入了更大的麻烦，又被那黄泉吊命的警官缠住了。

"你这是要去旅行吗？我猜是个长途。"吴警官把胳膊搭在车门上。

"我已经在旅行中了，如果你听下这个就知我是无辜的。"录音笔微微振动发出低沉的呜咽，紧接着是机器的冰冷声音和地面的摩擦声。吴警官侧过脸，把手扩在耳朵上。

"求你………停车……我在下面……我不想死……"阿红悲惨的声音传了出来，她闭上眼睛，没想到声音听来更加真切，仿佛就是从脑袋里输送到录音机里。她脸色苍白，干巴巴的嘴唇抖动着。

"可怜的姑娘，死得真惨。"吴警官道。

"我说了，不是我干的，为什么你们总是要盯着我搞。"她无法忍受地叫道，忽然睁开眼睛，天地间空空如也。她早该弄清楚这一切是否是真实还是幻觉，就真实而论太多的荒谬不能解释，如果全说是幻觉，细节与感受又太过于逼真。想起断了半只胳膊，血肉模糊躺在地上的阿红，她一辈子也忘不了。

"该回家了。"她心里说着，掉转车子。后座的人从地上捡起警帽戴到头上，把箱子平放在膝盖上。

"你不介意我打开看一下吧？"吴警官问。

"你是怎么上来的？不要碰，这是我的东西。"

"我闻到了黄金的味道，臭臭的。"他的手刚一贴到箱子，箱子像受到感召，剧烈摇晃。

"这是我的财产，我赚的。"娜娜道。

迷惑的安魂曲

"是的，你赚了这个。"吴警官道。怎么会是一本台历，箱子明明很重，金子肯定被他们拿走藏了起来。敢耍我，我一定要回去杀了那两个浑蛋。娜娜心想。

"从你的表情来看，肯定又想杀人。"吴警官道。

"既然你这么了解，一定会为民效力，这个就是赵岑杀死胡亮后拿走的证据。"车子猛冲出去，左右摆动，两边的门都被打开了，吴警官用肩膀扑向外面，在路上翻滚。

"滚吧，滚吧，你只不过是条毛虫。"她讥笑道。一道闪电击中了吴警官，他全身刺刺燃烧起火。

"这可不关我的事，天要收你。"她冷笑了声。火在燃烧着，像欲望的囚牢。电光惊掣，传来恐怖的怒嚎。火中的飞鸟，跃动着棺材的身躯，从地狱里飞驰到路面把她追赶。

她死死握住方向盘，头脑里想到《吕蓓卡》里主人公翻阅的那本残破诗歌：

> 日日夜夜，我奔逃；
> 年复又一年，我奔逃。
> 穿越内心的迷津，透过肉眼蒙眬。
> 我躲开天狗奔逃。
> 飞也似的奔逃，奔逃。
> 背后传来连串的狂笑，
> 眼前是斜坡山坳，
> 我纵身投进张着大嘴的深渊，
> 任恐惧把我心撕咬，
> 奔逃，奔逃。
> 别让身后雄健的脚步把我踩倒。

"大地震颤摇，烈火熊熊烧。死人的灵柩来将我绕，奔逃，奔逃。红天血雨里又见断桥。"她自言自语地补充着，喉咙里发出苦笑，车子在空中划出了一条抛物线。

迷惑的安魂曲

18. 噩梦觉醒

    他在椅子里越陷越深，脊柱骨被凸起的海绵顶得发痛。她又飞过了断桥，但车子每行出一段距离就会下滑一步，大道两旁的景物迅雷不及掩耳地翻新变化，一间间涸棚陋室马上被拔地高楼取代，而且楼层越来越高，无一例外地歪斜着，耸入裂成了一个大窟窿的黑云里。她不知道其他人是否感到断桥正在下坠，从封闭的窗户里传来疯狂尖笑，接着冒出一个个惨白的骷髅头。

    一个骷髅打开窗户向她抱怨："哎呀，我们的目标乃是万丈深渊，前进在梦想的大道上。"她尖声惊叫，骷髅们也发出鬼哭狼嚎的声音，街灯鬼火跟着一起闪烁。骷髅们全从窗户里和车底爬出，蜂拥地围住她的车，嘟嘟嚷嚷议论，终于为这个异类达成了某种协议，一起动手把她推下断桥。

    "啊！！"黑暗疯狂飞跑着，辨认不清是脑袋里的疯狂钻到了黑暗里，还是黑暗里的疯狂钻进脑袋，就连自己也变得极其疯狂，居然强烈地渴望下坠，似乎有什么抓住了这个念头反而停滞不前。四周的钢铁山头与沉船残骸呻吟着发出腐烂的味道，风从大大小小的窟窿中钻出摇晃着钢铁长墙。

    一个声音道："忙什么，该休息了，瞧瞧我们光着身子来，光着身子走，什么也没有留下。"

    另一个声音道："休息？你想得美哟。我们可在无息之地，让我舞动点笔墨将它连成诗句，尽管这里毫无诗意可言。"他轻咳了下念道——

        铁围周匝万八千，狗蛇吐火火相现。
        热铁飞叉身上刺，拔舌抽肠烊铜填。
        渴饮铁汁饥吞丸，镬汤络首苦连天。
        一人多人亦自满，日日夜夜无时间。

迷惑的安魂曲

> 不问伯仲同来受，万死万生业绵绵。

"嫉妒呀，能够好好休息的人真令人嫉妒，可是我们强大而顽固，同伴越来越多，根深蒂固，并且前仆后继地向这里涌来，值得庆幸的是从来也不用为床铺担心。瞧，这不，上面又来了个。喂！"他兴高采烈地叫娜娜，她打了个寒战。车子像杂耍者筷尖的盘子，打了个转，然后开始向右倾斜。

"亲，让我想想，好像不是这边，以老天做参照物，你喜欢顺着老天还是逆向呢？算了，你的意见算个屁。"车头传来三声敲击，一团红火跳跃到车头。

"下坠也是一种极致的体验，人在下坠时，肾上腺会分泌大量激素，看到的东西异常缓慢，你也许会读到飞转的电子表上跳动的数字。哦，我忘了，这里没有电子表。放心吧，我来把包装下，如果你总这副行将就木视死如归的表情，可一点趣味也没有，要不先来个大转飞盘，我保证你一定会兴奋地放声尖叫。"那声音继续道。

"不，好吧，你怎么做都可以。"她重重地吸了口气，"我想和你谈谈。"拉下的玻璃缝里钻入一道气。

"我们早该心照不宣了。"吴警官坐在娜娜旁边，阴沉的脸上浮现出耐人寻味的笑容。娜娜知道他只是空有的一具皮囊，被寄生依托着。可是无论他是否发生形变，开玩笑的口吻给人的感觉永远是严峻的。

"也许我曾经冒犯过你，如果这样，我希望向你表示我无限的歉意，请告诉我你和你的圣徒需要什么，我一定尽我所能给予补偿。"娜娜道。

"既然你知道这规矩，不妨由我先来。"熊熊燃烧的、充满威信的眼睛陡然逼近，一对犄角正抵向娜娜的太阳穴。

"杀了你，一次性付现金，不刷卡，开价吧。"吴警官冷声道。

"不，你不能这么干。"就算是神给她整个宇宙，她也不会放弃生命。她先是震惊，转而怒不可遏，血从额角慢慢渗出，她哽咽着。

"为什么要这样呢？难道仅仅因为我唱错了献祭给你的歌词，就设下陷阱欺负我，诬陷我，置我于死地？"娜娜怒道。

"讨厌你们都欺负我？来欺负我吧，你可真有当受虐狂的潜质。"他歪着嘴揶揄道，"为什么？怎么会这样？我在哪里？你的问题可真多。你有一个冥顽不灵的愚蠢脑袋。也许你也忘了自己是谁？看着我的眼睛。"

迷惑的安魂曲

鲜红的玫瑰花缓慢地在牛眼中绽放，又一片片地凋零，留下四叶草那样的花瓣，空荡荡的心谷浮现出阿红憔悴的容颜，她用温柔的声音道："不要看，我亲爱的，恶魔在里面燃烧着，如果你听我所言，闭上眼睛，我将复活与你相依。"

"阿红？"这话真令她费解，她不由一阵冲动，可阿红的眼里是空洞的，就像她的影子也是空洞的，好像是从记忆里捏造出来的。和她第一次见面时，所带的善意与温柔变成了疲倦。

"真的吗？"娜娜问。

"此言不虚。"她尽管一眼就看穿了影子，而虚伪却沉溺在心里，如此一问一答就像是自编自导的傀儡剧。

"她很爱你，不是吗？但是你从不爱她，你不爱人，为什么人要爱你呢？是你富有还是富有想象？尽管你畏惧地闭上双眼，但烈火也会将其燃烧。"牛道。火沿着眼睑，燃烧成一圈，蒸腾着体内见不得人的病毒急速攻击大脑神经。

"啊！！啊啊……"牛的眼里，一个男人抽搐着四肢，下巴上冒出胡楂儿，太阳穴的周围鲜血淋淋，她的样子和那车上的男人一模一样。他修长的手痛苦地竭力抓住硕大的牛角顶入，而牛角上的节纹旋转着，断成带壳的虫子，爬进脑袋里翻搅起记忆的碎片。

"不！"他想起了自己是谁，以及那些记忆里发生的事情，现在他们就在这里，这个梦里！

"美梦愿长久，噩梦速醒来。"牛说，"你的生活有意义吗？吃喝玩乐，傻里傻气，你再也不能如此。"

他看到自己的躯体一动不动地孤独躺在病床上，靠胃管输液维持生命，奇怪而脆弱的活着。活着的，没有思维，不能说也不能动。活着的，不值一提。

"你说呢？有时候死了总比活着好。让虫子的硬壳作为你的裹尸布，就此得到安宁。"牛蛊惑道。伴随着拍动翅膀的嗡嗡声，他的手脚被包裹在壳子里，欲幻化成卵。

"我接受死亡，但我不能转生虫豸。"他大叫道。卵被挤压着排出母体，变得更扁，旋转出棱尖。根本不容许他过多的挣扎与思考，他即将连着一条黏稠的细丝，横在枯黄的叶子上，被不可抗拒地缠绕。他发出最后的绝望呼喊，感到浑身正在摇摇欲坠。

忽然，他听到一声高亢的鸟叫，那声音打破平静，带来渴望的死亡。坚

迷惑的安魂曲

嘴啄起母虫吞下肚子。鸟儿飞在空中，变成一个小黑点。唰的一下，又从天而降，用那黑灰色的胸膛扯动着声响："我来和你比谁跑得快！火牛是跑不过鸽子的。"

牛四足并起，纵身一跳，伸出舌头要把鸽子吞掉。鸽子总能顺着长舌头飞上几尺，牛从鼻子里吐出火，又被鸽子巧妙地避开。牛吐着烟子，皮毛燃烧着通红的火，踢得乱石翻滚，在一条街道上奔跑。窗户无一例外都是暗紫色，绕着迂回的走廊。屋子的摆设极其没有规律，在模糊景物反射的光里，变成了血红色。跑了一会儿，路就倾斜起来，到处呈现出光怪陆离的景象：阴森恐怖的深潭、巍峨的高山、钢铁的城墙、呼啸的汽车、飞虫飞鸟、奇装异服的人。只要是头脑里想出来的景色，都会一一呈现。他以为时间过了很久，其实只是一眨眼工夫。牛仰天长哞一声，从一扇茉莉花玻璃中泻下一片七色光。

"阿致，快用链子套住牛的尾巴。"鸽子叫道。他链子的另一头甩向牛尾巴。在那一刻，他想到在床头哭泣的母亲，想到了他的爱人，心灵充满了悲痛。

曲子的旋律飘荡在空中，是那首《四季歌》，那来自大自然百合花瓣的亲切问候，轻轻地娑婆着，与橘黄的枫叶翩翩起舞。光明就像玻璃的碎片一样乘虚而入，刺向那双剽悍而单纯的眼珠。记忆里那声音道："那么，我用死亡换你肩膀上的枫叶。"当莫辰唱到"喜爱秋天的人儿是感情深重的人，像诉说爱情的海涅一样，是我的爱人"时，好像那些叶子经过一夜洗雨，碾落成泥地流进山谷里，再也无法回过头去寻找。空余心中死一样的寂静，凄冷。他在河边奔跑，牵着他的手，往水里丢的石头，舒展开眉头而怀抱温柔浅唱低吟。

牛张开血盆大口，吞进鸽子的半个躯体，跟着蹿入了玻璃里的七色世界。一股不可阻碍的牵引力，蓦地把他拉出车子，逃离了钢牙铁爪。

他从虚空里跌落下来，牛已经消失不见了。他感到浑身疼痛，一点力气也没有。蒙蒙眬眬地看到一团白光在旁边晃动，他花了巨大的力气伸直半截扭在一起痉挛的手指，后来它又麻木僵硬，好像不是身体的一部分。他听到那些嘈杂的声音在议论自己，说出毫无希望之类的语句。一个人抱怨自己在肢体上的不配合，另一个显然对他的家产发生了兴趣，他们让他感到愤怒。

这些家伙！我一定要坐起来，离开这个鬼地方。他又挪动了下脚，还是不能动。他有些沮丧，但是他发现膝盖居然在活动，有时候会跳起。尽管这种反应是不受支配和控制的，他把注意力集中在上面使它被控制地微弱晃了下，刚

好打在落下的输液管上。有个人觉察到了，转过头。

"他刚才好像动了一下。"

"这司空见惯,神经性的。"他们背过身子,继续私语。输液管一下弹了起来。

"快看，快看！"一个医生惊呼着打破了众人的谈话。

"他真的醒了，不可思议。"他已经看到病人的眼皮抽搐着，正慢慢睁开，嘴巴里也嘟囔起来。

"快去通知他的家人。"

19. 替换的车

办公室的电话铃响了，刘大队长让吴警官过去一趟，他想让他重新回到王致宇的案件中，因为有很多精英分子都主动放弃。他们对证据分析后给出的一致答案是：交给交警处理，顺便给这家伙的父亲寄上数百张超速罚单，他一定会支付的。

专案小组的名字也变成了个案小组，简单的办公室空无一人，黑板上没有目标也没有计划。吴警官坐在窗户旁，随便翻看着桌上的车牌号码本。几个月前本市举行了车牌号自编拍卖活动，将以前的四位数字增加到了五位。桌子上堆满了关于王致宇的报纸杂志，他随便翻看了一份，那是两年前天宇集团的一名老员工不能忍受被裁，在办公室里上吊自杀的报道。公司就这件事对老员工的家属进行了安抚，并且通过提高员工福利，及时消除了社会负面报道。后来那里发生了一场火灾，烧光了所有的东西。他们觉得太邪气了，就没有再使用过。下一份是天宇集团在东区斥资数亿购买土地以及旗下房地产业务的报道，除此之外还有被认为是头号犯罪嫌疑人的王斯文财务调查，在3月份他与一次涉嫌贿赂罪擦肩而过，6月被起诉经营不正当场所与走私电子产品。王斯文与王彪早年随着父亲王汉用两万元投身电子产业，自传上说靠坚持不懈开创民族

迷惑的安魂曲

品牌，但有关人士爆料王家是靠拆装洋垃圾发家的。当时国内电子技术并不发达，有独立经营权的大都是国有企业。他们的产品通过金三角路线流到缅甸与老挝，还有些跨过鸭绿江销往朝鲜。刚开始两个王家兄弟"走边"，后来加入的人越来越多了，传言也有贩卖"黑货"（毒品）的，总之怎么生钱快就怎么干。经过一代人的拼搏终于建立了天宇集团。二王为了天宇集团的百亿资产明争暗斗。王致宇是王彪的独生子，王家嫡长孙，从美国留学回来就拿到了百分之六十的股份，坐上董事会主席的位置，必然遭到叔叔的嫉妒。他手边有张狗仔偷拍的八卦照片，这家伙没有抓到王致宇的绯闻，而是直接把照相机对准了他的车库，拍下了那十二辆保时捷小情人。为此王家重新加高了别墅的墙壁，又用高级防偷拍布料围住了最上层。这些车虽然表面上很普通，但他一眼就看出是组装改造过的。轮胎、引擎、汽缸全换成了一流赛车零件。说到底他还是在追求极速快感，并不是所有人都能享受火箭升天的速度，疯狂者也要为自己创造疯狂。

忽然，门开了，进来的年轻人穿着笔挺的制服，漂亮的眼角带着一抹杀气。他胳膊上夹着文件夹，手上戴着白手套，吴警官有些吃惊。

"李警官，你也是个案小组的成员？"吴警官问。

"瞧，我正在做事呢。"他笑了笑，把文件夹放在桌子上，"你现在是我的上司了，需要什么尽管说。"

"好，我需要你带我去王致宇的家一趟。"他直截了当地说。

"走吧，反正总窝在办公室什么也搞不出。"音乐里播放着软绵绵不疼不痒的曲调，是吴警官最讨厌听的那种。接着他又放了一首节奏快一点的歌，吴警官感到精神好多了。

"看来你喜欢这种节奏。"李警官道。吴警官知道他一直在观察自己，就像他一直在观察他一样，他希望陪自己来的不是他，这样他的精神就会更放松点。他不喜欢在下班后还保持警惕地提防别人。

"这样进退维谷的案件也勾起了你的兴趣。"李警官的眼睛里是绿色路灯的颜色。

"你呢？仅仅因为他和你是亲戚才留下？"吴警官问。

"看起来我不应该留在个案组。"他笑了笑道，"在处理问题的时候，我没有任何亲戚，我需要建议或者给别人建议。"

迷惑的安魂曲

"你有什么建议?"吴警官问。

"他们不好惹,你对他们是什么样的人都一无所知。"李警官道。

"那有多难懂。"吴警官问。

"王家人现在希望结案,他们全知道了,所以跑光了。我很少去王家,也很少见到我的这位表弟,只有过年的时候才会碰上。他都不在桌子上一起吃饭,他很奇怪又很冷漠,他对你的笑容全是假的。中学时,他残忍地杀死了家里的猫。我姨很不理解,问他为什么这么干。他说猫欺负他,但他身上一点伤口也没有。"接着他沉默不语,一会儿忽然说道,"也许他有自杀的倾向。"

"他的童年过得怎样?"吴警官问。

"很快乐。他小时候住在乡下的别墅,有一些朋友。他曾经说过那是他最开心的日子,后来搬走了就再也没有回去过。他必定要掌管公司,所以王彪不愿意看到他的儿子和那些穷朋友在一起,他希望他把社交时间都花在利益目标上。"

在王致宇的别墅里,王彪正擦着一把钓鱼竿,竿身有着流畅的黑色花纹,鱼线是天蚕丝做的,钩是锋利的金色。他过了好久才把疲惫的双眼转向他们。

"你想告诉我什么,警察先生?"王彪问。

"只是来看一下。"吴警官想看一下王致宇的房间,王彪犹豫了会儿同意了。他把音箱移开,捡起地上的一堆乱蓬蓬的毯子,放到玄关的柜子里。他很久没有来儿子的别墅了,一切还是出事那天晚上的样子。王彪把那张椭圆形的檀木桌从楼梯旁移开。吴警官有些吃惊,怎么还有人这么摆设家具,很明显是为了防止别人进入他的房间。走上楼梯时,一根孔雀羽飘到了吴警官的袖子上,王彪马上把它移开。他还不到六十岁,消瘦而憔悴,额头上的皱纹很深,手上长着茧子和褐色伤痕,那是电子化学品飞溅造成的皮肤溶解。伤痕一直蔓延到虎口,能想象他年轻时吃了不少苦。所以王彪平易近人,没有上层人的那种大架子。

王致宇的房间干净到了一尘不染的地步,除了墙壁上插着一面美国国旗外,摆设不多。床单和家具都是白色的,床的位置在合体家具的角落中,像个婴儿车一样紧紧地连着柜子。他就在墙壁与木头的影子里睡觉,背对着窗户。不仅如此,一进来时,吴警官就有种强烈的压抑感,他发现这种压抑感来自沉重的木质房顶,它们很低。

"上面是阁楼吗?"吴警官问。

迷惑的安魂曲

"是的，堆着些旧东西。"吴警官表示想上去看看，但是门是锁着的，王彪砸了半天都没有弄开。李文俊将一根软铁伸进洞眼，专注倾听契合声，耳朵优雅地动了一下，门就开了。

"你也跟阿十学到了这手。"王彪道，李文俊把软铁收进了口袋里。

"偷学来的，要是门前有狗我就搞不定了，我记得姨父乡下的别墅里养了一只纯种藏獒，好像叫杰夫吧。"李文俊道。

王彪点点头："这么多年了一直没有回去看过，不知道那里淹水好点了没。我还记得小时候，一发大洪水，鱼都跑到了院子里，我就拿着簸箕去抓，抓了就往山上跑，他们都躲在洞里饿肚子呢。有次，我差点被淹死了，唉！"他叹了口气，"我对阿致说这个，他居然问'是不是让我开车去接你？'"

"哦。我倒很想去看看姨夫躲的山洞。不过，报纸上好像说那里一座新建的大桥被爆竹车炸断了。"李文俊道。王彪正要说什么，口袋里的手机响了，他接到电话兴奋地握紧吴警官的手。

"致宇……致宇醒了。福伯！！"跑进来的小个子老头戴着塑料手套，他方才在下面分类整理垃圾。

"有什么吩咐，老爷？"说话时他的嘴角露出一颗金牙。王彪吩咐备车，马上要去大兴路四十八号市中医院。

阁楼里只剩下吴警官和李文俊，比起下面的空荡荡，阁楼更像是一个真正小男孩的房间，地上有个皮球，大小纸盒里放着玩具、小学的课本和一些工艺作业。他看到一个自制的京剧脸谱和一块石头鱼，作业本上用俊美的字体写着：铁小五班王致宇。墙壁上贴着发白的跳高奖状，左边书架的篮子里放满了国外CD，有迈克杰克逊、乔治男孩、甲壳虫乐队与猫王摇滚乐，墙壁上有一把惹眼的小红吉他。他知道王致宇很喜欢弹吉他，在国外是"漂浮畸形人"乐团的一名吉他手。这个乐坛在一次儿童义演的比赛中得到过一千美元的奖金，这件事还在娱乐报纸上被广泛报道过。

"他爸爸给他定做的，他要什么就有什么，都是上好的木头。"李文俊望着吉他说。吴警官把它拿下来，拨动了下，每个音都非常清晰准确，绝对是出自名家之手。他把吉他翻过来，发现上面用烤漆艺术字体写着莫辰的名字。

"谁是莫辰？"吴警官问。李文俊指着柜门后的一张照片。照片上穿着黄色球衣的少年，白球鞋在草上奔跑，一双凶悍又漂亮的眼睛里倒映着天上若有若

无的太阳。

"他在乡下最好的朋友。"桌上有一盒录像带,没有标记和名字。吴警官把它放进老式播放机里,画面上一个老外用手给病人做手术,英文字幕写着:大师梅菲尔。接下来播放的是带有巫术性质的驱鬼仪式,过了几分钟镜头变成雪花。吴警官想起外文报纸上说,美国流行外星文化与超自然力量,连汤姆·克鲁斯手腕上都戴着条红绳子。

"这是他的记忆仓库,没有人来过,包括他的父亲。"李文俊道。吴警官的视线转向一辆小自行车,它有着纯金的奢华车架与铃铛,垫子是张鳄鱼皮。

"他十二岁的生日礼物,那时相当拉风。去年王斯文为了缓和家族矛盾,送了他一个金牛面具。"李文俊道。吴警官注意到这辆车很新,没有怎么使用过,不过掉了一个脚踏板和两个手柄。

"他有自卑感吗?"吴警官问。

"自卑?"李文俊哈哈笑起来,"他知道怎么在其他人身上得到最大的自信与满足。"

"这里有很多关于巫术的书籍,比如这本,一个非洲部落的萨满告诉人们怎么让一个人得到狮子力量。"除此之外书柜里放着一些世界名著,在窗户旁的床头是一本王尔德的英文诗词集。

"谁知道呢?也许他在美国私下加入了奇怪的社团或者组织,那边比这里开放多了。"李文俊心不在焉地说。床底露出一片银色画面,吴警官试着拖了会儿怎么也弄不出来,后来李文俊也过来帮忙。如果是真的保险箱,他们一定拿不出来,但是那只是仿造的,形状看起来就像是一颗蛋。当它完全从床底钻出的时候,马上从地上竖立起来,展现出下重上轻蛋形结构的不倒翁特性。

"没准儿里面藏着谁的尸体哟。"李文俊这么认为也不是不可能的,因为这颗蛋有个小孩那么大。吴警官试了很多密码都没有把蛋弄开,最后输入了五个0,蛋一下子开了。李文俊吃惊地看着他,而他却看着里面一件黄色的毛绒服和一顶鸭帽子。

"又是他的一件玩具?"吴警官问。

"不,"李文俊撇了撇嘴,"是他的窝。他有个怪癖就是扮丑小鸭睡在这个蛋里,这个习惯一直持续到被送去美国和他的蛋分开。"李文俊道。

"他是什么时候有这个蛋的?"吴警官问。

迷惑的安魂曲

李文俊想了会儿："这也是他十二岁的生日礼物，她妈妈送给他的。"他把一本相册递给吴警官，照片上王致宇坐在这枚尊贵的蛋里，被用人推向奢华的生日宴会，兴高采烈地吃着一块蛋糕，他的好友莫辰就站在他的后面。还有几张是他和父母一起的合影。他和伙伴在院子里玩水枪、踢球、奔跑，他还让所有的人纷纷骑上那辆得意的自行车玩。但吴警官翻到最后一张时，只有他一个人穿成了丑小鸭的样子待在蛋里，弱小得微微颤抖，背景是昏暗的房间角落，可能是有人拿着家庭照相机拍的。吴警官有点累了，揉了揉眼睛，把照片放下，走到窗户旁边，正好看到了那排保时捷车队。由于职业习惯，一队车出现在他的眼前时，他最先注意的是车牌号。车牌号比车更能告诉他一些东西，比如这辆车从哪里来，在哪里挂牌，是军用还是私人，以及使用者的身份。忽然，吴警官发现其他的车牌号都是四位数字，只有一辆是五位数字。他跑下去打开它的车盖，里面的零件不是组装而是原装进口的。每个零件都有车辆专属标志，没有提速，使用的是保时捷防震轮胎。他的脑海里浮现了先前看到的那张照片：上面所有的车都是四位数字，它们是在新政策前买的而零件是组装的。

20. 鸽影追捕

吴警官把自己的日常物品搬到破旧的办公桌上，然后倾听着对面男人的声音。他叫李德，比他稍微年轻点，是一位优秀的侦查员，一直负责个案小组的信息收集工作。

"我现在很讨厌和交警打交道，他们以为这个案件已经归属于自己，越来越不配合我们。不过，我还是弄到了关于那辆车的记录。他一共有十三辆保时捷，照片上消失的那辆 6519 既没有报失也没有注销，因为没有找到更替使用者的申报记录，所以也排除送人的可能，最后被拍到的位置在国 8 号双桥上，时间是今年 7 月 14 日十点十二分。"李德道。吴警官看着笔记本电脑上的交通视频，

迷惑的安魂曲

一瞬间他的车就在信号灯下消失了。

"这个家伙，很明显超速了。前面没有电子眼，但有三条路可以走，第一条拐弯去浏阳街，那里酒吧很多。第二条通往新都。三……"他查出王致宇那天正从一个朋友开的酒吧回来，如果要回家一定要上那条香贵兰国字10号公路，大概要花二十分钟通过，不过以他的速度十分钟就够了。

"那天晚上不是有个女大学生在这条路上被撞死了吗？"李德道。

"是呀，我还给他的母亲提到过这件事情。"那时他心里正难受着，姑娘死了，前途也毁了，而母亲也因此一命呜呼。他作为一名警察，基本上无所作为。他脑袋里忽然闪现了一个念头。他没有找到王致宇的洗车记录，也没有找到其他行驶记录，也就是说从那天晚上以后，这辆6519的车再也没有被使用过。后来它却消失了，这更让人产生了怀疑。

这时，阿斌娃走进来，因为吴警官被抽调的事情，身为他的搭档也一并被征用，他真怀疑这是否是因为急需人填补空缺的一些借口。但是阿斌娃很乐意接受这份工作，并把它看成是一个千载难逢展示拳脚的机会，他把在出事现场找到的王致宇的物件都搬了进来。盒子忽然裂开了，一个雪娃娃的铁球手臂沿着地面翻滚，阿斌娃抱怨地叫了声，找来一个大纸袋装它们。吴警官捡起掉在脚边的信封。

"密码是我的生日，这个他们查过吗？"

"查过，里面本有张银行卡，卡上有五十万。不知道是给谁的，我们交给了他的父亲。"李德道。

"谁知道他的生日？"这是一个愚蠢的问题，但是他还是问了，他是名人没有人不知道他的生日的。

李德笑了笑："小情人间都喜欢这一套，相互设置对方生日为密码。"他也不认为这些钱是给他未婚妻的，在他的钱夹里也找不到妻子的照片，而是光秃秃的一片黑色。名片的联系人无一例外都是有钱有势的，除了这一张，上面写着：曼陀罗丽店长 莫辰。

"至于这个曼陀罗丽酒吧，我想去调查下。"吴警官说。

"已经有人调查过了，这个酒店3月份开张以来债台高筑，两个月就入不敷出关门了，店长为了躲避债务逃跑了，此事已经立案。店子转给了王致宇的好友。6519消失的那个晚上，他就去了这个吧。"

迷惑的安魂曲

"他欠多少钱?"吴警官道。

"一百多万吧。"李德道。

"人抓到了没?"

李德摇摇手:"前几天他已经还完了债务,所以债主撤销了案件。"

"你们查过这段时间王致宇在银行开的账户吗?"

"没开过账户,但有人在银行碰到过他,好像是在9月份。"乍一听好像没什么奇怪的,不过像他这样的人是根本都不用亲自去银行的。吴警官忽然之间脑袋里浮现了他戴着大圆帽子挡住脸、穿着长风衣写下假名的一幕。

"东西核对好了没?我需要清单打印调查记录。"档案室的梅姐推开门进来,她做事谨慎,为人爽朗,有着男子汉的气概。

"我正在做呢?"阿斌娃不耐烦地说道。

"你小子把这里搞成了垃圾堆。"她抓了把阿斌娃的头发,带着怒气说道。她可不想让他拖拖拉拉害自己也留下来。

阿斌娃眼睛一瞥说:"好了,一样也不差。"准备在板子上签字。大梅姐一把夺过板子。

"喂,难道你没看见吗?少了一份台历。"大梅姐道。

吴警官马上跳过来,问道:"什么样的台历?"

"一份台历,可能是他放在车上的。死的时候,滚到了座位下。"她说着把那些照片给他看。这件事还真是蹊跷,在他的记忆里,胡亮家的犯罪现场就是少了一份台历,而且他在调查王致宇的案件中接到了蓝月湾的报案。根据时间比对,王致宇出事,只比胡亮的死晚了二十分钟。

第二天早晨,他把深黄色的煮鸡蛋剥了壳放在面条里,和着小葱一起送入嘴巴。今天是个周末,他拍了拍吃得饱饱的肚子就跑到阳台上,用花剪修理那些秋海棠后,把手伸进鸽子笼,灰鸽子昂着头向后退了几步。他轻轻拉开翅膀摸了摸,发现骨骼愈合得很好。他把它抓出来,放到地上的一个快递盒里,鸽子不安地在里面跑动,不时用嘴巴啄牛皮纸。

"嘿,我救了你,你可要知恩图报呀。"吴警官说着把鸽子带到被发现的地方后,就从口袋里拿出一团电芯圈,这个能接收到卫星信号,定位后发送到车上的跟踪器。他将它固定在鸽子的腿上,一看到空地和蓝天,鸽子就迫不及待地展翅高飞。它是急着去见在另一头的爱人,鸽子是最忠实的伴侣,每只鸽子一生中只有一个妻子，无论路程有多艰辛都要回到家里与妻子团聚。他不知道它的家毁了没，但他知道这不是一只普通的鸽子，不仅是因为它出现的地方不普通，而实际上他已经有确实的证据证明这一点。

　　车子跟随着鸽子的路线来到一栋小区，出示证件后很容易就能进到里面。这栋小区是前年建造好的，里面有一间幼儿园与一个篮球场。篮球场的两边是推销牛奶与茶的大学生。方圆百米的居民区里有各式各样的人。他跟着手中的定位电脑拐进幼儿园的西南角，6栋楼的门道外，那只鸽子正停留在302居室的阳台上。阳台的门拉开了，走出一个穿着牛仔裤、黑色羊毛衫的年轻男子。记忆里这是张熟悉的面孔，他想起在医院走道里那个玩着iPad的大学生。当他用手抓住鸽子时，鸽子显得很安静。吴警官无视楼下电门的合对声，只说是警察办案，门就开了。他快速地跑上楼。

　　"喂，把它给我。"他听到房子里一个冷冰冰的声音道。

　　"不，你休想。我帮助了你，你就这样报答我？"声音沉默了片刻，惊叫了起来，"原来，他是你杀的！！"

　　"我同样会勒死你！"

　　接着他听到房间里传来激烈的打斗声，便让邻居试着敲门，而自己跑到阳台下。就像预料的那样，一个细瘦的黑衣人影抓着阳台的杆子跳下来，为了防止被人看到，他用连体帽盖住了头。他身手敏捷，速度快得出奇，而吴警官最不擅长的就是跑步与追逐，眼看他要逃脱了，把一块石头向他的后背扔了出去，至少这比开枪好多了。他发出一声痛苦的呻吟，被石头砸到了胳膊。那些打篮球的青年看到他们，非常富有正义感，一起上去抓住了男人。

　　"你很卑鄙，用石头打我。"那男人道。吴警官拉下他的鬼怪面罩，与他的目光相遇。

　　"因为你总喜欢跑，莫辰。"他马上向附近的警察求助。他们赶到现场，把房子里只剩半条命的阿星送进了救护车。

　　莫辰在审讯室里特意侧过身，想避开刺眼的光线。不过，在吴警官把灯关闭前一切都是徒劳。如果莫辰是小心翼翼而富有心机的，他还需要花费更多的时间进行调查。显然，他并没有一个精心设计的计划，但杀起人来绝不含糊，甚至冷血麻木。吴警官把六十厘米的带血钢弦弯曲成一把弓密封在打着条码的塑料袋里，呈现在他眼前的桌上。他的搭档阿斌娃正在旁边做笔录。

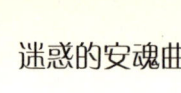

迷惑的安魂曲

"你为什么要杀死徐阿星?"吴警官问。

"还为什么?我没钱花。"他不以为然地耸耸肩,然后再也不说话了,他是吴警官见过的犯人里对自己的罪行最冷漠而沉静的少数几个之一。仅仅是为钱吗?当然不是,他不会轻易地说出一切,因为他已经决定认罪,哪怕是死罪。

吴警官把那只开膛破肚的鸽子端到他的面前:"也许你想要的钱藏在这只鸽子的肚子里。"他靠得很近,为了制造压力同时更加准确地捕捉到犯人面部表情变化。

"杀掉胡亮同样是为钱吗?"吴警官问。

"当然,你知道我债台高筑。"在莫辰冷漠撒谎时,起初微皱的眼角又恢复了平淡。

"听说你和王致宇是好朋友。"吴警官道。

"是的。"他点点头。

"在8月份前胡亮还是个穷小子,不过从9月份开始,他的账户下多了很多匿名汇款,高达五百万,而实际上他只拿到了三百万。据我所知你的债务亏欠额为一百四十六万,不包含五十万的抵押,你把自己当物品抵押给了一个俱乐部,俱乐部的名字叫"暗黑男仆"。吴警官打量着他细瘦的身材,修长的手臂与淡然的样子。在那挺直鼻梁与苦涩微笑的鲜艳嘴角上,那凶悍漂亮的眼中傲气熄灭了会儿,又马上目光变得犀利而敏锐。

"那又怎样,每个人都要有存活下去的方法。在你缺钱的时候有好心人会帮你?"莫辰道。

"确实没好心人帮我,但是有好心人帮你。"吴警官道。他把那张装着银行卡的信封推到他的面前。

"是什么原因让你拒绝了他呢?你找到了第二个金主,又在刚才企图杀死他,因为你的心不在他的身上。"吴警官道。

莫尘的眉头皱得更紧,接着用一个极具诱惑力的微笑淡化了一切:"你写故事吗,警察先生,你可以出本书说下你的判断。但是我不会看的,我讨厌读书。"

吴警官也朝他微微一笑:"我会写的,这是一个不错的故事,从一个不寻常的角度切入,真正背后隐藏的故事、人心的世界。但是,现在我还没看到结局,谁也不能预知未来不是吗?"

"你又期待什么样的结局呢?"莫辰问。

"必定与你想的不同,不过这是以后的事了。"吴警官在他身边走了一圈,"也许我也不需要靠写故事卖书那么辛苦,没日没夜消耗智力,我就拿这个去换五百万算了。"吴警官说着。他向他抬起手里的微型胶片。

"这不正是你把那只鸽子开膛破肚寻找的东西!"吴警官厉声喝道。

"不。"他的嘴唇哆嗦了一阵,仿佛受到了致命打击一下泄了气,接着晕倒了。吴警官以为他是装的,拍了拍他的脸,但他没有醒来,他只好叫医生过来,他说莫辰处于休克的状态,必须马上送医院。十分钟后,救护车来把他带走了。他只好去医院拜访阿星,他也许就是那个幕后的主人,或者还有其他人。不幸的是,当他赶到医院,那里的医生告诉他,今天早上被送来后的两小时已经断了气。这不可能,他上去看的时候,他的脖子虽然伤得很重却没有危及生命,他能感受到他还有呼吸。医生在厚重的眼镜片后,没有多余表情地看着吴警官,拒绝了查看尸体的要求。吴警官在这里没有熟人,也没有弄到许可证。

"又是这间市中医医院?"当他这次来的时候,觉得这里充斥着微妙而紧张的气氛,表面上护士医生进进出出,而实际上某些人正躲在暗处用鬼祟的眼睛监视着他。他瞥了眼天花板的摄像头,还有墙上的闭路电视。到目前为止,这些人工机械设备是警察断案的最好帮手,不过,在今天,他感觉出它们全成了险恶用心的敌人,秘密监视着他的一举一动。他意识到了危险,转身走向大门,一个护士碰到了他的胳膊。接着,他手中多出了一张字条,上面写着:我想见你,正如你想见我一样。署名王致宇。

他有进到特级病房而不用签名的办法,就是装扮成一个送外卖的。他给那些护士送去食物,然后借去厕所的机会,溜到王致宇的房间。

他原以为他能写字,身体已经恢复到了很好的程度,但没有想到他的状况比想象的更严重。有时他会让人帮助坐到轮椅上,漫无目的望向窗外,就像现在这个样子。

"你抓住了他?"王致宇问。

"是的。"吴警官道。

"你打算怎么判他?"王致宇问。

"这不是我工作的范围,但是,他已经杀了两个人,相信法官会判他死刑,除非他有合适的理由解释这一切。"吴警官道。

迷惑的安魂曲

"我不喜欢你吴警官,你在套我的话,但是我什么也不会告诉你。"王致宇道。

"那为什么要我来?"吴警官漫不经心地问。

"让你死得更快!"他的脸忽然阴沉下来,掏出左轮手枪对准吴警官的胸口。

21. 犯罪行为与心理手记(1)

"哦?"吴警官轻哼了声。

"你不怕吗?"

"你一定比我更害怕?"他瞥了一眼他抖动不止的手,疼痛使他的面颊变得扭曲。

"医生说我可能永远都不能走路了。"王致宇道。他尽力保持尊严,用纸巾擦干从嘴角流出的口水。出于礼貌,他把目光从他身边移开,他还是觉得吴警官有欣赏他不堪模样的幸灾乐祸心理。

"也许你认为我是罪有应得。"王致宇道。

"你自己也这么认为?"

王致宇叹了一口气,说道:"你想用你的方式侮辱我,在你那间审讯室里,逼我招供。"

"不,你的高级律师会代替你解释一切,而且嚣张地要求任何人都对他表示尊重。我只要求你公开地向被害人道歉,然后给予她们应有的赔偿。至于你公司信誉与个人名誉损失之类的话,我一个字也不想听到,你毁掉了无辜者的生命、家庭与前途。"

"如果我说不呢,你又能把我怎样?"王致宇道。

"我会让你不可能说不。"吴警官坚定地说。

"哦？用什么？你的责任、身份还是公义心？"王致宇问。

"全都不是，这些虚伪的东西你比我拥有的更多，更会利用。"吴警官道。

"那你还有什么秘密武器？"王致宇问。

"你。"吴警官道。

"哈哈哈。"他放声冷笑了会儿，默然低下头，"你赢了。听说你很喜欢解梦，我一醒来在日志里就写下了这个，一定会使你感兴趣。"他把日志本交给吴警官。

"妈妈还有十分钟要回来了，你还有机会离开。"王致宇道。但当吴警官走出门时，他又叫住了他。

"在我小时候，遇到了一点事情。"他仿佛想到了最痛苦的事情，脸上的肌肉抽搐了下，"我本来是想找警察为我讨回公道的，但当我来到乡下简陋的警察局门前，我看到他们全喝得醉醺醺的搓着麻将，我认为他们什么都干不了。当我开口说话，没有人在听，他们也听不懂一个小孩在讲什么，所以我放弃了我的诉求。从那时起，我已经再不是我……你能做什么呢？或者祝你高升，吴警官？"在最后他给了他一个居高临下的压迫眼神，脸上是嘲弄与奚落。

吴警官不明白他的表情是否是知道他手中没有确实可效的证据，还是把他想象成和其他人一样混饭吃的家伙？吴警官把自己锁在办公室，读他的日志。

在他二十三岁的生日宴会上，无论是家里的佣工，还是公司的成员都穿着体面，女人们打扮得珠光宝气。桌子上堆砌着精美食物，可没人碰一下，仿佛他们都是些天外来客对食物并不感兴趣，而用那刺探好奇的目光彼此打量。他们谈论恭维他，满脸堆笑地与他碰杯子。他挽着杨丽娜的手，并给她戴上了订婚戒指，口里念着漂亮的台词。有时他会念几句英文，也讲法文。他不知道别人是不是能听懂，尽管大部分时间他都不知道自己在说什么，结尾装模作样地给她一个甜蜜又幸福的吻。他们手握着手，走下来。未婚妻伸出娇嫩的手摸在他的脸上，他马上眯着眼睛，吃疼地呻吟了一声。

"你怎么了？"娜娜问。他本来不想理会她的，不知怎的，忽然告诉了她嘴巴里长了颗虫牙。

"真稀奇，你怎么这么大了还有虫牙？"娜娜道。他看到未婚妻露出一个讥笑，故意又把手放到自己脸上："坏牙是不是在这里，还是在这里？"

"饶了我吧，别再乱碰了。"王致宇道。

迷惑的安魂曲

"一点痛就叫来叫去，一点也不像男人。"娜娜道。他并没有因为她把自己看得不堪而恼怒，反正他们的鸿沟无法跨越，只是口中那么不舒服，实在是无法忍受。心想道：为什么牙疼的不是你，你疼疼就知道厉害了。

他一点过生日的兴趣也没有，因为前两天公司发生的大火，烧毁了花费不菲新修的会议室。想起那场火，他就想起了吊死在那盏水晶灯下的阿德叔，不知道他是怎么把绳子绕上去的，连那个搬动尸体的警察都说是高难度。当尸体被解下来时，那盏灯忽然掉了下来，砸了个粉碎，导致一名警察胳膊被玻璃划伤。只要他绕过那道玻璃门，门缝里人们七嘴八舌的议论都会传入耳朵。

"阿德叔为公司整整效力了三十年，居然被裁了。"

"自作自受，他不知道帮他们裁了多少人，以为自己一定靠得住，被利用完了还不是一样被裁。"一个人骂道。

"可怜啊，他的妻子死了，女儿刚毕业也没有找到工作。现在拿不到全额公积金，医保也停了，他的眼睛还有病？以后的日子怎么办？"

"没办法，遇到了经济危机，海外出口受了影响，那边都退掉了工厂的订单，没有订单企业便拿不到出口退税，也不能全怪公司。"

"你还真以为是这么一回事？这只是说得好听的一个花样，国外一个天，国内一个天。公司又一个，谁都知道他们拿我们剪羊毛。好的没你份，坏的少不了。不是货出不去，而是被外国佬的新法律查了，高管们个个想着怎么抠钱，老板的儿子一上位就裁人。"

"嘘，小声点，可别给他听到了，听说他小时候就性格古怪，这里有问题。"他们正说着，忽然一个人气喘喘地跑来。

"不好啦，阿德叔他疯了，扬言要烧了公司。"可他最终没有烧成，被他唤来的十几个保安赶了出去。他还记得他那只突出的眼睛愤恨地盯着他时的咬牙切齿，不知是害怕还是可笑，竟对保安以拳头还眼睛，棍棒加身老头儿无动于衷，而且温文尔雅地警告他再乱来就要诉诸法律。他也不知道那老头儿后来怎么溜进公司的。过半个月，那个办公室里嚼舌根的五个人全消失了。好像也就是那把火烧起了牙疼，就在大火燃烧的前一星期，他还在里面和爱人用原始的本能作着野性的奋战。

"保持这个姿势。"王致宇道。他的爱人又拍了下他的臀部。

"感觉怎么样？"莫辰道。

迷惑的安魂曲

"非常舒服。"

"我把你前面绑得很紧,这是你上次带我去那个俱乐部看到的,你当时就想我这么做了不是吗?"莫辰道。

"你真聪明。"他用一种沙哑的语气抓住他的手奖励地说道,"下一轮换我在上面,我一定让你爽翻掉。"王致宇道。

"只要你不让我鞭打你,你知道我下不了手,我情愿被你打。"莫辰道。

"有时候我很享受那种鞭打的感觉,因为……"他犹豫了下不知道该如何解释,因为他总是用一双眼睛热切渴望着残酷的快感,一般的快感来得快也去得快,但在反常的状态下高潮会持久点。

"你认为我是个变态吗,小北?"王致宇继续问。

"当然不是,你只是怕受到伤害又渴望被伤害,伤害的目的是为了留住快感,可是快感就像人生,当我们试图持久控制住的时候,却发现是无法把握的。"莫辰道。

"它能使我着迷,很着迷……使我恐惧,也很恐惧。"他一直认为自己站在一道门后,不知道谁会打开,无论是谁打开了他就会被彻底毁掉。他不能确定自己是否能活到很大的年纪,因为生活不是按他想要的方式来的。"王致宇道。

"无论你怎么想,我们都要好好……快乐……地活着……"他在他的身体里创造出一种属于彼此的铿锵节奏。同时前面的束缚被打开了,使他无法控制地像洪流般奔涌而出。

"咔嚓"一声,门开了。"你们……赶快给我滚出去。"父亲忽然鬼使神差地转到新会议室里发现了他胸中苦涩的秘密,对此流露出露骨的厌恶。

"我问你,莫辰究竟是你的知交还是知己?"尽管他看到了一切,还是语气含蓄但是却异常强烈。他战战兢兢地不敢回话,接下来,他完全支配了他的行为并作了一切决定,使他在感情与现实问题上彻底变成了无能力思考的傀儡,他暗示如果不按照自己的指示做,对那个毫无社会地位的人是不安全的。但首先让他认清楚自己的处境是最不安全的。父亲把保镖派到他周围,监视他不准再和那家伙厮混。他警告他再这样下去,别想得到任何家产,无论他多大年龄都会重新回到公司。他还不停抱怨他的为人处世,他简直成了一个无论做什么都是不能使人满意的蠢货。父亲将他的爱人在街头狠狠教训了一顿后,便说要出席上半年的董事会,重新调整人事的任命。所以那间新的会议室就奇异地着

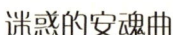

迷惑的安魂曲

了火。

"真邪门。"大家都这么小心议论着,他只是在办公室里踱来踱去,笔沙沙地画在一份接着一份的合约上。

后来,他和莫辰分手了,起初这种分手是假意的,只是针对目前的情况。他父亲当然也清楚他们的小把戏,在他去国外处理事务的情况下,不消几天就让莫辰欠下了巨额债务,不得不四处躲避。

"阿致。"岳父将他叫过去,引荐给了官场上的朋友,他们个个都容光焕发,喜笑颜开,两边的脸颊绯红。他岳父嗜好名贵手表,但有级别更高的官员在场是不会戴的,他小心谨慎,老奸巨猾,在官场很吃得开,又要升迁了。

"老杨,你的女婿可是一表人才。"一个官员道。

"哪里,哪里。"他又被当一张牌在人前打了出去,而他又何尝不是把他们当作是经济帝国的垫脚石。和老头儿胡诌一般都很无聊,可也不敢掉以轻心,官员和商人的关系并非利益和互惠那么简单,大凡做官由于局势使然,心里很多动机,喜怒无常,甚至有些人痛恨、眼红商人。表现得高调慷慨反而会惹来仇视,但是没有财力也别指望他们中的谁和你拉家常。他们从感兴趣的股票,扯到摩天大楼,又掉进宅基地,如果要软着陆还是回到家常便饭上,言多必失。他们谈论潮州菜,又跳到石斑鱼上,其中一个夸奖对方老婆做的石斑鱼非常好吃。他带着浓重的乡音,把"石斑"读成了"尸斑"。他的客厅里也有一条石斑鱼,不过是宠物,出于对这种生物雌雄同体的好奇。

"先生,需要一杯酒吗?"他把目光转向对面的服务员,他的体形和莫辰颇为相似,流露出的机械却和那张桀骜不驯的脸无法相比。是否是因为假戏做得过分彻底,反而让高傲的他觉得被耍了而心生愤怒。只要他微微接受自己的施舍,最终什么也不会改变。他似乎并不关切自身饿死街头的危险,却指责他自欺欺人。就像买卖关系,自欺欺人都是有利益可寻的,时至今日他也看不出来这所谓的自欺欺人有什么坏处,最终才发现所带来的卑微愿望,停留在普通人身份上,由那恐惧的异类所引导出。但实际上,骨子的骄奢和对权力迷醉的自己,又常对普通人的低贱和平庸嗤之以鼻。他与生俱来拥有一切,所以也异乎寻常自爱。

迷惑的安魂曲

22. 犯罪行为与心理手记（2）

比如说在摆脱那个令人厌倦的生日宴会后遇到的这个交警。尽管他对宴会的评价是用无趣，白痴，甚至一团糟糕这样的词语给出的，但拒绝承认宴会的主角本人就是个呆子，相反是所有参加的人。他很委屈地被强迫一遍又一遍信口雌黄，所以从那自爱中诞生了一种意识，与其说是意识倒不如说是被强迫妄想症。被强迫妄想症是一种有利的心理屏障，将各种与自己有关的失误推脱得一干二净，而直接指向一个针对的敌人，或是过大毫无概念的范畴。比如某类恶性犯罪分子通常都会说自己是社会的牺牲品，哭诉自己被利用，而百分之九十是与利用者的关系决裂。所以，他能在死人房里玩乐，丝毫不畏惧。这症状使他将那老头儿的死归结为被分红利的股东强迫对公司改制裁员，并厌恶家族里的亲戚都是些游手好闲，只知道要钱的家伙。即便是那老头儿鬼魂站在面前，他也会毫不掩饰委屈。

"可怜呀，我都是被逼的。"他会告诉他就连当这个董事长也充满了迫害，罪魁祸首莫过于对他既定人生的父亲，还真有许多吃亏的人听信了这一套。

"你要强制我下车吗？"

交警扫了眼他的车牌，这可不是普通人可以弄的牌子："不，对您没这个意思。"白手套示意他离开。

"你现在已经强迫我停下了。"

交警把测酒器抓在手里，结巴道："我……我只是想提醒您注意安全。"

"当然，谢谢你浪费我的时间。"车子呼啸地行驶到一间酒吧，艺术字灯点缀在电子聚光片上，将"曼陀罗丽"放大又缩小幻灭。

迷惑的安魂曲

"我以为你今晚会和漂亮的未婚妻在一起,忘记了我们。"

"我也想呀,但是你知道他父亲管教森严,不是个随便的人。"王致宇道。

"那是当然,他们这类人把面子与名声看得比生命还重要。"他轻笑了一下,望着舞池里稀少的人。

"阿毅,你最近的生意怎么这么冷淡?"王致宇问。

"兰仔和她媳妇跳火车死了,我去帮着办了几天丧事。你看,他是我从小一起打架的兄弟,这就是兰仔。"阿毅说着从皮夹子里拿出照片。

"哇!他这分量不用拳头直接搋上去就死一排。"王致宇道。

"哎,以前他很瘦的,可是自从娶了老婆天天要补,所以体重一路飙升。两个人超级想要儿子,大女儿五岁了,又偷着生了第二胎,结果是对双胞胎女儿。就这样撒手人寰,孩子们还在婴儿车里哭哭啼啼的。"阿毅道。

"抱歉,那我就搞不明白了,他们还有孩子,为什么要自杀,还用跳火车这种匪夷所思的死法。"王致宇道。

阿毅用恐惧的目光看着他:"不是自杀,是他杀,而且杀他们的并非人。他和老婆总听到声音,有时候是一个,有时候又有很多人,男的女的都有,向他们喊话。"

"喊什么?"王致宇问。

"要看具体场景,如果站在平台上晒衣服就喊:跳呀,快跳楼呀,去死呀。过马路遇到车子声音就会说冲啊,往前冲。兰仔只要去屠宰场监工,声音会说,你进去呀。他此时正站在冰冷的切割槽旁。"阿毅道。

"不会吧,去医院检查没?是不是幻听?"王致宇道。

"查过了,什么毛病也没有,绝对不是幻听,因为……"阿毅使劲揉皱手里的空烟袋,把它扔到烟灰缸里。杰峰和周坤不知从哪里冒了出来站在桌子旁边。

"是真的,确实是这样,因为我们都能听到,声音就好像映在脑子里,那个工程师也是几个星期前被这种声音害死的,高空作业从三十米的高度摔了下去,舌头都震了出来。"杰峰道。阿毅痛苦地把脸扭到一边。他们又谈论被惊醒的可怕梦魇,一个说梦到溺水而死,另一个说摔进了万丈深渊,阿毅说昨晚梦到在马路上捡钱时被车碾死了。

"那你们现在听到声音了吗?"王致宇问。他们摇摇头。

迷惑的安魂曲

　　台上响起了歌声，大家把目光转向一个斯洛伐克姑娘，她在旋转的椅子上唱歌，就如坐在石头上的牧羊女孤独地呼唤着情人。杰峰发疯似的盯着冒失撞到手臂上的那个小伙子，他是被一群人推过来的，脖子上打着蝴蝶结领带，露出的手臂上被人用墨水画了个龙形，生得面白如玉，颇有女子姿色。

　　"对不起！"他怯怯地从口袋里掏出毛巾，替杰峰把手臂上的酒擦干。他在那间俱乐部里见到他时，正被一个球塞住嘴，四肢吊在摇晃的铁链上，就像是一匹悬空的马鞍被一个男人骑着。他听到他说是从一个隧道来到这里的，自己大部分时间待在地下等待着召唤，有时候很激动，有时候又很无趣。黑暗里，他更能感受到焦虑。但他的服务出于自愿和对钱的需求，与那些被强制看管毫无自由的人不同。他乌黑的眼珠正打量着王致宇，用略带勾引、猜测的眼神。王致宇瞥了眼对面桌上的人，他们都穿得高调另类，不时向他打趣。阿毅一伙始终厌恶地瞪着小伙子，把他当作一个不受欢迎的人来使所有人受到嘲弄，态度冷漠，甚至愤怒。杰峰打掉了他送上的手帕，抓起小伙子衣领，对面桌子的人不但不帮忙，而且兴奋大叫。

　　"快给他一拳！他就欠揍，喜欢虐，你不打就是个娘儿们。怎么舍不得动手，是看上他了吧？"杰峰羞辱地朝小伙子挥了一拳。小伙子出乎意料地听话，竟不躲也不闪。他装作漠不关心地凝视着袖子上的金扣子，而体内涌出一股骚动，眼角始终流动在那小伙子轻荡的鲜红嘴角、流转的双眸、衣领下细长的脖子上，一种饥渴使身子病态似的抽搐了一下。

　　"你欠干吗？别惹我们。"杰峰道，他没有息事宁人的意思，把小伙子当肉板，一拳接着一拳。那桌人先是观望，后来都相当愤怒，一起冲过来，摩拳擦掌跳出来要为小伙子讨回公道。阿毅一边劝大家冷静下来，一边让人去找保镖和道上的朋友。他们见人多势众，便扶起小伙子，他好像一点也感觉不到疼痛，闪闪目光一直游走在他的脸颊上，直到从门口消失。

　　"呸！一群垃圾，迟早染病死。"杰峰骂道。

　　"阴盛阳衰了，现在到处都是这样的人。前不久还有男扮女装的，举着牌子上电视要求捐助手术费变性，真不知道脑袋里在想什么。"周坤道。

　　"这些还好点，像有些GAY自己是怪物就算了，还结婚害老婆。上次那个，他老婆结婚十年才知道真相，都要跳树了，还是消防警察爬上去抱下来的。"杰峰道。

迷惑的安魂曲

"真是个畜生！"阿毅骂道。

一股浓烈的红酒流入喉咙，他仰着头，直到杯子里的最后一滴掉到嘴唇上。模模糊糊地感到好像有人跳到背后，冷飕飕地贴着肩膀。断断续续的影子倒映在酒杯上，他瞪大眼睛，周坤像踩了火球，从椅子上跃起。同时，另外两个人吓得跌落在长沙发里，红酒从桌上飞出去，雨点般落到地板上。人们不由向这边投以疑惑的目光，周坤一下子叫了出来："我……我又听到了。"他们也颤抖着附和，他还一本正经地稳当当坐着，用纸巾擦了擦嘴角，掩饰对此喧嚣的不满。

"他说，我们中间有个兔儿爷。"杰峰喊了出来。他手里的杯子差点抖了下来，面色煞白。

"他今晚要倒霉了。"阿毅打着哆嗦吩咐伙计把打碎的玻璃捡起来。他把外套披到肩头，手脚冷得刺骨。

"都是在那个村子惹的邪，那个古怪的乡巴佬和苗人学了法术会下降头。"杰峰道。墙壁噼噼啪啪地炸响。

"电线又烧了。"阿毅皱了一下眉头，"大家都回去吧，明天才能把电源修好。"阿毅慷慨地把柜子里的洋酒分给他们，他托着瓶子猛灌了一口。走到拐角，阿毅追过来，脖子微微歪斜了一下，变得神经兮兮，一把扯下他的纽扣嘟囔。

"我砸了一百七十万的灯，还不如你的一把火，老板，你放得欢啊。"他感到一阵头晕，磕磕绊绊地穿过定格的旋转门来到外面，就像失控的飞机撞到山上，脑子里旋转着会议室里珠宝闪闪的水晶灯。

他飞快地绕过花坛，从电梯上下到地下通道，蒙蒙的细雨从街灯上飞进敞篷里，他匆匆地把它们甩到上面的世界，只觉昏暗的广告牌从身边飞驰而过。他已经跑得很快，但丝毫不能减轻心中的恐惧，脑袋里徘徊着那些令人发毛的话语和毫无科学观的朋友胡诌的故事。

沙盘上西装笔挺的售楼员正用恶心的媚笑指着降价标版，显示沙形别墅正在煎熬客户。

"沙子就是沙子。"他说。

仿佛在一瞬间，他看到那老头儿悬挂在太阳下的干瘪脑袋，穿着黑袜子的脚尖指在沙子上。他努力把这些景象挤出脑袋，可是它们却顽固地利用各种搜

迷惑的安魂曲

寻来的意识片段重新组合在可以依附的物件上。另一张广告牌上，老头儿把一块抹布像磨子一样转动在每一张桌子上，一鞠躬，枣子色的眼球滚下抹布，像张开翅膀的甲壳虫飞到踮起的脚跟下。

"小老板，这么急，要去哪里了？我就是帮你在账本上做手脚骗取国家退税补贴也填不满那窟窿。听说刘部长被纪检委请去喝茶了，公司劣质产品、炒楼、融资造假诸多问题都会从他嘴巴里漏出来，你就是个花钱的种，一个子儿也赚不到。"

"你在胡说什么呢？报表上显示的业绩前所未有得好，我们可是全国首屈一指的大企业。"他心想：风扫小木，不倒大树，祸及乡野，广宇不伤。上有下对，通神还靠孔方兄。

他继续加速，穿过亮起的红箭头。被照亮的铜人轮廓慢慢呈现在飞舞的彩旗里，左肩上的鸽子展翅欲飞。看到这个铜人，他就想起了莫辰，想起他怀抱吉他，在倒放的鸭舌帽前卖唱。他说他的音乐虽然不能使所有人感动却是真实的，最后关头也能将自己从饥寒交迫中解救出来，最大的感动就在于他给了自己这个才干和灵感。他心想：遗憾的是未料这番好意使你今日成为街头乞丐而冠冕堂皇。

"如果，我是说……你如果需要……"他说。

"这个问题我已经说过不再讨论。"莫辰松懈下认真的表情，嬉皮笑脸继续道。

"班长，你能不能帮我看一下？我要去厕所。"吉他上还停留着莫辰抚弄的温度和淡淡的味道。小时候他曾爬上梯子想把天上的星星摘下来送给所有的人，可是却从上面摔下来弄伤了手。他不觉轻轻抚弄了一会儿，不知不觉掌声从人群中爆发出来，见被这么多人簇拥着反倒不知所措。

"我就知道你是个感情丰富而富有同情心的人。"莫辰说着倒掉帽子里的钱，塞进牛仔裤的两个口袋。

"我？"他带着怀疑的口气笑了笑，"我是个享乐主义者，我把乐器当成了你欢乐的泉眼，供我求取自我欢乐的圣地。欲望吞噬了我的心房，只是那些施舍者充耳不闻。"

"别想骗我，我知道你的眼角在看哪里。"莫辰说着朝对面弯腰驼背的老太太走去，把口袋里的钞票分给她一半。

139

迷惑的安魂曲

"伟大的慈悲会让你更快饿死，而又偏偏把高贵的尊严与它结为死牢，真让我伤心。"他说。

"她已经目盲和衰老，贫困潦倒，孤苦伶仃，人生到这一步比谁都更伤心。"莫辰道。

"也许是装出来的。"王致宇道。

"嘘，不要这么说，我知道你心里不是这么认为的。"莫辰道。

"哇，你可真神了，什么都知道。"他痛恨别人猜测他的心，但问题是莫辰总这么干，他试图在那言不由衷和冷酷里证明什么。

"有什么不能装？人人都在台子上演戏，不费吹灰之力，名利双收，表面上为奴为婢磕破脑袋的人，早赚得家财万贯。他们是骗子，欺骗世人，不劳而获。"王致宇说着忽然感到一股冲动，一脚踢翻了那老太太的罐子。莫辰摇晃着脑袋，再次对他遮遮掩掩的心理和骨子里的叛逆难以理解。他帮受惊的老太太把东西物归原位时，他已经上了电梯。

广告牌上的华彩浪漫、黄色的泡沫在茶褐色的云彩中闪现，倒悬的美味鸡汤里漂浮着百只蠕动的小虫。

他窜出拐角，慌慌张张地踢倒了个垃圾桶，可乐罐子和一半吃剩的面条散了出来，他的脚指头火辣地疼痛。

他不知道怎么想到了这个，原本在记忆里已经忘却了的，细微到不值一提。他朝那里望去，墙壁上的污点像黑色的玻璃一样闪闪发光，然后又消失在黑暗里。那肯定是老太婆身上的霉菌，因为她的手臂上有个大脓疮，从疤痕里流出的毒就擦到墙壁上，她疼得已经麻木了，在寒冷的冬天全身用肮脏的塑料袋包裹着，睡在个蛇皮袋子上。大雪夜里，她的尸体变成了一具不规则的阴影。这并非想象的，而是真实的。记忆正在可怕地泄露那个秘密，他越是挣扎就越清晰。他想到小时候有次从车上摔下来弄坏了脑袋，很长的时间里都失去了语言能力，他用一支铅笔戳死了手里的麻雀，是他帮麻雀养好了被猫咬伤的翅膀。他将养在罐子里的白鼠带到浴室，用花洒淋上热水。早上，他还把它们放在胸口上，并不安其弱小，丧失了生存本能。他的意识在忧伤里变得神经错乱，又比任何时候都更加清醒地认为一切都完蛋了，只是作着神经质的挣扎。他身体力行地投入这般真实的恐惧里，而所希望得到的并非恐惧本身，就像他时常害怕生存的威胁、地位的不保，贪婪向四周摄取，可是索取的多半不是自己想要的。

他开始迷迷糊糊，酒滴滴答答地溅到扭曲变形的罐子上。他拿起瓶子透过淡淡的血红色窥视了一会儿，喝了一口。酒精的刺激并没有马上冲入脑袋，他一口接着一口，让脑袋昏蒙腐蚀掉。那句话怎么说来的？世界上的万事万物都是一个我的影子。

一会儿，他双颊出现了红晕而心里却莫名产生了一种空虚感，冰冷而苦涩。他听着电梯的呜呜声在阴沉沉的地底回荡，声音忽然变成了沙哑的调子。

"那乞丐婆让你觉得难过了，更重要的是有什么东西让你害怕又疑惑，所以你把身上的钱全放进了她的罐子。也许谁也不会注意到一个乞丐的死亡，但是我看到了一把危险的刀坠入湖底，岸上的野草濡湿了你的脚。"

23. 犯罪行为与心理手记（3）

"闭嘴。"沿着鹅卵石盲线响起竹条的敲击声，他才注意到自己走在盲线上，被鹅卵石顶住脚可一点也不舒服，不知道修建的人是怎么想的。他向左，那土色布鞋也往左；他向右，土色布鞋也往右。老太太细长的脖子宛如水蛇那样延展着，白目里涨满血丝，在绿灯下关节裸露。她像麻风病人一样颤抖着扑到胸前，他的脸色煞白。

"这太荒唐了。"他推开她，气喘吁吁地爬上电梯，猛然被抓住了胳膊。他努力从那只手里挣脱而出，却被一股蛮力扭动着拉了过去。

"先生。"他几乎要跌倒的，眩晕地转过脑袋。雨水叮叮咚咚地打在伸在头顶的细布黑伞上。他两眼直勾勾地盯着他，仿佛炙热的火焰，一动也不动的，神色迷茫。在惊惶过去后，他从头到脚颤抖了一下，含含糊糊地道："找我有什么事情吗？"

迷惑的安魂曲

"先生，我在那个俱乐部见过你后，怎么也无法使我忘记，我听说你常来这家酒店。"那小伙子道。他故意露出惊讶，瞥了眼他的脸，并没有留下瘀青，被打时保护得很好。

"很抱歉，这时候打搅你。我在外地找了一份工作，明天就要坐火车离开这里，以后也不会再回了。对不起，不应该跟你说这些。"他尴尬地站着，穿着一件黑色的羊毛衫，显得风度翩翩。羊毛衫的拉链下拉着，露出洁白的胸膛。被他湿濡的指头不经意碰到手上，那股饥渴又涌上了喉咙，心理防线一下松懈下来，甚至原谅了这陌生人的唐突无礼，也没有对他的话分辨真假。他只有一个眼神，他就不自主地跟着走了一段距离。可不一会儿，他清醒过来，感到一种羞辱，自尊心被伤害了。

"到我车里去。"他说，那小伙子点点头。上了车，小伙子就把自己脱了个精光。

"放松点，先生，没关系的，我知道的。"小伙子说着温柔地吻着他的膝盖，凑上去安慰，接着又轻轻吻到胸口。他感到那股迫切快速得要晕倒，不知道有多久没有受到刺激了，自从他的爱消失后。他微眯着褐色眼珠，舔着干燥的嘴唇。瞥见小伙子无名指上戴的亮银戒指闪了下，厌恶地朝他脸上挥了一拳。

"喂，你……"

"你不是喜欢这样？"由于过分用力，小伙子的脸立刻肿了起来。

"我……是的，我喜欢这样。"王致宇道。

"那就好。游走在危险的边缘，为了更大的快乐，皮肉之苦又算什么？"

他笑着又是一拳，起初小伙子还是充满笑意讨好地承受着，后来变成了哀叫，抓住他的袖子："别打了……求你……"

他停了几秒钟，盯着他的胯下："它没有起来。"

"怎么可能，我快痛死了。"小伙子道。

"不应该是这个样子，你根本不喜欢被虐。你欺骗你所有的客人，也许这玩意儿喜欢，我要给它一脚。"王致宇道。

"什么？"小伙子还没来得及反应就"哇"的一声叫了出来，有股想哭的冲动。更可怕的是，他看到他从背座抓出一只扳手，狠狠地向他的脑袋砸来。不是他反应得快，手足并用，往玻璃外钻出去早没命了。

"妈的。"他关上车门，"哟呼"地大叫了声，一路狂飙。

迷惑的安魂曲

"是什么样的生命啊！饥饿之海在我们脚跟流动，没有太阳的夜晚掩盖了永不回头的白日？野心、爱人和一切炽热的思考？我们都失去太快，而仅能于某些逝去记忆的凋萎空壳中寻找着欢悦。"他大声念着王尔德的《绝望》，酒精在头脑里燃烧着，骨子里充满了想杀人的宣泄。

他歇斯底里地自言自语："那老骨头们总说做事不要过分认真，可不，他们都爽过了，现在等着进坟墓了，马虎点算啦。他们能活多久，八十八，还是九十五？我还只有二十三岁就给囚禁了。我的人生还没有开始，凭什么就这么被决定！切，如果没有他们碍手碍脚，一切都好办，古今帝王怎么成就？李世民也不是个好鸟。可是那些货怎么办？我的投资和钱，该死的钱，没有了。那群白眼狼的亲戚不会放过我的，他们在那边就是放高利贷的。"压力大得使他口干舌燥，酒从口中泻下。

路灯隐隐闪闪，一下变成了好几盏。灯光掠进车子，一个巨大的声响在车头上爆发了，他听到有人发出声嘶力竭的呼喊。大地卡壳似的剧烈摇动，鼻子和肺里充满着血腥味，车门"咔嚓咔嚓"地响动，头顶一轮金黄色的月亮令人炫目。他紧闭着双眼，双手握住方向盘，慢慢减速。

"你在干什么傻事呢？你想去救人吗？不要停下车，你的麻烦已经够多了。你不是已经杀过人了吗？也很想再杀人不是吗？"脑袋里的声音继续道，"一开门你就全毁了，媒体和敌人会为此不遗余力，你能藏住那些小秘密吗？"他睁开的眼睛马上又闭上，猛力踩向马达。过了好长的时间，惨叫声才从耳边消失。月光下，黑乎乎的血顺着轮胎流成一道轨迹。

第二天，他让用人把报纸送到房里，查看上面任何一条有关交通事故的报道，可是除了热烈欢呼和不疼不痒的娱乐新闻外什么也没有。在电视机前足足盯了两个钟头，忽然发现省电台正在做直播，记者出击到现场对一辆大卡车轧死行人的交通事故做采访。那记者向穿着夹克的中年男子询问具体情况后，指着一堆褐色的东西道："你看这地上是什么？"

"是人肉，人肉被轮子碾下来变黑了。可能拉了七八米远，那人胳膊被碾断了，真惨！"中年男子道。

记者义愤填膺地道："我希望这位司机有点良知，谁人不是父母生的，撞死人就跑，对社会和家庭毫无责任可言。幸运的是，警方已经根据轮胎的轨迹和当晚的监控录像将嫌疑人捉拿归案。"他的脑袋一阵疼痛,想到停在外面的车，

迷惑的安魂曲

也许车牌被照了下来。他的牌号又是靠关系搞到的，全省找不出一两个，况且那轮胎也不普通。车子里里外外都被洗得异乎寻常的干净，任谁也感觉不出这是轧死过人的车，但车头却难以修复。只消一天，他就通过黑市买了辆一模一样的车。夜晚，他把肇事车沉进了湖底。不过，他还是不放心，决定刺探犯罪现场，最大限度地毁灭证据。他不能肯定那条路段是否真有摄像头，便匿名拨打交通电话，得到的答案是：那里正在列入交通监管中，目前并不知道工作进行到了什么阶段。

他搭公共汽车在那段路下了车，站在立交桥上看了一会儿。一个警察正在测试交通相机，闪光灯打在他的脸上，他顿时心跳加快，慌忙捂着脸跑下桥。桥底的花店里，一个头戴白花的中年妇女，把插着白菊花与百合的篮子端到桌子上。店员询问布条上写给亡灵的悼词。

"让凶手下地狱去！如果老天有眼，就让这些花砸到他。"店员安慰了她一下，便草草写了几笔。走到门口时，女人的脚扭了一下。他像个木头人一样，不敢去扶她，也不敢看。

"你要买什么花？"那店员问道。

"我随便看看。"他的视线一直徘徊在妇人离去的背影上，忽然低下头看到掉在皮鞋上的百合花瓣。心跳得几乎要窒息了，大步冲出店子，奋力呼吸空气。可空气确是变了味的，夹杂着花瓣和汽油的混合味道。头顶倾斜的广告牌上写着：香贵兰国字10路。他发现在所有的路牌里，这几个变形的楷体字最大，最清晰。好像在说：记住我哟，这就是犯罪现场。

是吗？或许昨天的人活了下来。他有可能是男性，也有可能是女性，对了，也有可能是非人。如果我撞到的只是只狗呢？他的脑袋里灵光一闪，但又沮丧起来。谁见过会说话的狗？那声音在叫。他把烟头弹到地上，沿着妇人离开的方向追去。

穿过一条胡同，一块大铁门挡在眼前，破铁皮上红字显示着某桥局宿舍。这时薄雾连着烟灰已经在老房子的周围弥漫开来，房屋之间没有多大的空隙，也毫无点滴绿色可言，一座遮蔽着一座。窗户上搭着密集的防盗网，堆满炭块的菱形穿花镶嵌在冷灰色的混凝土里，这些房子给他的感觉仿佛是一堆堆置于垃圾中的火柴盒。

灰尘，使这里变成了挣扎在世界边缘的囚牢，它们跟不上时代前进的步伐。

迷惑的安魂曲

他想住在里面的那些称作人的东西，是多么绝望而不幸。他已经与这种地方保持了好久距离而心存偏见，尽管眼前只是再普通不过的老居民区。

热乎乎的灰尘被一阵风刮到脸上使喉咙烧得难受，而有些更加猛烈地落到裤子上和胸口，他觉得自己正要被冷空气带来的西北风扫走。

又是一阵狂风，带来了万物凋敝的腐败和死亡的微弱气息，冥钱烧成的灰正被他用手指从脸上抹去。他感到是那么诡异，以至于有种错觉，漫天飞舞的灵性眷顾之物正在发泄怒气，并要把他一同埋葬。

他抖了抖衣袖，钻进一间杂货铺。对面花圈上条幅翻飞。戴蓝布帽的老头儿和一些人蹲在地上，用竹条挑动着盆子里烧红的纸钱，楼上一个操乡下口音的人叫他们去餐馆吃饭。楼下停着一辆警车。

"给我一包烟。怎么？对面好像在办丧事。"他故意显得漫不经心。

"邪呀，今年那栋楼死了两个，一楼的那家媳妇在私人场子里勾兑汽油死了，现在二楼那个也走了。唉，人是算不到的。"女人说着摸了摸耳朵上的环子，盯着对面的花圈。

"二楼的那个是死于车祸吗？"王致宇问。女人把一盒红塔山甩在柜台上，眼睛里闪现出一丝惊讶。

"也许可以说是死于车祸。"女人道。他迟疑了下，把烟盒的软纸撕了。

"那也可以说不是死于车祸。"王致宇道。

"对，是凶杀。"他并没有打开盒子，只是低头望着鞋，掩饰心里的不安。正待女人要开口，侧门里传来婴儿的哭泣声，她匆匆跑了进去。走出来后，把一个空荡荡的奶瓶倒入温水泡着，便提起他脚旁的水果篮。

"那女人没有工作，靠男人开出租车养活着，本来日子就过得磕磕巴巴，偏偏昨晚那男人的车被抢了，人也被抹了脖子。"他竭力想说什么，却发现绷紧的心松懈下来后，不想再理会任何人，哪怕是只言片语也是在浪费时间。他转过身，女人叫住了他。

"你忘了拿找的钱。"女人把剥了油桃皮的手用纸巾擦了擦，狐疑说道，"一个姓吴的警官来买笔的时候告诉我，理论上说大部分罪犯作案后不会回到现场，可是有些狡猾的和心理异类会偷偷跑回来，甚至摸到受害人住宿的附近，打探警方调查的信息。他让我们留意周围的陌生人。"

他尽量保持镇定，又用那招牌似的笑容道："你不会指我吧？我可是来找

迷惑的安魂曲

女友的。"女人盯着他一身名牌装扮，想知道究竟哪个女人有这么好的福气找了个阔佬，就随便问了句女友的名字。

"阿红。"他忽然想到了这个名字。实际上，他认识的阿红是一家高级夜总会的小姐，曾经牵着他的手放到大腿上，试图引诱。流露出淫荡笑容的自己，当时是多么厌恶。

"阿红？"他捏了捏指头。由于过分紧张，他才会这个样子。能言善辩的他能把最刁钻的官商糊弄得服服帖帖，现在居然编了个如此愚蠢的谎言。希望这里真有个叫阿红的姑娘，还得有个家。她肯定会问她住在哪里，如果这里真有这个人，恐怕这姑娘只有在梦里认识自己了。

"是三栋的，还是六栋的？"女人继续刨根问底。完了，可是真有啊，或者她只是胡诌试探我，我也烦了，如果大声斥责"关你什么事！"她说不定会把警察叫下来。他心里想着，注视着掉了油漆的墙壁，空空如也。正当他要开口，肩膀被人拍了一下。

"三六一十八，一加八得九，是九栋的姑娘，我妹。三栋也没有，六栋也没有，别讹他了，看他气质高贵，生得体面，哪点像个丧尽天良的杀人魔头？"

"你妹可享福了。"女人转到里面嘀咕道，"人不可以貌相，福分也不可以斗量。"

"这年头谁不想钓个金龟婿？走吧，妹子还在家里等你看电影呢！"光头男人把他拉离了店子，沿着条下水沟穿梭在胡同里。光头挂在脖子上的相机朝四周闪来闪去，有时对着一些掉下的砖头，有时又在几座废弃的小场子前，里面无一例外地堆着断钢架子和毁坏的残壁。

"我们认识吗？"王致宇问。

"是没见过。我叫胡亮，是个自由摄影师。"

"对着这些破砖瓦块拍照？"王致宇问。

他微微一笑："如果仔细观察城市里那些已经处于毁灭或者正在被毁灭的东西，你会发现它们与那些正被超然追捧的东西没有区别，而且更具备流动性，正在流动转变着。我的镜头为捕捉毁灭等待着，不过，用摄像机看起来更逼真，因为照片是静止的。我的摄像机可是迷你的！"

"那你一个月能赚多少钱？"王致宇问。

"至今一张照片没卖出，不饿死就是奇迹，但我坚信只要坚持下去，就能

交上好运。"胡亮道。

他笑了笑,心想:这是他妈个穷光蛋,还一副清高的样子,是不是闪光灯照坏了脑袋?他不想理会他,往前大步流星。那光头追赶上去。

"怎么回事?你不去找我妹妹了?"胡亮道。

"你妹妹?得了吧,别再和我开玩笑了。"王致宇道。

"你就这么健忘,还是因为她是个穷姑娘,玩腻了,受不了纠缠?前天晚上,就把她揍得面目全非丢在街头。"胡亮道。

"不可能有这种事的,我想你认错人了。"前天晚上,他飞快地看了眼周围的建筑,不知不觉又站在那条公路上,有两个工人正往那刺眼的路牌上装广告。

"这里让你想到了什么?"胡亮道。

"从这里把你丢下去,你可以用脖子上的相机记录毁掉的一瞬间,为你坚信死了的与活着的没有区别。"他冷冷道。

"我已经记录下了,并且小心珍藏着。"光头把拷贝在手机里的录像递给他看。在快速冲刺的车前,一个姑娘被撞倒在地,被拖出了数米远。血肉模糊得分辨不出样子,而肇事者被拍得一清二楚。

24. 犯罪行为与心理手记(4)

他手里捏着视频上截取下来的照片,在冰冷的地板上来回走动,恨不得把那个光头干掉。但他很狡猾,高调宣称自己是有同伴的。如果发生什么意外,还有许多照片会交给警方,即便他用关系买通了,到时候视频就会上网。

"你想想中石化大厅的昂贵装饰与艳照门事件,在网络上一个微小的私人因素,会引发一场不可收拾的蝴蝶效应,到最后肯定被别有用心的人牵扯到核

迷惑的安魂曲

心利益。难道你们的经济帝国真如万里长城永远不倒？事情曝光，最先受挫的肯定是你们的股票。"光头警告道。

所以他只有默默忍受着光头的经济榨取，这严重打击了他的自尊心。他一向认为被敲诈勒索的人一般都是智商低下与贪得无厌之流，就像被强奸的总是女人。更可恨的是，在数次汇款后，他还未收到原带，他警告如果再耍花样就要光头有好果子吃。后来光头同意了一次性付款，但他还是耍了个小手段。在一次会议上，光头发来短信同时传来一幅图，图片上有数十张缩小的照片。他不禁抽搐了一下，这些图片的危害性无法估计。光头开出要按照一张五十万的价格赎回，共需支付五百万，付足款后可赠送原带。他付了钱，怒不可遏地打电话要原带。光头又改口说，五百万只是取回照片的钱，而原带需要在金额后加上一个零。

他只有把气肿的脸隐藏起来，一面继续应酬，一面暗中调查光头的住所和信息。和料想的一样，受害人根本就不是光头的妹妹，可是视频却是有的，他心里也纳闷难道就那么巧合，偏偏这种事情被他摄去，像个傻瓜一样被耍得团团转，比掉进桃色陷阱更气愤。

一个月黑风高的晚上，他忙完手里的工作，换上一件深黑色的运动服，戴了顶边缘很长、能完美地遮住脸颊的鸭舌帽，又套上白手套，用胶布把鞋底裹得严严实实，携带左轮手枪潜伏到胡亮的住所附近。他本想买几个人去干掉他，那些在黑道混的，连官员听了名字都闻之色变，可他又生性多疑，怕被反过来讹诈。弄开他家的门是很容易的，他跟一个用人学过这活儿。那人是个惯偷，在父亲手下干活儿却很老实，帮他开过一个箱子，只用了一根发丝那么细的软铁。如果熟通契合之处，这根软铁对任何锁具都游刃有余，因为所有复杂的机工都建立在简单的原理上。他踏进房门，从客厅开着的窗户外刮来刺骨的凉风，乱七八糟的东西都堆在橡木沙发下。卧室的两个门是闭合的，房子里静得有些诡异，他试着轻轻推开其中一扇。

忽然，另一侧门里传来一个阴沉沉的声音："快说，胶卷在哪里？"透过门缝，他看到光头被绑在椅子上。

"除了老板外，我不会将它交给任何人。你们的那一部分不是分给你了？我只有三百万，难道你想独吞吗？"

蒙面人歪斜着脑袋，拿一把匕首对准他的眼珠。光头连气都不敢喘一下：

迷惑的安魂曲

"钱我买了黄金全锁在保险柜子里，密码是……"刀尖游走在光头的眼皮线上。

"我说过只要视频胶卷。"

终于光头五指向上，做了个停止的动作："胶卷在沙发下的废品盒子里。"

"你以为我没找过，你这里还有什么地方我没找过？看来你是不见棺材不掉泪。"

他没有用匕首挖掉光头的眼珠，而是转到椅子后用一根钢丝勒住他的脖子，慢慢地让他感受到痛苦，如果钢丝没有割到动脉造成严重后果，他不至于一命呜呼。

"你到底有什么目的？你的任务只是听从老板的吩咐干掉王致宇。"

蒙面人冷冷笑了下："复制品全被我毁了，再问你一遍，东西呢？交给我，我会把它发挥出最大的功效。"

"哼！"他明白即便把东西交给他，他也不会放过自己，毫无疑问，他背叛了。意识到希望的渺茫后，光头使出全部力气，痛苦挣扎。他的脖子上鲜血淋淋，似乎钢丝正要穿过骨头。他摇摇晃晃地伸出手，嘴角露出惨淡的笑。就在这时，王致宇不小心踢到了门框子上，朝着被光头打翻的鸽笼伸出手的蒙面人迟疑了下，鸽子扑扇着翅膀飞出阳台。蒙面人纵身一跃，也从阳台上消失了。

"嘿，敲诈我就这个下场。"看到地面上血肉模糊的人影，王致宇既得意又震惊。光头至少还能活十分钟，他一边残忍地欣赏着这种缓慢的死亡，一边试图从他口里得到自己想要的，尽管可能性微乎其微。因为这家伙虽然贪财，但并不怕死。

"如果你告诉我你的老板是谁，我会救你，并且对你以前做的既往不咎。"光头大张着嘴巴，尽全力呼吸，喉咙的切口灌入的风凝固住了血液，光头已经失去了语言能力。然而，一个微弱的声音从嘴巴里冒了出来。

"别得意……你也要死的……血债要血偿！！"那阴沉的声音并不是一个人发出的，有男有女，开始还是结结巴巴的，后来变成了尖笑。他一屁股坐到地上，压低左轮枪对准光头的太阳穴，光头断气了。

他当然对尸体没有兴趣，更不会有什么感情，相反，他的死还是如愿的。只是不得不费一些时间审视那张扭曲的死人脸，他怀疑光头不可能死亡时还带着秘密。他可能已经作了报复计划，设置了一个圈套。他看到鸽笼门上的数字，说明里面放的是一只受过训练的赛鸽，不禁眉头一蹙，大为古怪。钟嗡嗡地在

迷惑的安魂曲

耳边振动，而静止的表面正对着隔壁的夜光台历。他看到上面画着一个圈圈，一下子感到了什么，惊怒地伸手抓去。忽然，一道黑影掠进窗户，他只好钻进阳台的柜子里。他发现柜子里有只老鼠，尖尖的眼睛死死地盯着自己。老鼠滚到了脖子里，他痛苦地忍受着，胳膊压到破了一半的散热板上。他把那板子拿起来，拼命抓挠脖子。老鼠尖叫着跳到台子上，又凶狠地冲向他。可恶，哪有这样的老鼠？居然一点也不对人产生畏惧，简直是虎落平阳被犬欺。他暗骂着，捏住捣蛋的老鼠，找到肮脏皮肤下的心脏，勾下指头。

"血债要血偿！"老鼠流血的肚子发出怪异的声响。他把老鼠甩到了柜子里，一个箭步冲到阳台，抓牢墙壁上的管子，滑了下去。正当磕磕碰碰地跌到地上时，上面的人也从另一根管子上滑下来，拼命地奔跑，边跑边往楼上张望。他躲在管子后面，直到那人离去。

"天哪！这是个既聪明又狡猾的无赖。他已经事先把证据留给了警察，只要他们瞧一眼台历上圈的数字，再看一下那口钟就知道了一切，两组数字合起来就是我的车牌号。我一定要做点什么。"他很不情愿地又爬上去。就在他把柜子里的挂历抓到手上的那一刻，那口大钟像受到了某种感应，一下接着一下地鸣响。钟摆犹如镰刀闪闪发光，声音就像是一口丧钟发出的，在死一样寂静的夜里，响彻了整栋宿舍楼。所有老鼠都从柜子里钻出，一边在钟上上蹿下跳，一边发出吱吱声。他不由大惊失色，拿起地上的一个网球砸向那口钟。楼上传来一阵骚动，他把挂历裹在衣服里，钻进了车。

"你已经无路可逃，必死无疑！使他人跌倒的地方，自己也必将摔跤。"贴在挡风板上的老鼠肚子里又发出声音，吓得他眼皮颤抖。他赶紧合上窗户，猛踩马达，车子疯一样地晃动。忽然，只觉眼前被一个黑蒙蒙的东西覆盖住了，依稀间，他看到一只灰鸽子扑扇着翅膀撞到玻璃上，飘落的羽翼里冲出一辆卡车。他拼命掉转方向盘，尽管在撞上的一瞬间擦身而过，但车子还是失去控制，冲下去了。

迷惑的安魂曲

25. 弗洛伊德

    事情其实很简单，最后却人为复杂化，弄出了两条人命。吴警官坐在断掉扶手的椅子上，要了碗酸辣鱼粉。粉是用机工压制而成的，没有看到鱼的影子，只有辣椒味。他狼吞虎咽地吃着，嘴巴里是麻木的味道。在这随时可能被撵走的摊位旁，他正在解决自己微薄的午餐，听着小贩谈论世道的艰辛与还不知天高地厚的男女学生嬉笑怒骂声。

    的确，为了自保怎样做也不过分，这是人类的本性，超乎于法律之外。况且莫辰有意为他杀人，并为毁灭他的罪证不惜任何代价。他看到太多东窗事发、朋比束之高阁或相互揭发的事情。王致宇当然知道莫辰的所作所为，所以在医院里没有向自己扣动扳机。

    他咀嚼着那些少得可怜而毫无味道的白菜叶，脑袋里浮现出在路上看到他的未婚妻娜娜和阿星的那天。他们回去的路上因为超速被警察阻拦下来，娜娜没有驾照，交警便在阿星的驾照上扣了分，他一直在后面被阻隔了很久。王致宇却在梦里变成了未婚妻的样子，仅仅是想将牙疼转移或是纯粹的栽赃嫁祸？这点吴警官不得而知，但是他微弱的意识感受到了，都成了那个荒诞梦的材料和元素。

    也许他残忍的性格是本性与性取向的压抑使然，但世界上有各种各样的人，每个人生来都不同，本性之类的问题绝不能成为犯罪后的托词，哪怕他是再痛苦、思想观再偏激的人。所以，吴警官不想再解释他的那个梦。但有个问题他始终不明白，梦里那只牛究竟代表什么？仅仅是记忆里关于印度神话的传说，或者真像是李文俊先前提到的叔叔送给他的金牛面具？他对于这头牛除了害怕外，还带着强烈的厌恶，而这种害怕的感觉又是对身为警察的他有所不同。牛攻击与戏弄他，性格夸张而毫无情义，甚至带着轻蔑的嘲笑，仿佛就是他噩梦

迷惑的安魂曲

里的 BOSS。

他透过车窗环视江面，嗡鸣的船只闪着红绿色纸醉金迷的光辉。四面八方都是白色小渚，肃杀之秋过后隆冬将至，江水正慢慢退去。他感到车底微微震动，似乎城市下的土地正在裂开一道缝隙，这种感觉让他很不舒服。这时，前面的车开走了，他也尾随一道离去。

一个老伯正蹲在河堤旁捕鱼，河面是死去的绿色浮游生物与化学药剂的味道。吴警官用杆子估测出深度大概只有三米，唯一的出水口上个月被排放的垃圾堵塞了。所以，寻找到被王致宇丢弃的肇事车并非难事。他穿上了塑料防水衣和套鞋。

"你想下去吗？"捕鱼的老伯问，他点点头。

"也想弄辆车上来？"老伯继续问。

"你怎么知道？"

"一星期前，那个收垃圾的人在河里拖了一辆车上来，一声不响地拿走了。"

"是一辆什么样子的车？"吴警官问。

"银色的，好像他说是保时捷，反正很贵的那种。"

"他住在哪里？"老头向远处望去。对岸是一个简陋的塑料棚子，他听到里面传来敲敲打打的声音。一个颓废的流浪汉将鲜艳亮丽的塑料袋贴在胸前，在棚子里敲打着一口大铁锅，蛇皮袋子里是塑料瓶与废弃的易拉罐。看到吴警官走进来惊讶地张开嘴巴，拔腿就跑。他拉住他的胳膊，告诉他只是来找点东西，不会对他驱赶或者逮捕。流浪汉停止挣扎，茫然地看着吴警官，用手指着那辆车。尽管那辆车锈迹斑驳，但车盖凹陷出的人形隐约可见。他拨了办公室电话，让他们赶快过来拖车。

"你不能这么干，它是我的。"那个流浪汉听到他的电话，奋力砸着铁，汗珠如雨。先前眼里的惊讶好奇，转成了愤怒。

"如果把它卖了，我就可以离开这里，这下全完了。"他嘀咕着把大铁锤一扔，两袖清风地坐在地上吸烟，烟子从他暗黄的齿缝间飞到乱报纸上。

"对不起，这是非常重要的证据，它能为一个死去的姑娘讨回公道。"吴警官道。

他很冷漠而不屑一顾地看了下吴警官："一个死去的姑娘？"他重复地说道，"她还能拥有什么？不过，这也好，至少她再也不需要胃，而我每天都被饥饿

迷惑的安魂曲

折磨着。"吴警官缄默不语地站了良久。

"你打算把车卖多少钱？"吴警官问。

"一万元。"他看着天边那颗最远、最小的星星,"然后穿得像个城里人那样回乡去炫耀一番,他们就不会再认为我是个神经病。"

"那很好。"他给了他一百元钱。

"你是我见过最好的警察,就像那个人。"他兴奋地把钱拿在手里。

"谁？"吴警官问。乞丐指了下报纸上王致宇的样子。

"你见过他？什么时候？"吴警官问。但是他记不得具体日子了。当流浪汉回到棚子的某个夜晚,穿着讲究、孤单而阴沉的王致宇给他印象深刻。他一个人站在小河边,两只眼睛一动不动地盯着河面,接着将一瓶矿泉水洒在头上。他走过去问能不能将矿泉水瓶给他。

他问："多少钱一个？"

流浪汉答道："两个瓶子一毛,铁罐子一个一毛。"王致宇二话没说把瓶子扔在地上踩了个稀巴烂,流浪汉吓得赶快逃走。他抓住他的衣领,扔给他一百块。

"能和我去局子做个记录吗？"流浪汉把脸紧绷着,拍拍屁股站起来。

"饶了我吧,警察先生。我只是个无名小卒,已经过得够惨了。"他做了个鬼脸,飞快地逃走了。

"喂。"吴警官把手指伸到口袋里,按下停止键,录音笔停止了工作。尽管他知道录音证据无法在法庭上出示,却能在必要时刻借助。他把录音笔放回鞋底,没人知道里面是空的。更加巧妙的是,他帮录音笔装上了声控系统与防水、防震表皮,只要说"弗洛伊德",它就会自动录音,而且只懂得一个单词命令。转过头时,阿斌娃正走过来,一个卡车师傅尾随其后,他的副手坐在车里。副手把车子拐弯后,退到可以自由开上大桥的位置,阿斌娃的动作比以前迅速多了。在吴警官的命令下,开始与卡车师傅指导工作。平素要是周末把他叫出来办案,要么萎靡不振,要么借口颇多。

"你打算怎么干呢,吴大哥？"他边开车边把一杯热红茶递给吴警官。他的嘴唇干燥又冰冷,香醇的味道流入喉咙。

"按照程序先提交证据。我等会儿要去受害人家里一趟,还要再去那条公路看看。"吴警官道。

迷惑的安魂曲

"你要去找谁呢?他们无法得知一切了不是吗?那一家的爸爸以前就死了,现在房子都卖给了别人。"阿斌娃道。

"她的其他亲戚总活着吧。"吴警官道。

"他们只会对巨额赔款感兴趣,不会在意案件本身。我们费心尽力,而追求到的价值却失去了其本身的意义不是吗?"阿斌娃道。

"什么?"吴警官听到窗外大风呼啸,头晕晕的。他只能看到阿斌娃嘴唇的嚅动,发出像虫子那样的声音。

"结束了,吴大哥,一切的一切,包括你。"接着他感到车停了下来,被两个人按在座位上,他们在他身上不停地翻找。

"那卷胶片在哪里?"阿斌娃问。

"问弗洛伊德去。如果我猜得没错,你是通过赵岑和他们搭上线的吧?他去找胡亮不仅仅是为了偷钱。"

"先前他从胡亮那里偷到了一张出事地点的照片,胡亮得知后狠狠教训了他一顿,找到照片毁了。不过,他保留下了事先复印的一张。他弄伤自己的目的很简单,用那张照片去医院找王致宇的父亲勒索。他们暂时满足了他的要求,马上找到我平息这件事情。他们知道你正在调查所有的一切,你的一举一动、行动路线都在掌握之中。很讽刺吧?你可是个警察。"

"你不也是个警察?"

阿斌娃不以为然道:"对呀,我也需要工作嘛。"

"他们给了你多少钱?"

"足够快活一辈子的,我不想像你二十八岁都混不出头,人生短暂啊。"他满足得露骨。

"所以你也会在报告中帮助他们掩盖杀死阿星的事情,而且是你拿走了那份台历。"

"当然,我会写是莫辰杀的。"

"如果我猜得没错,赵岑是想直接和阿星接头的,但是被胡亮拒绝。胡亮很贪心,没有将底片交给阿星。阿星嫉妒王致宇,一心想毁了他,他以为莫辰也像他一样怀恨王致宇,所以把他拉入伙,谁知道他如此顽固呢?"

"很简单不是吗?"

"是吗?所以我们正在增加事情的复杂性。"

迷惑的安魂曲

"吴大哥，复杂还是简单，严重处理还是淡化效果，只在于你的态度。"他学着吴警官的样子，俯身在他耳边用那种拉拢人的暧昧语气。

"让他们去死！不是更简单？"在没有得到他想要的后，他毫不留情地给了吴警官一拳。那两个人上来对吴警官一阵拳打脚踢，阿斌娃一直冷漠地看着，甚至流露出恨不得他们把吴警官揍死的表情。然后有人往他嘴里灌酒。在他们下车的一瞬间，吴警官的手被拉在方向盘上，而脚被固定在油门上。车子正向着河里冲去，当尸体若干天从河里浮上来时，所有人都会认为他死于醉酒驾驶，但这是一场蓄意谋杀，还有什么比这更可耻的？

冰冷而散发着臭味的水流过了他的胡须，淹没了嘴巴，最后将他的脑袋吞噬在里面。他听到车子沉没时，空气逃出车厢在河面冒出的气泡声。也就在那几秒的时间里，他用脚踢开了车门，奋力向上挥动胳膊，当他钻出水面时，芦苇扫在他的脸颊上。他长长地吸了一口气，他们不知道向来众人皆醉他独醒，等他们醒了他就醉了，酒精在他身体发生化学反应比别人迟缓多了。他迷迷糊糊地游到岸边。他知道他们肯定会去家里找胶片，那里是不安全的。至于局子里双休日不办公，他能感觉出想置他于死地者，恐怕不止一人。重赏之下必有勇夫，他的脑袋里浮现出了一张温柔的脸……

他敲开阿海的门。酒精使他头痛得快裂开了，全身沉重恶心，缓缓倒向地面，那双手在昏黄的光线与暖风机的嗡嗡声中轻轻地为吴警官解开制服和衬衫。他犹豫了会儿，然后迅速摆脱了那套湿漉漉的脏衣服，阿海一声不吭地把衣服放进了洗衣机里。

"谢谢。"吴警官迷迷糊糊地说。他的两只手还在颤抖，这种颤抖传遍了全身。那是与死亡擦肩而过的恐怖阴影，他以为自己不会像普通人那样感到害怕，或许他足够幽默而才干突出，或许已司空见惯。然而那时涌现的意识便是不想死、纯粹活着的愿望。

"师兄。"阿海把他的手放进被窝里，给了他一个暖袋贴在胸口，最后他看到那张英俊的脸、挺直的鼻子、漂亮的嘴巴与耳朵上的银色耳环变成一条直线，就像是静谧星空下的海平线。

第二天早上，他抓起烘干机里的衣服和帽子，快速穿好。他的思绪又变得活跃起来，他无法释怀胸中的愤怒与苦闷。他要战斗下去，像真正的战士那样。他向阿海道谢后便回到家里，如其所料那里已经被盗窃了一番，那本日记不翼

迷惑的安魂曲

而飞了。他想办公室肯定也在遭劫，但干起来要隐蔽多。他无精打采地站着，心想：现在所有的证据都没了，我该怎么办呢？但是，我还有录音带，它在鞋底一字不差地记录下了我那变节而愚蠢的搭档所说的。他还不知道，撞车现场的微型胶片已经在那只灰鸽子做X光透视时曝光了，我能确定只有一份，所以才这么努力地寻找证据。

当他走进办公室，阿斌娃正在勤快地做着吴警官的工作，等他的尸体被发现，他也同样会为他填写死亡报告。吴警官把他从桌子上拉下来，克制住想给他一拳的冲动，让人把他带走了。在此之前他向高级警官与领导提交了录音笔，现在阿斌娃戏剧性成为了整件事情的人证，接着赵岑与王彪以及相关人等一并入狱。

两个星期来吴警官竭尽所能收集证据，写好了调查报告，他看到那些同事在望向他或者和他说话的时候，脸部表情变得柔和了许多。在以往，大家会认为他也只是个观察者或者奇怪的家伙，现在所有人都知道他是一个思想敏锐的坚定者。他写下最后一个字后，合上本子，他的长官邀请他共进晚餐。他们来到一家高级料理店，很多督察也在场，他们目光犀利而慈爱，这是他以前从没发现的。他们按照职位高低，依次坐下，中间留下了个空位。当他走过去时，陈局长轻轻压住他的肩膀，让他坐在那个位置上。"原来他们一直在等我。"他正想着，手被陈局长紧紧握住。

"今天感觉如何？"他的声音既威仪又亲切。

"很充实，也很累。"他不知道是否这样的回答把他们逗乐了，或者他们认为只有长官才有权利说累呢？他们笑了一会儿。

"他很诚实吧？"一个督察道。

"对，这是他的优点，但并不是唯一的，我喜欢他。"

"谢谢你，陈局长。"

"社会的信誉与忠诚，对于一个警察来说比任何东西都要宝贵，更胜过生命。"他伸手喝了口杯子里的酒，"这是我们自身的价值。"吴警官点点头。

他给他倒满酒："小子，你前途无量。不过，想升快一点，还是要和高级警官搞好关系。你会下棋吗？"

"会。"

"很好，吴督察，有空上来我们切磋下。"他一下子做到了督察，连升三级，

迷惑的安魂曲

这在整个警察界都屈指可数。他将得到副厅级的位置，年薪六位数字，还带休假与出国深造的机会。吴警官的面部抽搐了一下，掠起一抹难以置信的笑容。他本以为身份与地位只如浮云，但拥有时一刹那的感觉，就像是身体的某一部分被温暖满足了。陈局长用那极其富态的手指戴好帽子，站在车门前。

"别忘了明天的庆功宴，主角可是你。"

他成功了，所有的磨难与艰辛得到了回报。由于工作的压力，他经常失眠，有时候午夜还在办案，而且还是单身汉，很少能睡好。当手里的那本弗洛伊德的《梦的解析》掉落下来，他就像婴儿那样无忧无虑地安静沉睡。

他用那疲惫、深褐色的眼睛漫无目的地注视着书柜。随着精神的起落变化，封面上那个细瘦抽着雪茄的老人面部表情也呈现出不同的特征。他花白的胡须在他眯起的眼缝里消瘦了，取而代之是条凹凸不平的黑斑，接着他变形扭曲着，成了巫婆吐出的舌头，然后是一个半长头发的年轻人。他觉得眼皮很沉重，伸手一抓，抓到了他的袖子。

"弗洛伊德？"他冰蓝色眼珠扫了他一眼，使吴警官更想入睡。

"年轻人，我正在赶时间，你只能问两个问题。"他看着胸前的怀表。

"为什么要将大部分的梦解释为愿望的达成，哪怕做梦的人是恰好相反的经历？比如那些'焦虑''可怖'的梦。"

"你现在最想要什么？"他的话音刚落，吴警官忽然感到喉咙冒着烟，赶紧拿起桌子上的玻璃杯，一口喝光了。弗洛伊德缓缓地摇头，嘴角吐出烟雾。他的动作带着一种轻柔的惰性，仿佛是一只3月里玩弄着飞舞蝴蝶的猫。他坐在掉了一只脚的桌子前，上面的空杯子摇晃不停。桌脚垫的旧报纸，现在正被他漫无目的地翻来覆去。

"任何东西都需要有一个推动力，无论是心理还是生理的。"他说话的样子更像是位物理学家，"力的作用是相互的，如果生命里没有正面因子，没有快乐、爱与正义，那么它就像这样。"伴随着他的声音，指缝间流转着报纸烧成的黑灰。

"或者它们进入了零合力的世界，在空性里找寻失去的力量。"他说着，白皙的脸孔越发通透而飘忽不定。

吴警官知道他要离开，连忙道："我还有一个问题，怎样分辨出一个人是在梦中还是在现实呢？在梦里感觉不到现实，在现实也感觉不到在做梦？"

他沉思了片刻道:"这是一个困难的问题,但我有个解决的办法。"他把一颗螺旋转动在桌子上,螺旋的表面黑白交错,相互变化。

"如果它一直转动下去,你就在梦里,因为零合力的世界不会有能量的消耗,就像你和我现在所处的世界。"在他的身后,杯子掉在地上摔碎了,而后又从地上反弹起,完好无损地待在桌角,如此循环不断……

吴警官睁开眼睛时,那本《梦的解析》掉了下来,他把它放回原位,看到了那个黑白螺旋。他小时候就在这张歪斜的矮桌上玩转它,直到它一次又一次坠落。他把螺旋子收进了口袋里。

26. 尾声

"师兄,你有多久没有理发了?"

"我不记得了。"阿海把毛巾围在他的脖子上,然后在吴警官的下巴上抹上刮胡膏。带着泡沫的软膏落在鞋套上,阿海用剃刀把他的下巴刮干净。他亲切温柔,吴警官还记得在训练大队阿海给自己理发时快刀斩乱麻的手段,那时他有种被屠宰的血淋淋感。

"你应该多来找我,你一点也不会照顾自己。"他俯视着阿海晃动的黑裤脚与那挂着职业造型师工具盒的腰,嘴唇发干地点了点头。

"你想要什么样的发型?"

"我不知道,你会弄什么样的?"他平素警帽高戴,制服笔挺,没有注意这些,况且也没有人会在意一个警察的头发。

"你晚上要穿西装,我想……"

"阿海,按你喜欢的样子弄吧,我无所谓。"他边表情专注地思考,边掠起吴警官的头发。

"放心吧,师兄,我一定把你弄得体面而英俊。"刮干净的下巴让他看起来年轻了许多，他的鼻子高挺，目光锐利而深邃，以往隐藏忧伤的黯淡眼角消失得无影无踪，坚毅的脸上是自信的微笑。

"师兄，等等。"阿海放下毛巾，帮他把领带系好。

"是不是有点紧？"

"不，很好。阿海……"

"放松点，师兄，只是个庆功宴。"看出他的紧张，他把手搭在吴警官肩膀上，温暖而充满力量。他们习惯切磋，不管友谊多么深厚，切磋时便是敌人。

"师兄，我很佩服你，祝你步步高升。"

"一起加油吧！阿海。"他喜欢看他微笑的样子，成熟、富有心机与魅力。在他殷勤地为自己打开门后，他忽然觉得很孤单。外面下着大雨，电掣雷鸣。他张开口让雨滴进嘴巴，湿润喉咙里的苦涩。他在熟悉而陌生的街道上穿梭，仰起伞瞪视漫天盖地的乌云，从翻转跌宕的缝隙里看到了光的影子，他一直看到它们像米粒那样撕裂开阴霾，然后满意地收起了伞。他要仰起头跑到家乐福对面的停车场，以前他这么干时，总会有人瞪视或者表现出大惊小怪的样子。现在他们不再这样，而是面带笑容地向他敬礼，有几个甚至想找他交谈，因为报纸上刊登了他的事迹。他意志坚定、态度鲜明、实事求是的作风成了当今社会的标志，但那警车不见了，取而代之的是辆更高级的军用车。

"你想安步当车吗？今天可不行！"

李文俊从车上下来，打开车门，用沙哑的声音说："走吧，吴督察，我送你。"他坐在他的旁边，他们身高差不多，坐着几乎没有差距，但他还是比他高一点。是否是因为先前心理上在意过彼此的差距呢？他看着吴警官，吴警官也看着他。

"嗨，你比我又高了很多。"李警官的嘴唇紧闭没有说话，而是在用面部表情交谈。吴警官知道在这件案子中，他也帮了很大的忙，找回了那本失踪的日记。但是由于身份的关系，他花了大量时间为自己洗脱嫌疑。

"鬼老天，又开始下雨。"他脾气变得不好，失去了先前的冷静。吴警官凝视着挂在车前的那些照片，一张是他在部队里端着枪的威武形象，另一张是他光着赤膊在海边，还有一张是家庭照。他有一个大家庭，照片上四十多口人全集中在天宇集团的大厅里。他们没有穿西装和职业服，而是身着各种奇装异服，有的打扮成动物，有的戴上了兔子耳朵，好像刚从聚会上回来。

"很奇怪吧？当时国外在过鬼节，其实是为了讨好一个外国的客户。"他解

迷惑的安魂曲

释道。盖着严严实实的尊贵银蛋在照片的最下角，宛如一个反光小点。

"王致宇在里面？"

"当然，那小浑蛋也在。"

"他没骑那辆金车来？"

"车？"他笑了笑，"他巴不得把它扔掉呢！"

"为什么？"

"他从上面摔下来，弄了个狗吃屎，摔得鼻青脸肿。"他大笑着，眼睛里露出一丝快意，"就像现在这样，在牢中哭鼻子去吧。"

"你好像很不喜欢他。"

"说不上，不过现在谁不恨他呢？"

"你在哪里？"

"这不是我？"他指着中间那个戴牛头面具的人，吴警官注意到牛的眼睛，正凶狠地盯着摇摇晃晃的蛋壳。

"你……"

"什么？"

"他要报警的人原来是你，在他十二岁生日的那天是你伤害了他，然后还幸灾乐祸地用照相机拍了他在蛋里害怕的样子。从此之后便阴魂不散地缠着他，你可以轻而易举地进入他的房间，监视他的一举一动。"

"你到底在讲什么鬼话！"他脸色发白地叫着，"你有什么证据吗？"

"这张牛头面具上不是戴着吗？你把它车上的金手柄插在了牛角上，作为你的装饰。他不是从车上跌倒的，而是你故意把他推下去的，而且你还对他实行了暴力侵犯。"

"是的，我狠狠揍了他一顿，然后干了他，因为我恨他！"他的目光炽烈燃烧着，咬牙切齿，"他凭什么一出生就拥有一切？凭什么大家都要捧着他呢？你知道我有一次因为一个玩具跟他发生争执，王彪那头猪怎么对待我的吗？他不问三七二十一给了我一个耳光，还冲进我家打了我爸。从那时起，我就打算给他点教训！"

"你毁了他。"

"你又能把我怎样，事情过了十年，十年都不报案，在人类社会规定的法律里就是放弃了自己的权利。我不想和这家人再扯上关系。"

"我会替他讨回的。"他冷笑了会儿，忽然惊惧地望着吴警官。

"你又把录音带藏在鞋底对吗？你以为自己是谁？你连自己在哪里都不知道。"他停下车，身子后弯，像弓箭那样撞向吴警官，一拳打在他的胸膛，把他打得头昏脑涨。他打开车门逃了出去，因为在车里一点优势也没有，李文俊始终以那训练有素的准确性压在他身上，不让他还手。他是想把吴警官揍晕再脱掉他的鞋子，或者连他也一起扔掉。他从地上爬起来，继续搏斗。一支冰冷的枪顶在吴警官头上，他确定他会开枪，尤其是被吴警官那一拳狠狠地打在眼睛上挣脱开去。可他没有带枪，下一瞬间，他听到了枪声，接着李文俊扑倒过来。

"阿海！"阿海把那支录音笔递到吴警官手上。

"师兄，因为你落下了这个，所以我一直跟在你们后面，想你下车后给你。"

"谢谢你，阿海。"他激动地搂住他。他们的后背和手臂都湿透了，雨水冷冷地落在公路旁的褐色长椅上，他听到枯黄树叶的婆娑声里隐藏着自己的心跳。

当风琴曲与长笛奏响时，吴警官正站在高高的宴会台上，接受局长颁发的"英勇无畏"胸章，身后是面金字写成的"神探"旗帜。被天使圈一样的灯光照着，他感到眼底有一阵麻木、模糊的疼痛。他把最后一口鸡尾酒吞进喉咙，对今晚过多的称赞已经感到厌倦。在他得到满足后，更容易恢复自己本来的面目，那是对缺乏成熟以及利欲熏心的厌恶。酒精使他的身体摇摇晃晃，他把两个手放在头顶，走到阳台上。

"师兄。"阿海一边呼唤，一边抚弄着怀抱里的大红吉他。琴声一直很低，很轻缓。旁边有一个书架，书架里堆放着各种各样的书籍。

"你也会弹吉他？"

"小时候有个人教过我弹。"他的声音仿佛是从吉他里飘出来的，断断续续。吴警官坐在那堆书里。空气里的酒精味越来越浓，四周很冷，冷得刺骨。南方的天气不应该冷得这么快，透过窗户上的小孔，远处的长官们翩翩起舞，在那无声的喧哗中，阴影里的面孔模糊不清，就像是多层底片上的图案。

忽然刘大队长站在面前，捂住他的手："小吴同志，不，应该叫你吴督察。因为你的关系，我们队今年获得了卓越奖章，我真不希望你调走，你能常来看一下那些新人并给他们些指导吗？"

"我会的，刘队长。"

迷惑的安魂曲

"对了，由于前几天资料保密的疏忽，那卷有关车祸现场的视频流到了网络上。不过，你放心，我们一定不会让重要的证据滋生更多事端……"

"什么？"看到他的紧张，他继续解释，可他一个字也听不到，接着连他嘴角的嚅动也看不清了。他发现刘大队长飞快移动，就像是在飞行。他感到脑袋一阵眩晕，这股眩晕来得猛烈而毫无头绪，当他躬身呕吐时，上衣口袋里的黑白螺旋掉了出来。

"师兄……"

"快！他醉了，把他扶到上面的房间。"

在只有一盏灯光照明的阳台上，雷声霹雳。地上投下曲折的细线和层层叠叠的斑纹，黑白螺旋的影子无始无终地拉长、旋转、夸张扭曲着……